Harper
Collins

Tanja Wekwerth

Das Leben ist ein Seidenkleid

Roman

Harper
Collins

HarperCollins®
Band 100124

FSC
MIX
Papier
FSC® C014496

1. Auflage: März 2018

Umschlaggestaltung: bürosüd, München
Umschlagabbildung: www.buerosued.de
Redaktion: Anna Hoffmann
Satz: GGP Media GmbH, Pößneck
Printed in Germany
Dieses Buch wurde auf FSC®-zertifiziertem Papier gedruckt.
ISBN 978-3-95967-163-7

www.harpercollins.de

Für Ian
the love of my life
Danke!

EINS

Mit den Fingerspitzen strich sie über den dunkelgrünen Samt. Erst in die eine Richtung, dann zurück. Immer wieder.

Glatt – rau – glatt – rau …

Ein und derselbe Stoff mit zwei so unterschiedlichen Eigenschaften, beide extrem reizvoll, und dann dieser Schimmer … konnte es etwas Schöneres geben?

Seide, kam Maja in den Sinn, Seide war auch wundervoll.

Mit Viskose, Jersey und Organza hatte sie auch schon genäht, sie hätte nicht sagen können, welches Material ihr das liebste war. Sie mochte die geerdete, warme Kraft von Wolle ebenso wie die zarte Transparenz von Chiffon, die sie an Segel feenhafter Märchenschiffe denken ließ.

Maja liebkoste noch immer den Samt. »Hmmm«, summte sie leise.

Man sollte mal einen Wollstoff mit solch einem himmlischen Samt kombinieren, dachte sie, und vor ihrem geistigen Auge schwebte ein Kleid empor: Es war gerade geschnitten, etwas schmaler in der Taille, mit langen Armen, aus grauem, nein, schwarzem Tweed, ein Pepita-Muster wäre vielleicht eine gute Idee. Ein smaragdgrüner Samtgürtel schlängelte durch die Luft und wickelte sich um die Mitte des Kleides. »Wunderbar«, murmelte Maja, sie kürzte in Gedanken noch rasch den Saum und stellte die Ärmel ein wenig aus. Fertig!

Ein Winterkleid, dachte sie verzückt, zu tragen mit derben Booties und einer Lederjacke oder mit High Heels und Brillantohrringen, na gut, Strass ginge auch. Ein Kleid für jeden Anlass, das seine Trägerin ohne viel Aufhebens zu einer Halbgöttin machen würde.

Maja lächelte. In diesem Kleid könnte man Verträge unterschreiben, seine Kinder in die Schule bringen oder schnell mal nach New York fliegen, es wäre bequem und trotzdem hinreißend. Den smaragdfarbenen Samtgürtel könnte man auch als Schal benutzen und …

Ein schauderhaftes Empfinden in der Herzgegend ließ Maja zusammenzucken. Es war der Pager, der in ihrer Brusttasche herumzappelte wie ein gefangener Fisch.

Die Abteilungsleiterin der Damenkonfektionsabteilung Hanneliese Rogsch hatte darauf bestanden, ihr Personal mit einem Pager auszustatten, damit sie es jederzeit zu sich rufen konnte. Und sie hieß tatsächlich Hanneliese. Maja kam einfach nicht darüber hinweg. Wer nannte sein Kind Hanneliese? Aber es passte irgendwie, Frau Rogsch war eine richtige Hanneliese: pedantisch, humorlos, kontrollsüchtig.

Das Kleid hatte sich in Luft aufgelöst, und Maja eilte über die Rolltreppe dorthin zurück, wo sie eigentlich hingehörte: in den zweiten Stock. Wenn es dort oben nicht mehr auszuhalten war, stahl sie sich manchmal davon, um einen Ausflug in die Stoffabteilung im Untergeschoss zu machen, wo sie zwischen den Ballen herumwanderte und sich kurz von den Schrecken der aktuellen Kaufhausmode erholte.

»Wo waren Sie denn, junge Frau?«, schallte es ihr auch schon entgegen.

Mit rudernden Armbewegungen kam Hanneliese auf Maja zu. Es sah aus, als schwömme sie durch die Luft. Sie war klein und mager, wie eine gealterte Ballerina. »Eine Kundin besteht auf Konfektionsgröße 42, dabei hat sie mindestens eine 46«, erklärte sie und schnaubte abfällig. »Sie müssen ein paar Nähte auslassen, Sie müssen ein paar Bahnen einnähen, Sie müssen …«

Ein Wunder vollbringen, beendete Maja den Satz in Gedanken.

Sie waren vor dem geschlossenen Vorhang einer Umkleidekabine angekommen. Raschelnde Geräusche drangen heraus.

»Sie sucht ein Kleid für eine Betriebsfeier«, zischte Hanneliese und verdrehte die Augen, »und sie will unbedingt eine *Prinzessin* sein.«

»Natürlich will sie eine Prinzessin sein«, erwiderte Maja ernsthaft.

»Das Kleid kostet siebenhundert Euro«, flüsterte Hanneliese, »sehen Sie zu, dass die Kundin es kauft.« Mit diesen Worten ließ sie sie stehen.

»Darf ich mal schauen?«, fragte Maja mit etwas lauterer Stimme in Richtung der Kabine.

Der Vorhang wurde zur Seite gezogen, und eine pummelige junge Frau mit gerötetem Gesicht trat in Erscheinung. Sie steckte in einem tief dekolletierten, lila Tüll-Kleid, das ihr ganz offensichtlich zu eng und außerdem viel zu lang war.

»Ich habe es zugekriegt«, japste sie.

»Aber Sie können nicht mehr atmen«, gab Maja sanft zu bedenken.

»Das geht schon.«

»Lassen Sie mal sehen.« Maja griff in den mehrlagigen Tüll hinein. »Das müsste um mindestens zwanzig Zentimeter gekürzt werden«, murmelte sie. Dann warf sie einen Blick auf das überbordende Dekolleté. »Hm«, machte sie skeptisch.

Die junge Frau drehte sich um die eigene Achse. »Es ist so schön, es ist genauso, wie ich es mir vorgestellt habe.«

»Es passt Ihnen nicht«, sagte Maja.

»Ihre Kollegin meinte eben, Sie könnten da was ändern.« Trotzig schob die junge Frau die Oberlippe vor. »Sie sind doch Schneiderin.«

»Darf ich Ihnen vielleicht eine Alternative vorschlagen?«

»Ich will aber *dieses* Kleid.«

Maja atmete tief ein und wieder aus. »Kommen Sie doch bitte mal aus der Kabine.«

Die Frau gehorchte, raffte die vielen Schichten Tüll, die sie umwogten, und trat hinaus.

»Ich heiße übrigens Maja«, sagte Maja und deutete wie zur Bestätigung auf ihr Namensschild.

»Hallo, Maja, ich bin Nadine.« Ihre helle Haut hatte in der Kaufhausbeleuchtung einen bleichen Glanz angenommen. Ihr Gesicht war inzwischen allerdings tomatenrot und voll wilder Entschlossenheit. Man sah ihr an, dass sie sehnlichst wünschte, Maja würde wieder verschwinden.

»Gehen Sie ein bisschen hin und her«, bat Maja, obwohl sie bereits wusste, dass sie nichts mehr tun konnte. Der Reißverschluss im Rücken spannte, die Träger schnitten der jungen Frau ins Fleisch.

Und davon abgesehen, dachte sich Maja, steht ihr Lila überhaupt nicht. Sie sieht aus wie ein absurder Blaubeer-Cupcake. Damit wird sie zum Gespött des Abends. Ich darf das nicht zulassen. Ich muss es ihr ausreden.

Nadine schien Majas zweifelnden Blick nicht zu bemerken. Strahlend rauschte sie den Gang auf und ab.

»Sieht super aus!«, rief Hanneliese Rogsch im Vorbeigehen. Sie reckte beide Daumen in die Höhe, dann war sie wieder verschwunden.

Maja stöhnte leise auf.

In diesem Augenblick stolperte Nadine über die zu langen Stoffmassen und fiel zu Boden.

»Ach, du meine Güte!« Maja eilte ihr zu Hilfe. »Haben Sie sich wehgetan?«

Wie ein exotischer Käfer lag Nadine in einem Meer von Tüll und starrte an die Decke.

»Nö«, erwiderte sie und kicherte. »Ich bin ja weich gelandet. Aber ich komme alleine nicht wieder hoch.«

»Geben Sie mir Ihre Hand.« Mit aller Kraft zog Maja sie nach oben.

»Sehen Sie«, rief sie atemlos, »dieses Kleid passt Ihnen nicht nur nicht, es ist sogar gefährlich.«

»Na ja, das liegt ja jetzt nur an der Länge. Das müssen Sie eben kürzer machen.« Schwer atmend ordnete Nadine den lila Tüll, den *verdammten* lila Tüll, wie es Maja durch den Kopf fuhr.

»Nein, es liegt nicht nur an der Länge«, widersprach sie, »es liegt daran, dass …« Sie holte kurz Luft, »dass Ihnen das Kleid zu klein ist. Außerdem steht Ihnen die Farbe nicht.«

Den dritten Grund würde Maja der Kundin erst gar nicht nennen: Sie war nämlich der Meinung, dass das Kleid überhaupt nicht zu Nadine *wollte*.

Es wäre wohl auf die Schnelle schwer zu erklären gewesen und hätte Maja nur jede Menge Ärger eingebracht, aber sie glaubte fest daran, dass Kleidungsstücke sich ihren Weg zu ihren Trägerinnen und Trägern selbst suchten. Vielleicht keine banalen T-Shirts, aber all die Lieblingsjeans, die Rollkragenpullover und Blusen, die einem so besonders gut standen, die Lederjacken, die man ein Leben lang trug – all das war in Majas Augen so etwas wie Bekleidungs-Karma.

Und dieses Tüllkleid wollte definitiv nicht mit Nadine zu einer Betriebsfeier, es wollte von einer beschwipsten Sechzehnjährigen auf einer Abschlussparty getragen werden. Es wollte womöglich sogar Zeuge hastiger sexueller Handlungen auf einer Autorückbank werden.

So ein Kleid war das.

»Was soll das denn heißen?«, rief Nadine ungehalten. »Die Farbe steht mir nicht?«

»Ein Pastellton wäre perfekt für Sie.« Suchend sah sich Maja um.

»Schauen Sie!« Sie hielt Nadine ein schlichtes hellblaues Kleid hin. »Das passt wunderbar zu Ihren Augen, und es hat auch keinen Tüll, es ist ein viel erwachseneres Kleid, wenn Sie verstehen, was ich meine, es ist …«

»Ich will aber Tüll!« Nadine stampfte mit dem Fuß auf. »Ich will genau dieses Kleid, und Sie machen jetzt einfach mal Ihre Arbeit.«

»Meine Arbeit ist es, Sie ehrlich zu beraten«, widersprach Maja mit klopfendem Herzen.

»Ich will Ihre ehrliche Beratung aber nicht!«, trompetete Nadine. »Alles, was ich will, ist dieses Kleid!«

Maja hörte ein paar Nähte knirschen. Oder waren es Nadines Zähne?

»Probleme?« Hanneliese war wieder da. Sie roch nach kaltem Rauch.

»Ihre Kollegin ist der Meinung, dass mir Lila nicht steht«, petzte Nadine.

»Tssss.« Tadelnd schüttelte Hanneliese den Kopf. »Was ist denn das für ein Unsinn?«

Maja biss sich auf die Unterlippe.

»Natürlich steht Ihnen Lila«, sagte Hanneliese, »und Tüll schmeichelt jeder Frau.«

»Ich schaue mal im System, ob wir das Kleid in Größe 46 nachbestellen können«, schlug Maja vor. Schadensbegrenzung war besser als nichts.

»Ich brauche das Kleid morgen Abend«, erwiderte Nadine

mit abweisendem Gesichtsausdruck, »und außerdem ist mir 46 viel zu groß.«

Maja seufzte. Ihr fiel auf, dass sie in letzter Zeit oft seufzte.

»Sieht sie nicht aus wie eine echte Märchenprinzessin?«, schnurrte Hanneliese.

»Ja?« Nadines Augen leuchteten. »Wirklich?«

»Aber ja«, sagte Hanneliese.

Maja holte tief Luft. »Es ist nur schade, dass ...«, begann sie, doch Hannelieses erhobene Hand ließ sie sofort wieder verstummen.

»Ich kaufe es!«, rief Nadine.

»Bingo!«, flüsterte Hanneliese.

»Dann lassen Sie es mich noch kürzen«, sagte Maja. »Ich bräuchte anderthalb Stunden, es ist ja eine Menge Stoff und ...«

»Bemühen Sie sich nicht weiter. Ich werde besonders hohe Schuhe dazu tragen.« Nadine warf Maja einen bösen Blick zu, dann kehrte sie in die Umkleidekabine zurück.

»Ja, aber ...«

»Die Kundin ist Königin.« Mit einem Achselzucken ging Hanneliese davon, wahrscheinlich auf die Terrasse, um eine weitere Zigarette zu rauchen.

Am liebsten wäre Maja gleich wieder in die Stoffabteilung geflüchtet, doch zweimal am Tag konnte sie sich das nicht leisten.

Sie beobachtete, wie Nadine wenig später mit dem leidigen Tüllkleid zur Kasse ging. Dort wurde sie noch einmal geschickt von Hanneliese abgefangen, die ihren Provisionsaufkleber auf das Preisschild klebte.

Und dann schwebte Nadine, eine enorme Plastiktüte an sich gepresst, mit der Rolltreppe in die Tiefe. Ihrer lila Zukunft entgegen. Dieses Kleid würde ihr nur Ärger machen, davon war Maja überzeugt. Nadine würde noch von Glück reden können, wenn sie sich darin lediglich ein paar Knochenbrüche zuziehen würde.

Maja fuhr sich über das Gesicht. Sie hatte sich wirklich alle Mühe gegeben.

Niedergeschlagen ordnete sie einen Stapel Norwegerpullover, und dann war es zum Glück neunzehn Uhr, und sie konnte nach Hause gehen.

Sie beschloss, zu laufen. Eine halbe Stunde Bewegung an frischer Luft würde ihr guttun. Doch die gedrückte Stimmung wollte nicht weichen. Maja ging der heimtückische Gesichtsausdruck von Hanneliese nicht aus dem Kopf, als diese sagte: »Tüll schmeichelt jeder Frau.«

Wenig später schloss Maja die Wohnungstür auf. »Wie eine echte Märchenprinzessin«, äffte sie den Tonfall ihrer Vorgesetzten nach. Was sollte das denn überhaupt sein, eine *echte* Märchenprinzessin? Gab es auch unechte Märchenprinzessinnen? Maja gab einen grunzenden Laut von sich.

Sie schaltete das Licht an und ließ die Tür schnell wieder hinter sich zufallen. Die Welt konnte jetzt da draußen tun und lassen, was sie wollte. Sie, Maja, würde das Haus heute nicht mehr verlassen.

Sie legte die Kette vor und zog ihre Schuhe aus.

»Puh«, machte sie. »Puh-hu.«

Die heiße Dusche hatte ihr gutgetan. Ein Granatapfel-Shampoo hatte den Ärger des heutigen Tages aus ihren langen kastanienbraunen Haaren gewaschen und sie mit einem herrlichen Duft versehen.

Einen Frottee-Turban auf dem Kopf und in einen Bademantel gehüllt, saß Maja nun in der Küche, vor sich eine heiße Tasse Tee und ihr Skizzenbuch, in das sie gerade das Winterkleid mit dem smaragdgrünen Samtgürtel zeichnete. Als sie fertig war, blätterte sie zurück.

Es gab bereits viele Zeichnungen in ihrem Buch: herbstliche Capes, Sommerkleider, lange Seidenröcke, kurze Jeansröcke, Frühlingsmäntel. Sie hatte eine Kollektion bunter Rucksäcke entworfen und paillettenbestickte Satinbeutelchen für den Abend.

Nun also Winterkleider. Wozu eigentlich? fragte sich Maja. Warum tat sie das immer wieder? Sie trank einen Schluck Tee und schaute aus dem Küchenfenster. Weil sie nicht anders konnte.

Durch die kahlen Äste einer alten Kastanie hindurch leuchteten einige Fenster von gegenüber. Es war kalt und windig. Novemberwetter. Vielleicht würde es bald schneien? Maja liebte es, wenn der erste Schnee fiel. Es war so märchenhaft, als würde die Welt einfach von einer dicken Schicht Puderzucker bedeckt werden.

Im Wohnzimmer klingelte das Telefon. Maja ließ den Anrufbeantworter anspringen.

»Hallo!«, hörte sie die muntere Stimme ihrer besten Freundin Nora. »Hast du dein Handy wieder ausgeschaltet? Also, wir gehen gleich in den *Cookie-Club* und vorher etwas vorglühen in der *Mango-Bar*. Willst du nicht mitkommen? Maja … ich weiß doch, dass du neben dem AB stehst. Ich höre dich förmlich atmen.«

Maja lachte auf, nahm aber trotzdem nicht ab. Sie hatte keine Lust auszugehen.

»Majaaa«, rief Nora, »es ist Freitagabend, lass uns ein bisschen Spaß haben.«

Maja schüttelte den Kopf und kehrte in die Küche zurück. Sie mochte weder Clubs noch Bars.

Irgendwie schien sie etwas aus der Art geschlagen, ihre Art von Spaß sah ganz anders aus. Sie liebte das Glücksgefühl, das sich in ihr ausbreitete, wenn sie durch die Alte Nationalgalerie schlenderte und sich an der Schönheit der Marmorstatuen und Ölgemälde berauschte. Sie liebte lange Spaziergänge die Spree entlang oder durch den Grunewald.

Sie liebte eine gute Tasse Tee an ihrem Küchentisch, und sie konnte sich stundenlang auf YouTube die Modenschauen von Alexander McQueen anschauen. Seine traumhaften Visionen von Opulenz und ungezügelter Schönheit raubten ihr jedes Mal aufs Neue den Atem und trieben ihr die Tränen in die Augen.

Fantastische Fabelwesen glitten zu sphärischen Klängen über die Laufstege: schwarz gewandete Hohepriesterinnen, indische Herrscherinnen, gefiederte Engel, Feuergöttinnen, maskierte Zauberinnen, Regengeister und Punk-Prinzessinnen.

McQueens Schaffenskraft schien unermesslich und endete abrupt mit seinem Selbstmord im Jahr 2010. Bis zum heutigen Tag war Maja tief erschüttert darüber.

Sie zeichnete noch ein wenig in ihrem Skizzenbuch herum, dann ging sie wieder ins Wohnzimmer und legte eine DVD ein. *Die Chroniken von Narnia* mussten es jetzt sein. Mal wieder.

Gut, dass Nora nicht sehen konnte, was Maja gerade tat. Sie würde bestimmt die Augen verdrehen und sagen: »Den Film hast du doch schon hundertmal gesehen.«

Was auch stimmte. Aber was machte das schon? Wenn Maja Narnias Reich betrat, fühlte sie sich so leicht und unbeschwert wie selten.

Sie machte es sich auf dem Sofa bequem und freute sich auf ein Wiedersehen mit dem Faun Mr. Tumnus, doch schon bald waren ihr die Augen zugefallen.

Mit einem Lächeln im Gesicht versank Maja in Traumwelten, in denen es keine lila Tüllkleider von der Stange gab, keine Pager und vor allem keine Hanneliese Rogsch mit einem Atem wie Asche.

ZWEI

»Die ersten sechs wie gehabt, Nummer sieben ist neu.«

Maja nickte und nahm die Adressenliste entgegen. »Danke, Tim.«

»Und beeil dich, wir hatten schon wieder Beschwerden.«

»Berliner Verkehr.« Maja zuckte bedauernd mit den Schultern, dann machte sie sich mit einer großen Styroporkiste auf den Weg zum Lieferwagen.

Senioren-Menüs auf vier Rädern, stand auf beiden Seiten. *Immer unterwegs zu Ihnen.* Die Abbildung eines dampfenden Suppentellers auf der Motorhaube sollte wohl kurze Lieferwege und reibungslose Logistik suggerieren.

Meist war das Essen, das Maja am Wochenende ausfuhr, um sich ein bisschen Geld dazuzuverdienen, nicht mehr heiß. Sie wärmte es den Senioren dann wieder auf, wenn möglich mithilfe einer Mikrowelle. Wenn keine vorhanden war, füllte Maja den Inhalt der Aluminiumschälchen in Töpfe um, die sie auf dem Herd erhitzte, während sie mit den alten Leuten plauderte. Das gehörte natürlich nicht zu ihren Aufgaben, aber sie brachte es einfach nicht übers Herz, ihren betagten Kunden ein kaltes Mittagessen in die Hand zu drücken und weiterzufahren.

»Hallo, Agathe.« Maja lächelte, »ich bin's. Ich bringe dir dein Essen.«

»Ach, die Biene Maja.« Die alte Frau knallte ihre Wohnungstür zu, um die Kette abzunehmen. Im nächsten Moment öffnete sich die Tür wieder. »Hereinspaziert.«

Lachend betrat Maja die Wohnung. »Wie geht es dir? Was machen die Knie?«

»Die knirschen. Aber sonst bin ich fit.«

»Das ist gut.« Maja stellte die Schachtel in der Küche ab. »Heute gibt es Pasta mit Lachs«, sagte sie.

»Pasta?« Verwirrt schaute Agathe sie an. »Was ist denn das für eine Idee?«

»Magst du keine Pasta?«, fragte Maja.

»Na ja, zum Zähneputzen mag sie hilfreich sein, aber …«

Maja lachte. »Nudeln, meinte ich. Nudeln.«

»Ach so, ja, die mag ich gern.«

Während sich das Gericht in der Mikrowelle drehte, deckte Maja schnell den Tisch und schenkte Agathe ein Glas Wasser ein. »Schön viel trinken«, ermahnte sie sie.

»Mach ich, Prost.«

Die Mikrowelle begann zu piepen. Maja holte das Essen heraus und füllte es auf einen Teller.

»Hmmm.« Agathe schnupperte. »Lecker.«

»Guten Appetit, bis morgen.«

»Tschüss, Bienchen.«

Maja eilte die Treppen hinab und fuhr zur nächsten Adresse. Tim, der Gründer und Geschäftsführer von *Senioren-Menüs auf vier Rädern*, hatte ihr eine Route erstellt. So konnte sie die Kunden möglichst zügig beliefern und Umwege vermeiden.

Sie fuhr den Kurfürstendamm entlang, bog in die Fasanenstraße ein, stellte sich mit leuchtendem Warnblinker in die zweite Spur und brachte einem Ehepaar, das bereits seit siebzig Jahren verheiratet war, sein Mittagessen.

»Es ist nicht mehr sehr heiß«, entschuldigte sich Maja.

»Macht nichts«, sagte der alte Mann.

»Soll ich es Ihnen schnell aufwärmen?«

»Wir sind vielleicht alt«, erwiderte er, »aber nicht hohl in der Birne.« Er tippte sich gegen die Stirn.

»Verzeihen Sie, nein, so hatte ich das doch gar nicht … ich, es tut mir leid …«, stotterte Maja.

»Bringst du wieder junge Mädchen in Verlegenheit?« Seine Frau hatte sich neben ihn gestellt.

»He-he-he.« Er lachte heiser.

»Danke, Fräulein, und bis morgen.« Kopfschüttelnd schloss die Frau die Tür.

Maja flitzte die Stufen wieder hinab, in der Hoffnung, keinen Strafzettel erhalten zu haben. Sie hatte Glück. Eilig setzte sie sich hinter das Steuer und fuhr weiter. Kreuz und quer durch Berlin. Sie belieferte Leonore und Frau Reinke, sie goss bei Angelika noch schnell die Blumen und kochte für Herbert eine Tasse Tee.

So verging die Zeit, bis nur noch ein Kunde übrig war: Leonhard Viktorow. Er war Nummer sieben.

In der Charlottenburger Danckelmannstraße suchte Maja lange nach einem Parkplatz. Ich sollte mir einen Zauberstab anschaffen, dachte sie verzweifelt. Die Idee gefiel ihr, und als hätte der Gedanke daran bereits Zauberkraft, fuhr im nächsten Augenblick ein Auto aus einer Lücke, und Maja konnte bequem einparken. »Hokuspokus«, murmelte sie lächelnd, während sie die Handbremse anzog.

Kurz darauf stand sie vor einem ehemals prächtigen Altbau. Im Lauf der Jahrzehnte schien er ein wenig porös geworden zu sein.

Auf einem Klingelschild aus Messing suchte Maja nach dem Namen *Viktorow*. Immer wieder fuhr sie mit dem Zeigefinger über die blanken Knöpfe, von oben nach unten, von rechts nach links.

»Entschuldige«, sprach sie einen Jungen an, der gerade mit einem Fahrrad aus der Haustür kam, »ich suche einen Leonhard Viktorow, der muss hier irgendwo …«

»Hinterhaus, Mann«, sagte der Junge und deutete mit dem Daumen auf ein weiteres kleineres Klingelschild auf der gegenüberliegenden Seite.

»Na, hör mal!«, empörte sich Maja. »Ich bin kein Mann!«

Zur Sicherheit sah sie an sich herab. Sie trug einen grauen Flanellmantel, auf den sie mit feuerroten Seidenbändchen Rosenblüten gestickt hatte. Ihr Haar war zu zwei langen Zöpfen geflochten, und ihre Füße steckten in Mary-Poppins-Schnürstiefeln. Sehr männlich sah das alles nun wirklich nicht aus.

»Dann eben *du Oma.*« Der Junge grinste sie an und ließ die Haustür vor ihrer Nase zufallen.

»Rotzbengel!«, zischte Maja.

»Willste aufs Maul?«

Maja hob den Zeigefinger. »Freundchen«, warnte sie ihn.

Der Junge lachte auf und fuhr davon.

Während Maja auf dem kleineren Klingelschild weiter nach ihrem Kunden suchte, sang sie leise vor sich hin: »Das ist Berlin, Berlin, Berlin …«

Da war er ja: *Viktorow*. Maja drückte auf den Knopf. Eine Weile passierte gar nichts. Gerade als sie wieder klingeln wollte, summte der Öffner.

»Na endlich.«

Mit aller Kraft stemmte sich Maja gegen die Haustür, die gar nicht so schwer war, wie sie vermutet hatte, und mit einem

Satz fiel sie geradewegs in einen gleißend hellen Flur hinein. Blinzelnd sah sie sich um.

Wo früher bestimmt einmal ein Kronleuchter gehangen hatte, beleuchtete nun eine LED-Rasterleuchte mit penetranter Schonungslosigkeit die Tragik vergangenen Glanzes: schmuddeligen Marmor, herausgebrochene Jugendstil-Fliesen, Graffiti-Tags und einen Kinderwagen, der aussah, als stünde er bereits seit Jahren dort herum. Inzwischen diente er offenbar als Mülleimer.

Maja kam an einer geschwungenen Treppe vorbei, die in die oberen Stockwerke führte, daneben gab es eine unscheinbare Tür, über der ein Schild angebracht war: *Zum Hinterhaus.* Sie öffnete sie und gelangte in einen finsteren Innenhof, voller Gestrüpp und Mülltonnen. Maja fröstelte.

Wohin nun? Suchend sah sie sich um. Schließlich hatten sich ihre Augen an das Dämmerlicht gewöhnt, und sie erkannte den Umriss einer weiteren Tür.

Mit klopfendem Herzen steuerte sie darauf zu. Sie wollte jetzt gern Feierabend machen.

Zwei Stufen auf einmal nehmend, eilte sie eine schmale Treppe nach oben. Gerade ging im ersten Stock eine Tür auf, und ein großer, alter Mann erschien. Ein großer, alter *Herr*, korrigierte sich Maja in Gedanken.

Er hielt sich aufrecht und trug Hosen mit Bügelfalte und ein gepflegtes Cordjackett. Doch das Erstaunlichste an ihm war sein Haar: dichtes, silbriges Haar, das er zurückgekämmt hatte.

»Mein Name ist Maja, ich komme von der Firma *Senioren-Menüs auf vier Rädern.*«

»Schöne Frisur«, erwiderte er.

Maja lächelte ihn an. »Danke. Das Kompliment kann ich nur zurückgeben.«

Er trat beiseite und ließ sie hereinkommen.

»Wo soll ich das Essen hinstellen, Herr Viktorow?«

»Ach, geben Sie her. Was schulde ich Ihnen?«

»Nichts, das wird alles monatlich abgerechnet. Und soviel ich weiß, ist es schon im Voraus bezahlt worden.«

Leonhard Viktorow seufzte. »Ich habe meinem Sohn gesagt, dass das wirklich nicht nötig ist. Ich koche mir selbst gern was. Aber er hat es offenbar trotzdem veranlasst.« Er schnupperte an der Aluminiumschale. »Was gibt es denn?«

»Lachs mit P… Nudeln«, antwortete Maja.

»Was sind denn Pnudeln?«, fragte Leonhard Viktorow.

Maja prustete, dann erzählte sie ihm schnell die Geschichte von Agathe, die das italienische Wort Pasta nicht gekannt hatte. »Deswegen habe ich lieber Nudeln gesagt.«

»Sehr amüsant.« Er nickte, lachte aber nicht. »Ist das Ihr Beruf? Essen ausfahren?«

»Ich bin eigentlich gelernte Schneiderin.«

»Eigentlich?«

»Wo ist denn die Küche?« Maja nahm ihm das Essen wieder ab, denn er hielt es schief, und etwas Soße drohte herauszutropfen.

»Geradeaus und dann links.« Er deutete den Korridor entlang. Maja folgte seiner Armbewegung und sah sich dann neugierig in der Küche um. Alles war ordentlich und sauber. Eine Schüssel mit einem Rest Gurkensalat stand, sorgfältig mit Frischhaltefolie abgedeckt, auf dem Tisch.

Er schien die Wahrheit gesagt zu haben und für sich selbst zu kochen.

Maja stellte das Essen neben die Schüssel und ging wieder hinaus. »Hallo? Wo sind Sie denn?«

Sie fand ihn in einem geräumigen Wohnzimmer, wo er sich in einen Sessel gesetzt hatte. Er schien auf sie zu warten.

»Soll ich Ihnen das Essen aufwärmen?«, fragte Maja, die in der Tür stehen geblieben war.

»Machen Sie sich keine Umstände.«

»Kein Problem, wirklich.«

»Nein danke, ich habe keinen Hunger.«

Sie schwiegen.

»Aber *Sie* haben Hunger«, fuhr er fort. »Und Sie sind müde.«

»Können Sie Gedanken lesen?«

»Ja«, antwortete er knapp.

Wie er da so vor ihr saß, selbstbewusst und elegant, im Schein einer Leselampe, die seine Silbermähne aufleuchten ließ, kam er ihr vor wie ein Löwe.

»Wir sehen uns dann öfter?«, fragte er.

»Jedes Wochenende, Herr Viktorow.«

»Schön.« Er legte den Kopf schräg. »Nennen Sie mich doch Leo.«

Löwe, dachte Maja, ein richtiger *Löwe*.

»Gern.« Sie strahlte ihn an. »Ich heiße Maja.«

»Ich weiß«, sagte er und lächelte, »das erwähnten Sie eingangs bereits.«

»Ach, ja.« Maja hob entschuldigend die Schultern. »Dann also bis morgen.«

Er erhob sich, brachte sie zur Tür, reichte ihr die Hand. »Auf Wiedersehen, Maja.«

»Wiedersehen … Leo.«

Etwas benommen ging Maja zum Lieferwagen zurück.

Was für ein toller Mann, dachte sie. So charmant und gewandt. Wie ein ehemaliger Filmstar. Aber das allein hatte die Faszination nicht ausgelöst.

Da war noch mehr gewesen.

Irgendetwas verband sie und diesen prächtigen, alten Löwen.

***

Den Abend verbrachte Maja wieder allein auf dem Sofa. Während sie an einem Schal für Agathe strickte, schaute sie sich *Die Chroniken von Narnia* noch einmal von vorne an. Heute würde sie nicht wieder einschlafen.

Die Szene, in der sich Lucy Pevensie in einem großen Kleiderschrank versteckte, berührte sie jedes Mal. Sie selbst hatte viele Stunden ihrer Kindheit in einem ähnlichen Schrank verbracht. Es war der einzige Ort gewesen, an dem sie sich vollkommen sicher gefühlt hatte. Während sich ihre Eltern, nur wenige Meter von ihr entfernt, bis aufs Blut stritten, hatte Maja Zuflucht in dem mächtigen Kleiderschrank ihrer Mutter gefunden. Doch hinter all den Pelzmänteln und Kleidungsstücken hatte sich leider niemals die zauberhafte Schneelandschaft von Narnia ausgebreitet. Da war nur eine Holzwand gewesen.

Maja hatte sich in der Dunkelheit die Ohren zugehalten und dabei den erdigen Geruch, der im Schrank geherrscht hatte, besonders intensiv wahrgenommen: eine einmalige Mischung aus Pelz, Parfum, Schweiß und Mottenpulver.

Sie hätte heute gar nicht sagen können, ob es gut oder schlecht gerochen hatte. So roch es eben. Es war der Geruch ihrer Kindheit, den sie seither nie wieder wahrgenommen hatte.

Als Maja nach langer Zeit mal wieder zu Besuch bei ihrer Mutter gewesen war, hatte sie es wissen wollen und war noch einmal in den Schrank gekrochen. Viel kleiner war er ihr vorgekommen, und der Geruch war nicht mehr derselbe gewesen.

Lucy Pevensie war nun in Narnia angekommen und stapfte durch den Schnee. Gleich würde sie Mr. Tumnus, den Faun, unter der Laterne treffen.

Maja lächelte voller Vorfreude. Sie liebte diese mystischen Fabelwesen mit ihren Hörnern und Bocksfüßen, betörend Flöte spielend, sinnlich und ein bisschen unheimlich. Beschützer des Waldes und der Wiesen waren sie, und zu allerlei Späßen aufgelegt, die einen Irdischen in arge Bedrängnis bringen konnten.

Auf einem ihrer sonntäglichen Streifzüge durch die Berliner Museen hatte Maja eines Tages in der Alten Nationalgalerie eine Skulptur entdeckt, die sie vollkommen in den Bann gezogen hatte. Dank ihrer Jahreskarte besuchte sie die Skulptur seither regelmäßig. Es war die aus weißem Marmor gemeißelte Darstellung *Pan tröstet Psyche* von Reinhold Begas.

Ein weinendes Mädchen mit Schmetterlingsflügeln wurde von einem faszinierenden Mischwesen getröstet, dessen Oberkörper menschlich war, sein Kopf jedoch gehörnt. Seine Beine waren die eines Ziegenbocks. Er strahlte Wildheit aus, schien aber in der dargestellten Position vollkommen gezähmt und fürsorglich.

Besonders gut gefiel Maja sein Gesichtsausdruck. Bedauern schwang darin, aber auch ein wenig Amüsiertheit. So als dachte er: Ach, ihr Sterblichen, was macht ihr denn immer so ein Getöse?

Die Sprache seiner Hände war eindeutig: Er hatte sie fragend ausgestreckt, die Handflächen nach oben, ein wenig ratlos. Ring- und kleiner Finger seiner linken Hand berührten dabei ganz leicht den Oberarm der unglücklichen Psyche. Damit gab er ihr Halt, wollte es aber offensichtlich nicht übertreiben mit den Berührungen, schließlich lehnte sie mit dem Rücken ja bereits an seinen zottigen Beinen, die er elegant übereinandergeschlagen hatte.

Ein wahrer Gentleman, wenn man wusste, wie frivol Faune sein konnten.

Es steckte so viel Humor und Liebe in den Figuren, sie wirkten so echt, dass Maja nicht erstaunt gewesen wäre, wenn die beiden einfach von ihrem Sockel aufgestanden und in die Cafeteria spaziert wären. Die traurige Psyche könnte eine heiße Schokolade sicherlich gut vertragen.

Während die Stricknadeln leise klapperten und Lucy mit Mr. Tumnus am Kamin Tee trank, dachte Maja darüber nach, was Pan wohl trinken würde. Ziegenmilch? Sie kicherte. Nein, eher ein Bier, ein schönes, kühles Bier. Ja, das würde ihm gefallen. Oder ein Glas Wein.

Was war ihr eigentlich widerfahren, der hübschen Psyche, fragte sich Maja. Warum war sie so traurig, dass sogar der mächtige Naturgott Pan sie nicht trösten konnte?

Maja stand auf, holte ihren Laptop und rief Google auf.

Von ihrem Geliebten Amor verlassen, bereut Psyche ihre Neugier und deren fatale Folgen.

»Oh, nein«, murmelte Maja. Psyche hatte also Liebeskummer.

Sie googelte weiter und las folgende Geschichte:

Psyche ist die schönste von drei Töchtern eines Königs. Sie ist so schön, dass Venus eifersüchtig wird und ihrem Sohn Amor befiehlt, eine unglückliche Liebe über die schöne Psyche zu bringen. Doch Amor ist dem jungen Mädchen selbst schon längst verfallen und lässt es auf ein Schloss bringen. Dort besucht er sie jede Nacht in der Dunkelheit, zeigt ihr aber nie sein Gesicht.

Eines Nachts wartet Psyche mit einer Öllampe auf Amor. Hingerissen von seiner überirdischen Schönheit, verschüttet sie heißes Öl auf seiner Schulter.

Der göttliche Amor fühlt sich betrogen, fliegt davon und lässt Psyche untröstlich zurück. Venus erfährt davon und wird sehr wütend über den Ungehorsam ihres Sohnes. Sie macht sich auf die Suche nach dem todunglücklichen Mädchen und lässt es zur Strafe lebensgefährliche Aufgaben lösen. Mit der Unterstützung von Ameisen, Adlern, Schilfrohren und anderen magischen Helfern kann Psyche sie alle lösen. Bei der letzten Aufgabe scheitert sie jedoch, sie öffnet ein verbotenes Kästchen und fällt in todesähnlichen Schlaf.

Amor, dessen Verbrennungen inzwischen verheilt sind, eilt zu ihr. Mit seinen Flügeln fegt er den Schlaf zurück in das Kästchen, dann fliegt er hinauf in den Himmel und bittet die Götter um Hilfe. Diese haben Nachsicht. Sie reichen Psyche einen Becher Ambrosia und machen sie damit unsterblich. Nun steht einer göttlichen Hochzeit nichts mehr im Wege.

»Ach«, seufzte Maja, das war aber eine wunderschöne Geschichte, sogar mit Happy End, was in der griechischen Mythologie nicht gerade häufig vorkam. Eine kleine Einschränkung gab es allerdings: ein ganzes unsterbliches Leben lang die stinkwütende Venus zur Schwiegermutter zu haben würde bestimmt nicht einfach werden. Lachend klappte Maja den Laptop wieder zu.

Gerade hatte die große Schlacht um Narnia begonnen, doch auf einmal war es Maja zu laut. Sie schaltete den Fernseher aus, strickte noch ein paar Maschen, dann ging sie ans Fenster. Die regennasse Straße schimmerte wie ein Flusslauf. Laternenlicht malte gelbe Inseln hinein. Es war spät, niemand zu sehen. Kaum ein Auto.

Amor und Psyche, dachte Maja, eine Liebe so groß und unzerstörbar, dass sie göttlich wird.

Aber das war ja nur ein Mythos, so etwas gab es im wahren Leben gar nicht. Sie hatte von klein auf etwas ganz anderes vorgelebt bekommen. Ihre Eltern hatten sich nie gut verstanden, es hatte immer ein gereizter Ton geherrscht, der sich wie eine chronische Entzündlichkeit über alles gestülpt hatte.

Und sie selbst? Maja seufzte gegen die Fensterscheibe. Ihr Liebesleben war bislang auch nicht gerade glanzvoll verlaufen. Drei kurze Beziehungen mit Männern, die ihr eigentlich überhaupt nichts bedeutet hatten. Eine traurige Bilanz.

Vielleicht fehlte ihr ein Gen? Irgendetwas stimmte doch nicht mit ihr. Sie war fünfundzwanzig Jahre alt und schwärmte für … einen Marmor-Faun.

Es begann stärker zu regnen.

DREI

»Heute gibt es Blutwurst mit Sauerkraut.«

»Oh«, machte Leo.

»Mit Kartoffelpüree«, ergänzte Maja schnell.

»Kommen Sie herein.«

»Danke.« Maja betrat die Wohnung. Es duftete nach Reis und Curry.

»Haben Sie schon wieder selbst gekocht?«, fragte sie.

»Ja, zum Glück.« Mit sanftem Druck schob er sie über den kleinen Flur in die Küche hinein. »Nehmen Sie doch bitte Platz.«

Der Tisch war für zwei Personen gedeckt. Auf dem Herd dampften Töpfe.

»Ja, aber …«

»Sie waren doch gestern so hungrig, da dachte ich, ich koche uns was Schönes und wir essen zusammen. Einen schönen Mantel tragen Sie da, wollen Sie ihn nicht ablegen?« Er wartete ihre Antwort gar nicht ab und begann, die Teller mit Reis und einem offenbar indischen Hühnchengericht zu befüllen.

»Und die Blutwurst?«, fragte Maja ziemlich lahm, wie sie selber fand.

»Die bringe ich nachher der Lulu. Bitte Platz nehmen.«

»Der Lulu?«, kam es noch lahmer.

Leo hatte sich schon gesetzt und legte sich eine Stoffserviette auf die Knie. Er schien selber hungrig zu sein. »Das ist die Schäferhündin meiner Nachbarin.«

Er lächelte Maja aufmunternd zu. »Und jetzt guten Appetit, ich bin gespannt, wie es Ihnen schmeckt.«

Maja zog den Mantel aus und setzte sich. Sie hatte ja alle

Mahlzeiten ausgeliefert, und den Wagen könnte sie mit etwas Verspätung zurückbringen.

»Wie schmeckt es Ihnen?«, fragte Leo.

Sie probierte und sah ihn dann erstaunt an. »Das ist ja irrsinnig gut.«

»Irrsinnig gut?« Leo lachte auf. »Freut mich.«

Sie aßen eine Weile schweigend.

»Wieso lässt denn Ihr Sohn Ihnen Essen kommen?«, fragte Maja schließlich.

»Ach …« Leo wischte sich mit einer Serviette den Mund ab. »Er lebt mit seiner Frau in London und glaubt wahrscheinlich, dass er mir damit aus der Ferne etwas Gutes tut.«

»Das ist sehr nett von ihm«, sagte Maja.

»Ja, natürlich ist das nett. Aber ich finde, dass es am besten ist, für sich selbst zu sorgen, solange man kann. Wenn einem alles abgenommen wird, verfault man eines Tages in seinem Sessel.«

Maja lachte. »Keine schöne Vorstellung.«

»Überhaupt nicht.«

»Ich habe im Computersystem nachgesehen, Ihr Sohn hat drei Monate im Voraus bezahlt.«

»So ein Spinner. Möchten Sie noch eine Portion?«

»Vielen Dank, ich bin satt.«

»Einen Kaffee?«

»Gern.«

Maja beobachtete, wie Leo die beiden Teller zum Spülbecken brachte und nun eine italienische Espressokanne mit Kaffee und Wasser befüllte. Mit einer eleganten Handbewegung hatte er ihr zu verstehen gegeben, dass er keine Hilfe wünschte.

Und plötzlich hatte sie eine Vermutung, warum sie sich Leo

so verbunden fühlte: Er erinnerte sie eindeutig an ihren leider längst verstorbenen Onkel Samuel. Eigentlich war er kein echter Onkel gewesen, sondern ein Cousin um fünf Ecken ihrer Großmutter. Aber das hatte überhaupt keine Rolle gespielt. Er war der Held ihrer Kindheit gewesen: unschlagbar, optimistisch, selbstbewusst. Eines schönen Sommertages war er mit Maja weit auf den Müggelsee hinausgeschwommen. Sie konnte damals nicht älter als fünf oder sechs Jahre alt gewesen sein, lediglich mit Schwimmflügelchen ausgestattet.

»Arme vor und zurück, schön die Füße schließen«, hatte er sie mit ruhiger Stimme angewiesen, »wie ein Frosch, super, Maja, super!«

Ihre Mutter hatte hinterher einen Tobsuchtsanfall bekommen.

Maja lächelte in Erinnerungen versunken. Was für ein Spaß war das gewesen, Onkel Samuel hatte den ganzen Ärger abbekommen, er war sichtlich amüsiert gewesen und hatte Majas Mutter schließlich einen Kuss auf die Stirn gegeben. »Deine Tochter schwimmt so gut wie eine Kanalratte«, hatte er gesagt und sich dann über den Picknickkorb hergemacht. Diese Anekdote leuchtete wie ein Polarlicht über Majas Kindheit.

Leo umwehte derselbe Wind von Souveränität, Gewissheit und Selbstvertrauen.

»Setzen Sie sich doch schon einmal aufs Sofa, ich komme gleich nach«, sagte er gerade. Sein Ton war freundlich, aber bestimmt. Ganz Onkel Samuel.

Maja unterdrückte ein Lächeln und ging voraus ins Wohnzimmer. Neugierig sah sie sich um.

Der Raum war hübsch eingerichtet: geblümte Polstermöbel unter dem Fenster, ein antik aussehender Couchtisch, einige Zeitschriften darauf, auf dem Parkettboden persische Teppiche. Auf der Lehne eines Sessels lag ein Häkeldeckchen. Eine schöne Handarbeit, das konnte Maja aus der Ferne erkennen.

An der Wand stand eine Anrichte mit einer Sammlung Glasvasen darauf. In einer befanden sich fünf vollkommen verdorrte Rosen.

Maja konnte nicht erfassen, was es war, doch irgendetwas stimmte hier nicht. Der Raum war geschmackvoll eingerichtet, wirkte aber merkwürdig unbewohnt und staubig. Es war eher eine Stimmung als ein Zustand.

Auf einem Beistelltisch entdeckte Maja eine gerahmte Fotografie.

Ein junges Paar war darauf zu sehen. Eine Frau lachte in die Kamera, ihre Augen leuchteten in derselben Farbe wie das Meer im Hintergrund, ihr helles Haar war lockig und vom Wind zerzaust. Der Mann neben ihr hatte einen Arm um ihre Schultern gelegt und betrachtete sie voller Liebe … Maja schluckte, das war ja Leo! Ein blutjunger, wunder-, wunderschöner Leo.

Amor und Psyche, schoss es ihr durch den Kopf, und im nächsten Moment traten heiße Tränen in ihre Augen. Das Foto berührte sie auf unerklärliche Weise. Jetzt bahnte sich sogar ein Schluchzen seinen Weg in die Höhe und saß ihr bereits in der Kehle. Reiß dich doch zusammen, schimpfte sich Maja, aber es ging nicht.

Mit zusammengebissenen Zähnen eilte sie zurück in den Korridor und öffnete dort die nächstbeste Tür. Es war ein Schlafzimmer.

»Oh!« Maja schloss die Tür hastig wieder und versuchte eine weitere zu öffnen, doch diese war verschlossen.

»Suchen Sie etwas?« Leos Kopf ragte aus der Küche.

»Badezimmer?«, rief sie mit erstickter Stimme.

»Eine Tür weiter.«

Maja verschwand im Bad, schob den Riegel vor und setzte sich auf den Wannenrand. Tränen strömten über ihre Wangen.

Was war denn das für eine hysterische Reaktion? Kopfschüttelnd ließ Maja kaltes Wasser über ihre Hände laufen.

Manchmal verstand sie sich selbst nicht.

Den alten Leo so jung zu sehen, seine Verliebtheit, seine Verletzlichkeit, und neben ihm diese wunderschöne Frau. Genauso verliebt, genauso jung, beide am Anfang eines leuchtenden Weges ... All das hatte sie aus der Bahn geworfen. Maja bemühte sich, ruhig zu atmen. Wo war sie hin, diese Frau? Sie war nicht mehr da, so viel hatte Maja begriffen, sie war fort und hatte das Licht mitgenommen.

»Kaffee ist fertig!«, rief Leo von draußen. Geschirr klapperte.

Mit nassen Händen fuhr sich Maja über das Gesicht. Dann drehte sie den Hahn wieder zu und ging hinaus.

Ein feiner dunkler Kaffeeduft lag in der Luft.

»Haben Sie ein Bad genommen?« Schmunzelnd deckte Leo den Sofatisch mit einem weiß-goldenen Service. In einem dazu passenden Schälchen lagen Dominosteine. »Ist noch etwas früh für den Weihnachtskram«, murmelte er, »aber bald kann man das Zeug sowieso nicht mehr sehen, nicht wahr?«

Er schaute auf und sah sie an. Maja fiel der Farbton seiner Augen auf: ein helles Goldbraun.

»Ist etwas passiert?«, fragte er.

Sie schüttelte den Kopf, kam sich vor wie ein dummes Kind.

»Heraus damit«, befahl er.

Stumm deutete sie auf die Fotografie.

»Ah«, machte Leo. Er goss Kaffee in die beiden Tassen.

Der warme Duft verstärkte sich.

»Milch?«

»Gern.«

Sie setzten sich. Leo lehnte sich in seinem Sessel zurück und rührte einen Löffel Zucker in seine Tasse.

Eine Wanduhr tickte laut. Es war Maja vorher nicht aufgefallen.

»Luise«, sagte Leo schließlich. »In einem magischen Land, das man Jugend nennt und das viel zu schnell in weite Ferne rückt, war sie meine Frau.«

Luise. Maja wollte gern mehr erfahren, wusste aber nicht, wie sie ihn zum Weitersprechen bewegen konnte.

Leo schien in Gedanken versunken und trank mit kleinen Schlucken seinen Kaffee. »Sie müssen die Dominosteine probieren«, sagte er nach einer Weile.

»Haben Sie die auch selbst gemacht?«

»Oh nein, um Gottes willen.« Er lachte. »Es gibt einen guten Bäcker hier um die Ecke.«

Maja nickte.

»Was hat Sie vorhin zum Weinen gebracht?«, fragte Leo.

»Das weiß ich auch nicht genau. Ich bin manchmal so …« Sie brach ab. *Versponnen*, hatte ihre Mutter es immer genannt. Bis zum heutigen Tag assoziierte Maja Spinnweben damit. Riesige Netze, auf denen schwarze Spinnen entlangkrabbelten und versponnene Leute einspannen, um sie später aufzufressen oder auszusaugen oder was auch immer Spinnen mit ihren Opfern taten.

»Empfindsam«, beendete Leo ihren Satz und biss genussvoll in einen Dominostein.

Maja starrte ihn an, sie blinzelte, und im nächsten Augenblick hatten sich die Spinnen und ihre Netze verflüchtigt.

Den Lieferwagen von *Senioren-Menüs auf vier Rädern* brachte sie an diesem Sonntagabend erst spät zurück.

»Wo warst du denn so lange?«, fragte Tim. »Ich habe mir Sorgen gemacht.«

Ziemlich aufgekratzt erzählte Maja von ihrem gemeinsamen Essen mit Leo und den anschließenden Gesprächen über alles Mögliche: Kochrezepte, Reiseziele, ihre Arbeit, Bücher …

»Wer ist Leo?«

»Leonhard Viktorow.«

»Ah, Nummer sieben auf deiner Route.«

»Er ist keine Nummer«, rief Maja verärgert, »er ist ein Mensch, ein wundervoller Mensch, wir …«

»Du weißt schon, dass ich eine zu vertrauliche Beziehung zu den Kunden nicht gutheiße.«

Innerlich verdrehte Maja die Augen. Tim war achtundzwanzig Jahre alt, hatte seinen Master in *Innovation and Entrepreneurship* gemacht und eine ordentliche Finanzspritze seines Vaters erhalten. Neben den *Senioren-Menüs auf vier Rädern* betrieb er das Café *Bacon and Cheese* in Prenzlauer Berg.

»Hast du verstanden, Maja? Es wirft einfach kein gutes Licht auf uns. Die Angehörigen glauben, wir machen uns bei den alten Leuten beliebt, um dann beim Erbe bedacht zu werden.«

Maja schnappte nach Luft. »Das ist ja wohl absolut ekelhaft!«

»Aber so ist es«, erwiderte Tim. Er fuhr sich über seine

kurz geschnittenen blonden Haare. »Wollen wir noch was trinken gehen?«

»Was?«

»Na, wir beide. Auf ein Glas Wein oder so.«

Plötzlich war Maja müde. »Ich muss morgen früh raus.«

»Ich doch auch, komm schon.« Tim berührte sie sanft am Arm.

Sie schüttelte den Kopf. »Ein anderes Mal. Gute Nacht.«

»Wie du willst. Dann bis nächsten Samstag.« Er küsste sie auf die Wange. »Ich wünsche dir eine schöne Woche.«

Verwirrt sah sie ihn an. »Danke, danke«, murmelte sie.

Sie verließ das Büro und ging zur U-Bahn. Ein feiner Eisregen hatte eingesetzt. Hübsch sah das aus, fand Maja, wie es in den Lichtkegeln der alten Gaslaternen glitzerte. Aber kalt war ihr. Sie brauchte einen wärmeren Mantel. Einen mit kuscheligem Innenfutter und einem Kragen aus Kunstpelz. Ein Redingote-Mantel begann vor ihren Augen Form anzunehmen. Maja liebte den Schnitt dieses ehemaligen englischen Reitmantels: oben schmal und nach unten hin weit schwingend. So ein Mantel stand jeder Frau, er war feminin, elegant und hielt warm. Zur Not könnte man damit sogar ausreiten. Maja kicherte in sich hinein.

Welche Farbe sollte er haben? Bordeaux, Aubergine? Nein, das war zu düster. Wie wäre es mit … Himbeerrot?

»Au ja!« Majas Atem dampfte in der Kälte.

Sie sah jedes Detail genau vor sich: die Wiener Nähte, zwei Klappentaschen, vier schwarze Knöpfe, ein opulenter schwarzer Pelzkragen.

In der U-Bahn zeichnete sie den Entwurf in ihr Skizzenbuch, das sie immer bei sich trug. Himbeermantel, nannte sie das Modell, und als sie aufblickte, war sie drei Stationen zu weit gefahren. Hastig stieg Maja aus und wechselte den Bahnsteig.

Versponnen, rief ihre Mutter ihr hinterher, doch bevor die ersten Spinnen auftauchen konnten, fiel Maja zum Glück wieder ein, was Leo vorhin gesagt hatte: *empfindsam*.

Ja, sie war empfindsam. Ein typisches Leo-Wort, dachte sich Maja amüsiert, andere hätten »sensibel« gesagt, aber es war tatsächlich viel mehr als das. Sie *empfand*, sie nahm Dinge wahr. Gedanken, Stimmungen, Ungesagtes konnte sie manchmal spüren. Manchmal auch nicht. Besonders abrufbar war diese Gabe nicht. Aber sie war da und gehörte seit Kindertagen zu ihr.

So manch ein stummes Gespräch hatte sie bereits mit Kleidungsstücken geführt. Wenn sie einer Textilfabrik aus Bangladesch entstammten, strahlten sie nichts Gutes aus.

Maja kommunizierte auch mit ihrer Zimmerpalme und den Meisen und Spatzen im Vogelhäuschen, das sie an ihrem Küchenfenster angebracht hatte. Sie sprach mit allem, was eine Seele haben könnte, und erhielt erstaunlich viele Antworten.

All das hätte sie niemals jemandem erzählt (es gab schlimmere Bezeichnungen als *versponnen*), auch ihrer Freundin Nora nicht. Obwohl sich die beiden bereits aus Kindergartentagen kannten und sehr gernhatten, waren sie grundverschieden.

Nora mochte alles, was laut und bunt war, sie hatte zahlreiche Liebhaber und freute sich die ganze Woche lang aufs Wochenende. Dann tanzte sie sich auf Stilettos durch die Berliner Nächte, schüttelte ihre wilden Locken, frühstückte im *Schwarzen Café* oder im *Benedict*, verschlief den Nachmittag und fing um Mitternacht wieder von vorne an.

Einmal – ein einziges Mal – war Maja mitgegangen.

»Big City, beautiful night«, hatte Nora gesungen und lachend die Arme nach oben geworfen. In ihrem schillernden Minirock sah sie wunderschön aus, fand Maja, wie eine fröhliche Nixe. Sie selbst trug ein schwarzes Kleid.

Dann war Nora in der Menschenmasse einfach untergegangen, Bässe dröhnten, Lichter blinkten, Maja wusste nicht, was sie tun sollte. Suchend sah sie sich um, da rammte ihr jemand seinen Rucksack ins Gesicht.

»Aua!«, schrie Maja, doch auch der Rucksackträger versank vor ihren Augen wie in einem Moor. Maja flüchtete sich an eine Säule, hielt sich die schmerzende Nase und stöhnte leise. Sie war eine Langweilerin, eine schreckliche Langweilerin in einem selbst genähten, langweiligen Kleid.

Ein Mann mit Bierfahne sprach sie an, eigentlich schrie er sie an.

Sie schrie zurück: »Ist mir zu laut hier!«

»Wollen wir gehen?«, brüllte er grinsend.

Bestürzt schüttelte Maja den Kopf. Sie schien die Spielregeln ja überhaupt nicht zu beherrschen. Der Typ zuckte mit den Schultern, trank sein Bier aus, rülpste und ging weiter.

Das war nicht ihre Welt, entschied Maja. Sie hatte sich wirklich alle Mühe gegeben. Es war inzwischen zwei Uhr morgens. Sie winkte Nora zu und verschwand.

Ihre Ohren summten noch lange, während sie durch die schöne Sommernacht nach Hause schlenderte, barfuß, weil ihr die Füße auf den hohen Absätzen wehtaten. Maja legte den Kopf in den Nacken und atmete tief durch. Über ihr breiteten sich die Blätterdächer der Linden aus und funkelten im Licht der Laternen.

»Es gibt kein schöneres Grün als Lindengrün im Frühsommer«, flüsterte sie, und die Linden bedankten sich für dieses Kompliment mit einem wohlklingenden Rauschen.

In Erinnerung an diese Nacht hätte Maja fast wieder vergessen, aus der U-Bahn zu steigen. »Zurückbleiben!«, tönte es. Im letzten Moment sprang sie aus dem Abteil.

Was für ein schönes Wochenende das gewesen ist, dachte sie auf dem Nachhauseweg. Leo hatte für sie gekocht und Dominosteine gekauft. Und viel mehr noch: Er hatte ihr das Gefühl gegeben, dass sie in Ordnung war, wie sie eben war.

So etwas hatte sie noch nie erlebt.

***

»Beraten Sie die Kundin da drüben, aber vermasseln Sie es nicht wieder.« Hanneliese presste kurz die Lippen aufeinander. »Wenn eine Kundin sich für ein Kleidungsstück entschieden hat, dann reden Sie es ihr nicht wieder aus.«

»Wenn es ihr nicht steht, werde ich es ihr sagen«, erwiderte Maja.

»Ich habe Sie im Auge.« Hanneliese streckte ihr einen knochigen Zeigefinger entgegen. »Und jetzt hopp.«

Maja ging zu der Frau hin, die sich in der Mantelabteilung umsah.

»Guten Tag, kann ich Ihnen behilflich sein?«

Die Frau schaute auf. »Dieses Modell gefällt mir, haben Sie das noch in Größe 40?«

Maja suchte. »Nein, *leider* nicht«, sagte sie und versuchte ihrer Stimme einen bedauernden Klang zu verleihen. Zum Glück, dachte sie. Der Mantel war mit uniformartigen Epauletten verziert, und da die Frau erstaunlich breite Schultern hatte, hätte sie in dem Mantel ausgesehen wie ein Fremdenlegionär.

»Wie finden Sie mich damit?« Inzwischen war die Kundin in einen anderen Mantel geschlüpft und drehte sich vor dem Spiegel hin und her.

»Äh«, machte Maja. In Gedanken raufte sie sich die Haare. Viele Frauen schienen perfekte Instinkte für das falsche Kleidungsstück zu haben.

»Wissen Sie«, hob sie vorsichtig an, »Sie sollten Schulterpolster und zu breite Revers-Krägen meiden.«

»Wieso denn das?«

»Betonen Sie lieber Ihre Stärken«, antwortete Maja ausweichend.

»Was für Stärken?«

»Sie haben zum Beispiel sehr schönes rötliches Haar. Da würde Ihnen dieses Modell wunderbar stehen. Sehen Sie nur die satte Kürbisfarbe mit dem goldenen Unterton.« Maja hielt einen Mantel hoch, der ihr außerordentlich sympathisch war. »Dieser Mantel wird Ihnen ein guter Freund sein«, erklärte sie, doch der irritierte Blick der Kundin ließ sie sofort wieder verstummen.

Maja räusperte sich. »Der V-Ausschnitt lässt Platz für einen Schal und betont Ihre Schultern trotzdem nicht übermäßig.«

»Was ist denn mit meinen Schultern?«, unterbrach die Frau.

Bevor Maja antworten konnte, trat Hanneliese zwischen den Kleiderständern hervor.

Wie ein Hirsch, der aus dem Unterholz bricht, nur lange nicht so majestätisch, dachte Maja halb erschrocken, halb amüsiert.

»Was gibt es?«

»Die Dame sucht einen Mantel«, sagte Maja.

»Das weiß ich doch«, erwiderte Hanneliese bissig. Sie drehte sich zu der Kundin um, die immer noch in dem unvorteilhaften Mantel steckte und zu schwitzen begonnen hatte.

»Ein schönes Modell haben Sie sich da ausgesucht«, lobte Hanneliese und machte ihr leutseliges Gesicht.

»Ihre Kollegin rät mir ab.« Verärgert starrte die Frau in den Spiegel. Hanneliese begann auf sie einzureden. *Blablabla.*

Maja seufzte. Es war zehn nach zehn am Montagmorgen, und sie hatte bereits das erste Problem. Warum musste sie auch immer so ehrlich sein? Ihr Leben könnte viel einfacher sein, wenn sie sich an Hannelieses Vorsatz hielte.

Sie haben einen dicken Bauch und möchten ein Schlauchkleid tragen? Wunderbar! Tun Sie das. Die Nächste, bitte.

Sie haben X-Beine und lieben Leggings? Hier gibt es gleich drei Paar für den Preis von zweien. Nur zu! Sie sollten nicht lange überlegen.

Die Bluse ist Ihnen zu eng? Aber nein, Sie sehen sehr weiblich darin aus. Kaufen Sie, kaufen Sie … und ich bekomme meine Provision. Ich verdiene mein Geld mit Ihren Fehlkäufen. Was geht es mich an, wie Sie aussehen?

Maja überließ die Kundin ihrem Schicksal und entfernte sich im Rückwärtsgang. Ob sie einen Ausflug in die Stoffabteilung wagen könnte? Nein, dafür war es wohl noch zu früh. Also stellte sie sich hinter eine Gruppe von Kleiderpuppen und beobachtete aus der Entfernung, was als Nächstes geschehen würde. Gerade holte die Kundin den Fremdenlegionärs-Mantel wieder heraus. Hanneliese nickte eifrig.

»Nein«, flüsterte Maja, »bitte nicht.«

Und dann nahm ein weiteres Modedesaster seinen Lauf:

Die Frau mit den breiten Schultern kaufte den zu großen Mantel mit absurden Schulterepauletten. Die aschgraue Farbe stand ihr auch nicht.

Bedauern durchflutete Maja, sie war davon überzeugt, dass diese ungute Verbindung geradezu schädlich sein konnte. In solch einem Mantel lernte man die falschen Leute kennen, solch ein Mantel würde in Fahrstuhltüren eingeklemmt werden und sich mit Cappuccino aus Coffee-to-go-Bechern bekleckern lassen.

Ja, sie wusste, dass sie es manchmal übertrieb. Ein Mantel ist bloß ein Mantel, würde ihre Mutter sagen, nichts weiter als ein Kleidungsstück.

Aber ein Mantel war eben *nicht* bloß ein Mantel, und ein Kleidungsstück, egal ob Mantel, Hose, Rock oder Kleid, begleitete einen ein Stück weit auf dem Lebensweg, war eine zweite Haut, man konnte seine Stimmung damit zum Ausdruck bringen und erlebte Dinge darin. Erinnerungen blieben haften, gute oder schlechte. Ein Kleidungsstück war in der Lage, Schicksale zu lenken.

Plötzlich hatte Maja Sehnsucht nach Leo. Sie wollte gern mit ihm über all das sprechen und seine Meinung hören, aber damit würde sie wohl noch die ganze Woche warten müssen.

»Guten Morgen.« Gerade kam Rita mit einer großen Kiste vorbei. »Hilfst du mir beim Auspacken? Hanneliese hat einen Restposten Schals mit Weihnachtsmotiv vom letzten Jahr bestellt.«

Rita, in ihren Vierzigern, geschieden, alleinerziehend mit zwei Kindern, war Majas Kollegin und insgeheim ihr warnendes Beispiel dafür, wie sie einmal *nicht* werden wollte.

Mit vierzig will ich nicht mehr hier arbeiten, sagte Maja

stumm ihr Mantra auf, ich will auch nicht geschieden sein. Ich will … ich will …

»Ja, klar«, sagte sie und war froh, das Gedankenkarussell beenden zu können.

»Polyacryl«, murmelte Rita kopfschüttelnd, »damit sollte man nicht in die Nähe einer Kerze geraten.«

Maja kicherte. Sie mochte Rita und ihre Unerschütterlichkeit.

»Wie geht's den Kindern?«, fragte sie.

»Gut, danke. Flo hat Windpocken und Nelli Schnupfen. Alles unter Kontrolle.«

»Na, wunderbar.«

Rita öffnete die Kiste und verzog das Gesicht. »Made in China.«

»Meine Güte, hässlicher geht es nicht mehr«, murmelte Maja. Mit spitzen Fingern hielt sie einen giftgrünen Schal mit Weihnachtsmanngesichtern in die Höhe.

»Die sollen zwanzig Euro kosten«, sagte Rita.

»Nicht dein Ernst.«

»Was wird denn hier getuschelt?«

Maja hatte Hannelieses Anwesenheit bereits gerochen, bevor sie sie gehört oder gesehen hatte. Asche.

»Ach, nichts«, sagten sie und Rita wie aus einem Mund.

Mit gesenkten Köpfen machten sie sich ans Auspacken und Etikettieren der chinesischen Kunststoffschals und schauten sich erst wieder an, als Hanneliese verschwunden war.

Rita gab einen glucksenden Laut von sich. »Was für ein Drachen.«

»Sehr treffend«, erwiderte Maja lachend.

Der Montag verging nur schleppend.

Der einzige Lichtblick war eine spanische Touristin, die

sich einen Lederrock kaufte, der wie angegossen saß. »Muchas gracias«, sagte sie zu Maja, die für einen kurzen Moment mit sich und der Welt ausgesöhnt war. Doch dann wurden gleich zwei der scheußlichen Weihnachtsschals auf einmal verkauft, und Majas Mut sank wieder. Sie ging zu den Toiletten, schloss sich ein und schaute auf die Uhr. Noch zwei Stunden.

Wie langsam Zeit vergehen konnte. Sie zählte ein paar Fliesen.

Da begann der Pager in ihrer Tasche zu vibrieren.

»Das ist doch nicht wahr«, murmelte Maja.

Sie wusch sich die Hände und eilte wieder hinaus in den Verkaufsraum.

»Hier gibt es was zu kürzen!«, rief Hanneliese ihr zu. »Hopp-hopp!«

Irgendwann war der Arbeitstag dann doch endlich vergangen.

Wieder lief Maja zu Fuß nach Hause. Sie wohnte gar nicht weit entfernt von Leo, und wie von allein hatten ihre Beine die Richtung dorthin eingeschlagen. Wenig später stand sie vor seiner Haustür in der Danckelmannstraße.

Was würde sie dafür geben, jetzt ein Stündchen auf einem seiner geblümten Sessel zu verbringen. Sie wollte mehr über Luise erfahren, die glücklich lachende, schöne Luise. Was war aus ihr geworden?

Das geht dich nichts an, ermahnte sich Maja, du kannst nicht einfach bei den Kunden klingeln, und du solltest auch nicht vor ihren Haustüren herumlungern.

Sie machte sich auf den Heimweg. Unterwegs klingelte ihr Handy.

»Hallihallo, hier ist der Tim«, erklang es munter, »was machst du Schönes nach Feierabend?«

»Ich ... weiß nicht«, stotterte Maja.

»Lust auf einen Drink?«

»Ich habe noch zu tun.«

»Was denn?«

»Ich muss etwas ... zu Ende bringen«, antwortete Maja ausweichend. Sie konnte doch unmöglich sagen: Ich muss an einem Schal weiterstricken.

Er lachte. »So, so. Ach, weißt du was?«

»Na?«

»Deine Nummer sieben hat heute angerufen.«

»Was ist mit ihm?«

»Er wollte sein Essen stornieren.«

»Oh, nein.« Eine Welle von Traurigkeit erfasste Maja. Sie würde Leo also am nächsten Wochenende gar nicht wiedersehen. Sie würde ihn überhaupt nie wiedersehen. »Aber das geht doch nicht!«, rief sie.

»Das habe ich ihm auch gesagt. Wir können die Reservierung nicht rückgängig machen.« Tim hustete. »Also, wir könnten natürlich, aber das ist eine Menge Geld, und solange er nicht mit einem Rechtsanwalt droht, halte ich mal die Füße still.«

»Wie hat er sich angehört?«

»Sehr höflich, ich glaube, er wird uns keine Probleme machen. Wir sollen das Essen einer bedürftigen Person schenken, hat er gesagt. Was ist nun mit uns beiden? Wollen wir was trinken gehen?«

»Hat er sonst was gesagt?«, fragte Maja.

»Ja, er lässt dich grüßen und ...«

Ein Laster fuhr vorüber, und sie konnte nichts mehr verstehen.

»Was?«, schrie sie. »Was?«

»Nun brüll mir doch nicht so ins Ohr, Maja.«

»Er lässt mich grüßen und weiter?« Ihre Stimme klang ungeduldig.

»Er hat nach deiner Handynummer gefragt.«

»Ja?« Ein Lächeln legte sich auf Majas Lippen. »Und hast du sie ihm gegeben?«

»Natürlich nicht.«

Ihr Lächeln erstarb. »Warum denn nicht?«

»Na, hör mal, ich schütze doch meine Mitarbeiter.«

So ein Blödmann, dachte Maja, so ein elender Blödmann.

»Wovor willst du mich denn schützen?«, rief sie aufgebracht. »Leo ist der netteste Mann, den ich je kennengelernt habe. Er ist ein Gentleman!«

Tim lachte auf. »Nur leider hundert Jahre zu alt für dich.«

»Darum geht es doch überhaupt nicht!«, schrie Maja in ihr Handy. »Du verstehst gar nichts!« Und dann beendete sie mit einem Knopfdruck das Gespräch.

Leo hatte nach ihrer Nummer gefragt!

Sie drehte auf dem Absatz um und rannte so schnell sie konnte zurück in die Danckelmannstraße.

VIER

»Sie meinen, ein Seidenkleid kann ein Leben verändern?«

»Vorausgesetzt, dass es gute Seide ist«, Maja dachte kurz nach, »die Trägerin muss das ganz besondere Seide-auf-der-Haut-Gefühl haben, dieses königliche Empfinden, das nur Seide einem geben kann.« Sie schaute auf. »Wenn Sie verstehen, was ich meine.«

»Ich trage eher selten Seidenkleider.« Leo hob die Schultern.

Sie lachten.

»Farbe und Schnitt müssen natürlich stimmen«, fuhr Maja fort, »Timing und vieles mehr kommen auch ins Spiel, aber das Allerallerwichtigste ist: Frau und Kleid müssen einander mögen. Dann kann das Schicksal seinen Lauf nehmen.«

»Eine interessante Theorie.« Leo sah sie durchdringend an.

Es war genauso, wie sie es sich gewünscht hatte. Seit einer halben Stunde saß sie in Leos Wohnzimmer, sie redeten, die Wanduhr tickte, und der Schein der Leselampe verströmte goldenes Licht.

Vollkommen atemlos war sie bei ihm angekommen. »Ich wollte Ihnen nur schnell meine Telefonnummer geben«, hatte sie gekeucht und sich am Treppengeländer festgehalten.

»Ich kann mir Zahlen so schlecht merken«, hatte Leo geantwortet, »wären Sie so freundlich, sie mir bei einer Tasse Tee aufzuschreiben?«

Vor Erleichterung wäre Maja ihm am liebsten um den Hals gefallen. Wie galant er ihr aus dieser peinlichen Situation half. Als wäre ihr plumpes Benehmen eine Pfütze, über die er einen

Umhang vollendeter Höflichkeit warf, damit Maja trockenen Fußes seine Wohnung betreten konnte.

»Meine Frau hat Seide auch sehr geliebt«, sagte er gerade.

»Luise?« Maja sah zu der Fotografie hinüber.

Er nickte.

»Wo ist das Bild denn aufgenommen worden?«

»In Italien, Mitte der Fünfzigerjahre.«

»Oh«, machte Maja, das war ja sehr lange her.

Als hätte er ihre Gedanken gelesen, sagte er: »Zeit ist etwas Merkwürdiges. Einerseits kommt es mir vor, als wäre es gestern gewesen, und gleichzeitig scheint es Jahrhunderte her zu sein.«

»Ich verstehe«, sagte sie.

Gutmütig winkte er ab. »Sie verstehen gar nichts. Sie sind jung.«

Maja wusste nicht, was sie antworten sollte.

»Möchten Sie ein Glas Sherry vor dem Essen?«, fragte er und hievte sich aus dem Sessel.

Maja sprang auf. »Bitte entschuldigen Sie! Ich habe die Uhrzeit vollkommen vergessen, ich werde jetzt gehen.«

»Das ist keine Antwort auf meine Frage.«

»Haben Sie das Essen nicht abbestellt?«, fragte Maja.

Er seufzte. »Mögen Sie nun einen Sherry oder nicht?«

»Ich will Ihnen nicht zur Last fallen.« Maja wand sich.

»Dann gebe ich Ihnen jetzt einen schönen Oloroso.« Leo verschwand nach draußen.

Verunsichert blieb Maja stehen und sah ihm hinterher. Sollte sie gehen, sollte sie bleiben? Sie hörte Leo in der Küche rumoren. Ihr Blick schweifte durch das Zimmer und blieb an dem Zeitschriftenstapel haften, der auf dem Couchtisch lag. Zuoberst befand sich die französische *Vogue*. Maja legte den Kopf schief und trat einen Schritt näher. Die Frau auf dem bräunlich-pastellhaften Cover trug eine merkwürdige Frisur, ziemlich bieder für die *Vogue*: mit Föhnwelle und Strass-Spange.

Das Gesicht der Frau kam Maja entfernt bekannt vor, sie hatte es ganz sicher schon einmal gesehen. Sie dachte nach. Das war doch Catherine Deneuve! Eine blutjunge Catherine Deneuve. Aus welchem Jahr war denn diese Zeitschrift?

Maja schnappte nach Luft: *Octobre 1973.*

60 modèles de Prêt-à-porter avec leurs accessoires.

»Kommen Sie?«, rief Leo.

Etwas benommen lief sie in die Küche.

»Sie sind doch nicht mit dem Auto unterwegs?«, fragte Leo mit strengem Blick und drückte ihr ein Glas in die Hand, in dem eine mahagonifarbene Flüssigkeit leuchtete.

»Nein, nein.«

Er prostete ihr zu, schnupperte an seinem Sherry, dann nahm er einen Schluck. »Hmmm.«

Maja folgte seinem Beispiel.

»Sie haben eine *Vogue* aus dem Jahr 1973 auf Ihrem Couchtisch liegen«, sagte sie dann.

»Ist das verboten?« Er band sich eine Küchenschürze um, auf der der Big Ben abgebildet war.

»Nein, natürlich nicht«, antwortete Maja hastig, »ich wollte nur wissen …«

»Zum Abendessen könnte ich uns Crêpes aux tomates machen, würde Ihnen das gefallen?«

Erstaunt sah sie ihn an. »Haben Sie denn Eier im Haus? Und Tomaten?«

»Selbstverständlich, ich war doch heute extra einkaufen.«

»Wenn ich es nicht besser wüsste, würde ich denken, Sie haben mich erwartet.«

Er lachte. »Also, was ist? Bleiben Sie?«

»Herr Viktorow«, begann sie förmlich, »ich kann mich doch nicht schon wieder von Ihnen zum Essen einladen lassen.«

»Leo«, verbesserte er, und dann beachtete er sie gar nicht weiter, sondern begann, Eier mit einem Schneebesen schaumig zu schlagen.

»Haben Sie die *Vogue* antiquarisch erstanden?«, fing sie wieder an. Antiquarisch erstanden, hatte sie das eben wirklich gesagt? Oh, mein Gott, sie hörte sich ja selbst ganz antiquarisch an. »Oder ... oder liegt sie schon so lange bei Ihnen rum?«

Leo gab einen kleinen gequälten Laut von sich. »Letzteres«, sagte er, »wobei ich zu meiner Entschuldigung sagen muss, dass die Zeit wirklich fliegt.«

In der Küche begann es, nach heißer Butter und angebratenen Schalotten zu duften.

Leo deutete mit dem Schneebesen auf Maja. »Und jetzt setzen Sie sich hin und erzählen mir von Ihrer Arbeit als Schneiderin.«

Sie gehorchte lächelnd und trank ihren Sherry aus. »Ich arbeite in einem Kaufhaus als Änderungsschneiderin und Verkäuferin.«

»Ach so?« Ein Crêpe wirbelte durch die Luft. »Aber die Bluse, die Sie da tragen« – geschickt fing Leo den Crêpe mit der Pfanne auf – »die haben Sie doch selbst genäht, oder?«

»Ja«, sagte sie, »die habe ich genäht. Es ist die Bluse Mandarina.«

»Sie geben Ihren Kreationen Namen?« Er lächelte sie an.

Maja strich über den orange getupften Baumwollstoff und nickte verlegen. »So viele Kreationen gibt es leider gar nicht«, sagte sie.

»Warum?«

»Ich habe nicht viel Zeit.«

»Vielleicht teilen Sie sich Ihre Zeit nur schlecht ein?«

Sie lachte etwas zu laut auf. »So könnte man es wohl auch nennen.«

»Bitte sehr, Ihr Crêpe aux tomates.«

Ein Teller mit einem rot gesprenkelten Bilderbuch-Eierkuchen wurde vor Maja hingestellt. »Ich bin beeindruckt«, sagte sie.

Leo buk sich flink ebenfalls einen Crêpe und setzte sich damit ihr gegenüber. »Guten Appetit.«

Sie begannen zu essen.

»Hmmm«, machte Maja mit vollem Mund.

»Ist es wieder irrsinnig gut?«, fragte Leo amüsiert.

»Es ist sogar mega-irrsinnig gut«, erwiderte Maja.

Leo lachte. »Es macht mehr Spaß, gemeinsam zu essen.«

»Ja, allerdings.«

»Haben Sie keinen Freund?«

Maja zog eine kleine Grimasse. »Ich befürchte, ich habe kein Talent für Beziehungen.«

»Dann war der Richtige noch nicht dabei.« Leo tätschelte ihren Handrücken. »Er wird schon noch kommen.«

»Ach, ich weiß nicht.«

»Aber ich weiß es.« Er blickte an Maja vorbei, als würde sich hinter ihr eine weite Ebene ausbreiten. »Und Sie werden es wissen.«

Nach dem Essen ging Maja ins Badezimmer. Sie schaute kurz in den Spiegel. Ihre Wangen waren gerötet, und ihre langen Haare hätten eine Bürste gut vertragen können.

»Was für ein netter Mensch«, flüsterte Maja sich zu.

Viel hatte er leider nicht von sich erzählt. Eigentlich hatte

Maja die ganze Zeit geredet: über ihre trostlose Arbeit und die vielen seelenlosen Kleidungsstücke, die heutzutage massenhaft produziert wurden. Und über Hanneliese.

Leo war ein aufmerksamer Zuhörer.

»Was bedeutet Ihnen Mode?«, hatte er gefragt.

»Alles«, war es aus ihr herausgeplatzt.

Er lächelte sein einmaliges Leo-Raubtier-Lächeln. »Ein wenig präziser?«

Maja dachte kurz nach. »Mode gibt mir die Möglichkeit, meiner Stimmung Ausdruck zu verleihen, im Einklang zu sein mit meinen inneren und äußeren Werten, mich der Welt zu zeigen, so wie ich mich fühle: verletzlich, mutig, fröhlich oder traurig.«

»Und welchen Designer mögen Sie gern?«

»Nicht, dass ich es mir leisten könnte!« Maja lachte, und dann beschrieb sie Leo Alexander McQueens sagenhafte Herbst/Winterkollektion von 2008: The girl who lived in the tree.

»Es geht um ein Mädchen, das in einem Baum lebt und herunterkommt, um einen Prinzen zu heiraten und Königin zu werden«, hatte Maja erklärt. »Im Zentrum der Bühne steht ein riesiger Baum, der vollständig in weißen Stoff gehüllt ist und von innen heraus blau leuchtet. Die Models laufen in ihren fantastischen Kleidern um diesen Baum herum. Später wechselt er die Farbe, von Blau zu Gold, und auch die Musik verändert sich ...«

Vor lauter Begeisterung hatte sich Maja verschluckt, und Leo hatte ihr noch ein Schlückchen Sherry eingießen müssen. »Schön«, hatte er leise gesagt, »das klingt wunderschön.«

Maja sah sich im Badezimmerspiegel lächeln.

Sie würde jetzt nach Hause gehen. Leos Gastfreundschaft hatte sie wirklich lange genug in Anspruch genommen.

Als Maja das Bad verließ, fiel ihr Blick auf die Zimmertür, die sie gestern versehentlich hatte öffnen wollen und die verschlossen gewesen war. Ob sie …? Bevor sie weiter nachdenken konnte, hatte sie bereits ihre Hand ausgestreckt und sie auf die kühle Messingklinke gelegt. Das ist wirklich unmöglich, versuchte sie sich zur Ordnung zu rufen, aber es half nichts, die Versuchung war zu groß. Ganz langsam drückte Maja die Klinke herunter.

Die Tür machte ein laut knackendes Geräusch, als verrutschte sie in ihrem Rahmen um einige Millimeter. Mehr passierte nicht.

Abgeschlossen, dachte Maja enttäuscht und gleichzeitig merkwürdig erleichtert.

Leo hatte sich in der Zwischenzeit ins Wohnzimmer unter seine Leselampe gesetzt. »Sie gehen schon?«

»Es ist halb elf.«

Er brachte sie hinaus, reichte ihr die Hand.

»Vielen Dank«, sagte Maja.

»Gern.«

»Wann sehen wir uns … äh … wieder?«, stotterte sie.

»Ich schreibe Ihnen ein Sims-Dingsbums.«

»Gut.« Sie trat hinaus in den Flur und winkte ihm zum Abschied zu.

Die Wohnungstür schloss sich.

Maja ging hinunter in den Hof und blieb dort noch einmal stehen.

Nachdenklich schaute sie an der Hauswand nach oben. Gerade ging das Licht in Leos Wohnzimmer aus. Vielleicht war er ins Bad gegangen. Doch dann wurde es in dem Raum daneben hell. Das musste das verschlossene Zimmer sein. Zugezogene Gardinen schützten vor neugierigen Blicken.

Auf einmal fühlte sich Maja unwohl. Ob Leo das verräterische Knacken der Tür gehört hatte? War sein Abschied deswegen so unverbindlich und kurz gewesen? Sie schlug ihren Mantelkragen hoch und machte sich auf den Nachhauseweg.

Unterwegs schickte sie ihm eine WhatsApp-Nachricht: *Nochmals vielen Dank für den wunderschönen Abend. Ich wünsche eine gute Nacht.*

Zwei blaue Häkchen erschienen hinter ihrer Nachricht. Leo hatte sie also bereits gelesen. Abwartend starrte Maja auf das Display. Aber nichts geschah. Deshalb schickte sie ein zufrieden lächelndes Emoticon hinterher und bereute es auf der Stelle. Leo war kein Smiley-Typ. Wieder erschienen die beiden blauen Häkchen. Maja stöhnte leise auf.

Als sie zu Hause angekommen war, hatte er immer noch nicht geantwortet.

Diese verdammte Tür, dachte Maja. Warum hatte sie die Finger nicht davon gelassen? Leo musste sie für respektlos und unverschämt halten. Und letztlich war sie es ja auch. Was hatte sie sich bloß dabei gedacht? Einfach in ein Zimmer stürzen zu wollen. Herumschnüffeln.

Niedergeschlagen ging Maja zu Bett.

Dort wälzte sie sich hin und her, und als sie endlich eingeschlafen war, träumte sie von einem blau leuchtenden Baum, auf dem Hanneliese wie ein Äffchen hockte und rauchte. »Kommen Sie da runter«, schrie Maja, »Sie dürfen dort nicht sein!« Doch Hanneliese lachte nur schrill, und dann begann der Baum zu brennen. Blau-goldene Flammen loderten auf, es knisterte und knackte, bis nur noch ein Häufchen Asche übrig war.

Maja erwachte eine halbe Stunde vor dem Weckerklingeln mit Kopfschmerzen. Sofort fiel ihr alles wieder ein. »Nein, neiiiin …« Leise vor sich hin jammernd, krabbelte sie aus dem

Bett, ging in die Küche, kochte Kaffee und löste ein Aspirin in Wasser auf.

»Pling«, machte ihr Handy. Suchend sah sich Maja um. Wo war es? Wo hatte sie es gestern Abend hingelegt?

»Pling«, machte es wieder. »Pling-Pling-Pling …«

Maja rannte zum Garderobenhaken, holte mit zitternden Händen ihr Handy aus der Manteltasche und las: *Ja ein sehr schoener abend bis bald viele liebe gruesse Leo*

Und darunter hatte er sage und schreibe sieben grinsende Emoticons gesetzt.

Erleichtert lachte Maja auf.

So konnte man sich irren: Leo war durchaus ein Smiley-Typ.

***

Der Tag verging unerträglich langsam.

Maja hatte den Eindruck, ihr ganzes Leben würde sich in einem hell erleuchteten, klimatisierten, fensterlosen Verkaufsraum abspielen, über dem ein böser Zauber liegen musste, denn Minuten vergingen hier wie Stunden und Tage wie Jahre. Trotzdem kam es Maja vor, als altere sie in dieser Umgebung schneller. Ihre Hände waren ganz rau, und unter ihren Augen lagen tiefe Ringe.

Immer wieder schaute sie aufs Handy, doch von Leo war keine weitere Nachricht mehr gekommen.

»Wann schneiden Sie sich denn endlich mal die langen Haare ab?« Hanneliese hatte sich manifestiert. So nannte Maja in Gedanken ihr plötzliches Auftauchen aus dem Nichts. Wie ein Gespenst aus der Unterwelt. Ach, sie passte so gut in dieses Umfeld.

»Ich habe nicht vor, meine Haare zu schneiden«, antwortete Maja.

»Sie sind doch kein Schulmädchen mehr. Ein Kurzhaarschnitt ist viel flotter.« Um ihre Aussage zu bekräftigen, fuhr sich Hanneliese durch die eigene flotte Frisur.

Wie alt sie wohl ist, fragte sich Maja und betrachtete sie näher.

Hannelieses rot geschminkter Mund war von Plisseefältchen eingerahmt, eine dicke Schicht Make-up bedeckte ihr Gesicht und verstopfte zahlreiche vergrößerte Poren. Auf die Wangen hatte sie sich zwei rosa Rouge-Kreise gemalt, was sie ein wenig wie einen Clown aussehen ließ, doch ihr Blick war kalt, von sehr hellem Blau. Bis auf die ebenfalls bläulichen Brauen, die nachtätowiert aussahen, waren ihre Augen selbst nicht geschminkt.

Alterslos, dachte Maja, aber im negativen Sinne. Sie könnte fünfundsiebzig sein oder auch erst Mitte fünfzig. Auf jeden Fall sollte sie mal von einer Visagistin beraten werden.

»Kundschaft!«, rief Hanneliese und stürzte sich wie ein Habicht auf eine mausartige Kundin, die gerade aus der Umkleidekabine getreten war.

»Oje«, seufzte Maja und schloss die Augen.

»Sitzt wie angegossen«, hörte sie Hanneliese rufen.

»Meinen Sie? Es spannt ein wenig.«

»Aber nein, das muss so sein.«

Maja öffnete die Augen wieder.

In dieser viel zu engen Polyesterbluse wird die arme Frau bald tellergroße Schweißflecken unter den Armen haben und eine mehr als unangenehme Zeit verbringen, dachte Maja. Doch bevor sie eingreifen konnte, hatte Hanneliese bereits ihren Provisionsaufkleber auf das Preisschild gepappt und die Kundin zur Kasse geleitet.

Eine weitere Mesalliance war damit besiegelt.

Maja gab ein lang gezogenes Stöhnen von sich, das in einem herzhaften Gähnen gipfelte. Ein vorbeilaufendes Paar sah sie missbilligend an.

»Entschuldigung«, murmelte Maja, und dann fand sie, dass sie sich einen kleinen Spaziergang durch die Stoffabteilung wirklich verdient hatte.

Sie eilte zur Rolltreppe und erreichte kurz darauf das Untergeschoss.

Zuerst besuchte sie den dunkelgrünen Samt. Es befand sich nur noch ein kleiner Rest auf dem Ballen. »Hallo, Hübscher«, sagte Maja und kraulte ihn.

Dann ging sie weiter und begutachtete die neu eingetroffenen Stoffe: roter Noppenstrick aus Schurwolle (kuschelig warm), Brokat mit goldenem Paisleymuster (festlich, aber ein bisschen fantasielos), Lederimitat in Kroko-Optik (scheußlich) …

Abrupt blieb Maja stehen. Was war denn das für ein nostalgisches Blumenmuster? Sie streckte beide Hände nach einem azurblauen Baumwolljersey aus, der über und über mit schwarzen Blüten bedruckt war. Das war so herzzerreißend altmodisch, dass es schon wieder originell war, fand Maja.

Während sie den Stoff befühlte, schloss sie kurz die Augen. Ein weit ausgestelltes Tellerkleid kam wie ein geblümter Engel angeflattert, dicht gefolgt von einer Marlene-Hose. Shirts, Shorts, Miniröcke folgten. Alles war möglich. »Hmmm«, machte Maja hingerissen, sie würde sich jetzt anderthalb oder zwei Meter davon kaufen.

»Luise hätte das auch gefallen«, hörte sie eine Stimme hinter sich.

»Leo!«, rief Maja – eigentlich brüllte sie es, so sehr freute sie sich, ihn wiederzusehen. »Was machen Sie denn hier?«

Ein paar Leute drehten sich um.

»Ich wollte Sie besuchen.«

»Aber … aber …« Etwas atemlos lachte sie ihn an. »Ich arbeite nicht hier, ich bin eigentlich …«

»Im zweiten Stock.« Er nickte wissend. »Aber da habe ich Sie nicht gefunden.«

»Ich muss auch gleich wieder zurück«, sagte Maja, »ich wollte nur …« Sie deutete auf den Stoffballen. »Ist er nicht wunderschön?«

»Ja«, sagte Leo.

»Was hätte Luise sich daraus nähen lassen?«, fragte Maja.

Er sah sie durchdringend an.

»Sie hätte …«

»Aaaah«, machte Maja und fasste sich ans Herz.

»Was haben Sie?«

»Der Pager«, keuchte Maja.

»Soll ich einen Arzt rufen?«

Maja zog das zuckende Gerät aus ihrer Brusttasche. »Nein danke. Aber ich muss dringend zurück in meinen Verkaufsraum.« Sie seufzte und schaute erst sehnsüchtig auf den Stoffballen, dann in Leos Gesicht. Wie gern würde sie jetzt mit ihm einfach weggehen.

»Dann beeilen Sie sich«, sagte Leo.

»Ich …«

»Wir sehen uns gleich.« Maja zögerte kurz, dann lief sie los.

Schweigend ließ sie Hannelieses Standpauke über sich ergehen und schaute immer wieder zur Rolltreppe.

Endlich kam Leo. Er sah sich suchend um.

»Kundschaft«, schnarrte Hanneliese, »machen Sie mal. Auf alte Männer habe ich keine Lust.« Mit diesen Worten verschwand sie.

Lächelnd ging Maja auf Leo zu. »Kann ich Ihnen behilflich sein?«, fragte sie, denn sie war sich sicher, dass Hanneliese gleich wieder hinter irgendeinem Kleiderständer lauern würde.

Leo schien zu verstehen. »Ich suche etwas für eine Freundin«, sagte er.

»Einen Pullover? Einen Schal? An was haben Sie gedacht?«

»Ich weiß nicht so recht. Sie ist eine ganz besondere junge Frau.«

»Was ist denn so besonders an ihr?«

War das jetzt noch ein Spiel? fragte sich Maja irritiert.

»Hier«, flüsterte Leo lächelnd und drückte Maja eine Tüte in die Hand. »Für Sie.«

Sie schaute hinein, und der nostalgische Blütenstoff lachte sie an.

»Oh, danke!«, sagte Maja überrascht. »Was schulde ich Ihnen?«

»Das ist ein Geschenk.«

»Was? Nein, das geht nicht, ich …«

»Reichen vier Meter?«, fragte Leo mit besorgter Miene.

»Vier Meter? Aber Leo, das ist viel zu viel.«

»Luise hat immer gesagt, lieber zwei Meter zu viel als zwei Zentimeter zu wenig.«

»Ich kann das doch nicht annehmen.«

»Vorsicht, Angriff auf halb drei.«

Maja drehte den Kopf nach rechts und sah Hanneliese auf

sich zukommen, und als sie sich wieder Leo zuwenden wollte, war er schon auf dem Weg zur Rolltreppe.

»Und das Geschenk für Ihre Freundin?«, rief sie ihm hinterher.

»Ich denke, ich habe bereits das Richtige gefunden!« Er deutete eine kleine Verbeugung an, und im nächsten Moment hatte ihn die Rolltreppe in die Tiefe transportiert.

»Oh.« Maja stand da wie erstarrt. War womöglich sie selbst mit der ganz besonderen jungen Frau gemeint gewesen?

»Wo ist er denn hin?«, fragte Hanneliese. »Hat er nichts gekauft?«

Hinter ihrem Rücken hielt Maja die Tüte fest umklammert. Freundin, er hatte sie als seine Freundin bezeichnet.

»Sie hätten ihm die originellen Weihnachtsschals zeigen sollen.«

Maja prustete.

»Was ist denn daran so lustig?«, fragte Hanneliese.

»Nichts! Gar nichts.« Vergeblich versuchte Maja sich zusammenzureißen. Ein grunzender Laut entfuhr ihr.

»Also, das ist doch …«

Und dann lachte sie laut heraus, sie lachte und lachte und konnte sich lange nicht beruhigen.

Sie war so glücklich.

Maja nähte die ganze Nacht hindurch, und am Morgen lag genau das Tellerkleid vor ihr, das sie bereits vor Augen gehabt hatte. Es war sogar noch etwas schöner geworden.

In der Wohnung herrschte Chaos. Die Nähmaschine stand auf dem Küchentisch, eingerahmt von Knöpfen, Unterspulen und Garnrollen. Zugeschnitten und geheftet hatte Maja auf dem Fußboden des Wohnzimmers, der nun von geblümten

Stoffresten, Schneiderkreiden, Scheren und Stecknadeln übersät war. In ihrem Feuereifer war ihr das Nadeldöschen ausgekippt. Sie wusste eigentlich, dass Ordnung das oberste Gebot einer Schneiderin war, aber sie war die ganze Nacht hindurch wie getrieben gewesen und hatte keine Zeit mit Aufräumen verschwenden wollen.

Alle Handgriffe hatten gesessen, das meiste hatte sich wie von selbst gemacht: Die Schneiderschere hatte akkurat geschnitten, keine einzige Stecknadel hatte sie gestochen, die gute, alte Nähmaschine hatte zuverlässig vor sich hin gerattert, Maja hatte drei kornblumenblaue Knöpfe in ihrer Sammlung gefunden, die hervorragend zum Stoff passten. Was für ein Rausch! Die Stunden waren buchstäblich verflogen.

Müde rieb sich Maja die brennenden Augen.

Es war immer noch sehr viel von dem Stoff übrig. Sie lächelte. Ach, Leo!

Sie hatte ihm per WhatsApp ein paar Fotos von ihrer zügig vorangehenden Näharbeit gesendet, und er hatte zuerst das Emoticon mit der Flamenco tanzenden Dame im roten Kleid zurückgeschickt und dann einen erhobenen Daumen mit der Frage: *Kommen Sie heute wieder zu mir?*

Maja freute sich. Diesmal würde sie etwas zum Essen beisteuern. Und sie würde ihr neues Blütenkleid tragen. Es brauchte nur noch einen Namen.

»Leonie«, murmelte Maja, während sie es behutsam bügelte, »das Kleid Leonie.«

FÜNF

Es war der Gipfel an Unverschämtheit und Unprofessionalität. So etwas Unglaubliches hatte Hanneliese überhaupt noch nie erlebt.

»Unmöglich, unerhört!«, schrillte sie.

Un-Un-Un, dachte Maja, deren Gehirn immer noch nicht ganz wach war. Sie war in einer Umkleidekabine eingeschlafen, und eben hatte Hanneliese sie entdeckt.

»In meiner gesamten Laufbahn ist mir etwas derartig Unseriöses noch nicht vorgekommen!«

Maja sprang auf. »Es tut mir sehr leid«, stammelte sie.

»Das gibt eine Abmahnung, da können Sie Gift drauf nehmen.«

»Ich …« Maja verstummte. Was sollte sie auch sagen? Ich habe die ganze Nacht hindurch an einem Kleid genäht und musste mal kurz die Augen zumachen?

Sie ging in die Personalküche und holte sich einen Kaffee.

Rita klopfte ihr auf die Schulter. »War es wenigstens eine schöne Nacht?«

Über Majas Gesicht ging ein leuchtendes Lächeln. »Wunderschön.«

»Wie heißt er denn?«

»Sie heißt Leonie«, antwortete Maja grinsend.

»Ach!«, machte Rita erstaunt. »Ich wusste gar nicht, dass du … dass du …«

Maja lachte. »Es ist ganz anders, als du denkst, ich …«

»Na, hier wird ja schon wieder gefeiert!«, geiferte Hanneliese. »Raus mit euch beiden, aber dalli!«

Obwohl Maja den ganzen Tag nichts weiter tat, als Säume zu kürzen und sich mit Kundinnen herumzuplagen, die sich darauf versteift hatten, Kleidungsstücke zu kaufen, die ihnen nicht standen – und kein Glück bringen würden –, verging die Zeit heute erstaunlich schnell. Es lag wahrscheinlich an dem wunderbar warmen Gefühl, das in Maja nachklang.

Dann war endlich Feierabend.

Maja holte Leonie aus ihrem Rucksack und zog sich in den Toilettenräumen um, sie legte frischen Lippenstift auf, kämmte ihr Haar, dann lief sie im Zickzack, immer wieder hinter Kleiderständern Deckung nehmend zur Rolltreppe, damit sie nicht noch einmal von Hanneliese abgefangen werden konnte.

Freiheit, dachte sie, als sie auf die Straße trat und ein kalter Wind ihr ins Gesicht schlug.

Unterwegs kaufte sie in einem Feinkostladen gefüllte Königinpasteten, Oliven und Schokoladenkuchen. Es war teurer als erwartet, aber das machte Maja überhaupt nichts aus. Mit zwei Tüten rannte sie durch die Straßen und hätte am liebsten übermütige Sprünge gemacht wie ein junges Fohlen.

Luft, Luft, Luft, ihre Lungen brauchten frische Luft.

Wenig später stand sie vor Leos Wohnungstür.

Als er ihr öffnete, fiel sie ihm um den Hals. »Lieber Leo!«, rief sie völlig außer Atem. »Ich freue mich so, Sie wiederzusehen.«

Er lachte gutmütig und erwiderte ihre ungestüme Umarmung kurz. »Kommen Sie herein. Was haben Sie denn da alles mitgebracht?« Er deutete auf die Tüten.

»Was zu essen.«

»Aber ich habe Sie doch eingeladen.«

»Egal.« Aufgeregt winkte sie ab. »Passen Sie auf! Sie setzen sich jetzt in Ihren Sessel, und ich führe Ihnen das Kleid vor, ja?«

»Gern, wenn Sie es so wünschen.« Er lächelte und ging dann gehorsam ins Wohnzimmer.

Maja stellte schnell die Tüten in der Küche ab, zog ihren Mantel aus und zupfte vor dem Garderobenspiegel noch ein wenig an sich herum.

Kleid Leonie saß einwandfrei.

»Ich komme«, rief Maja.

»Ich bin sehr gespannt«, rief Leo zurück.

Maja warf den Kopf in den Nacken, stemmte die Hände in die Hüften und lief los. Erst über den Korridor, dann nahm sie eine scharfe Linkskurve und kam mit etwas zu viel Schwung im Wohnzimmer an.

»Tadaaa!« Strahlend breitete sie die Arme aus und ließ sie gleich wieder sinken. »Huch?«

»Darf ich vorstellen?« Leo deutete auf einen jungen Mann, der zu seiner Rechten auf der Armlehne saß. »Mein Enkelsohn.«

»Ja, aber ... Ich ...« Maja fühlte, dass sie rot anlief.

»Ein wunderschönes Kleid«, sagte der Mann und erhob sich lächelnd. Er war groß und schlank, mit breiten Schultern. Sein Haar – die gleiche Mähne wie die von Leo, nur in dunkel – war verwuschelt, was ihm, in Kombination mit dem schelmischen Ausdruck seiner braunen Augen und dem etwas schrägen Lächeln, eine erstaunliche Ähnlichkeit mit Pan verlieh. Er hatte aber auch sehr viel von Leo, einem jungen Leo, dem Leo, den Maja von der gerahmten Fotografie kannte.

»Mein Name ist Jack«, riss er sie aus ihren Gedanken. Sie spürte, dass ihr Gesicht inzwischen die Farbe einer reifen Tomate haben musste.

»Wie peinlich!«, rief sie.

»Ja, aber dafür kann ich nichts, meine Mutter wollte mich unbedingt so nennen.«

Majas Gesicht brannte wie glühende Lava. »Das meinte ich doch nicht …«, stammelte sie, »da komme ich hier so reingerauscht und wusste ja gar nicht, dass Sie da sind und …«

Leo klatschte in die Hände. »Ganz wundervoll, liebe Maja, ich habe lange kein so perfekt gearbeitetes Kleid mehr gesehen.«

»Wirklich?« Maja sah ihn an.

»Wirklich«, antwortete Leo ernsthaft.

»Und er sagt meistens die Wahrheit«, bekräftigte Jack.

Maja entspannte sich ein wenig.

»Vielen Dank«, sagte sie und knickste übertrieben tief, wie eine Operndiva, woraufhin die beiden Männer kräftig applaudierten und »Bravo!« riefen.

Sie lachten alle drei, und damit war das Eis gebrochen.

»Wir haben jede Menge Essen, lasst uns anfangen, es zu vernichten«, sagte Leo fröhlich. Wie sich herausstellte, hatte auch Jack etwas mitgebracht: Vitello tonnato und Tramezzini von seinem italienischen Lieblingsrestaurant, Meeresfrüchtesalat und Weißwein.

Der Tisch war bereits für drei Personen gedeckt. Jack zündete Kerzen an, entkorkte die Flasche, Leo stellte die beiden Königinpasteten in die Mikrowelle.

»Wenn ich das gewusst hätte, hätte ich drei gekauft«, entschuldigte sich Maja.

»Alles gut.« Lächelnd reichte Jack ihr ein Glas Wein.

Maja nahm es entgegen und setzte sich.

Ist das wunderbar, dachte sie.

Wenig später hatten sich auch Leo und Jack gesetzt.

»Festlich«, sagte Leo mit strahlenden Augen, »und wie das duftet!«

Er hob sein Glas. »Auf meine begabte und wunderschöne Freundin Maja.«

»Oh.« Ich muss mal etwas gegen dieses ständige Erröten tun, dachte sie.

»Auf meinen Großvater«, rief Jack, »den fabelhaftesten, großherzigsten und weisesten Menschen, den ich kenne.«

»Na, na, na«, machte Leo, aber ihm war anzusehen, wie sehr er sich über die Worte seines Enkelsohnes freute.

»Auf die Freundschaft«, murmelte Maja.

Die Gläser stießen aneinander, und sie nahmen alle einen Schluck.

Kühl und fruchtig rann Maja der Wein durch die Kehle.

Jack befüllte die Teller mit den verschiedenen Köstlichkeiten. »Mögen Sie Meeresfrüchte?«, fragte er Maja.

»Aber ja«, log sie. Eigentlich hasste sie Muscheln, und Tintenfische waren ihr unheimlich, vor allem ihre noppenbesetzten Ärmchen. Aber sie wollte auf keinen Fall zimperlich erscheinen. Leider meinte es Jack nun besonders gut mit ihr und häufte einen weiteren Löffel des Salats auf ihren Teller.

»Danke, danke«, rief Maja.

Sie begannen zu essen.

»Bevor ich Sie heute in der Stoffabteilung fand, habe ich Ihre Vorgesetzte ein bisschen beobachtet«, sagte Leo zu ihr.

»Hanneliese?«

Leo nickte.

»Und? Wie hat sie Ihnen gefallen?«

»Sie raucht zu viel.«

»In der Tat!«, rief Maja.

»Sie scheint eine einsame Frau zu sein.«

Maja sah ihn verblüfft an. »Wie meinen Sie das?«

»Diese ganze autoritäre Garstigkeit, die sie verbreitet, ist Ausdruck der Bitterkeit, die in ihr haust.«

»Bitterkeit, die in ihr haust«, wiederholte Jack leicht amüsiert, »das klingt sehr poetisch.«

»War nur so ein Eindruck.« Leo winkte ab. »Bekomme ich noch ein Schlückchen Wein?«

»Aber gern.« Jack schenkte ihm nach.

»Maja?« Fragend sah er sie an, die Öffnung der Weinflasche über ihr Glas haltend.

»Ein bisschen, danke.« Sie war in Gedanken. Hanneliese könnte Kummer haben? Sie wirkte immer so unmenschlich und seelenlos. Sie war ein solches *Biest*.

»Warum ist diese Bitterkeit in ihr?«, fragte Maja.

»Dafür gibt es viele Gründe«, antwortete Leo. »Das Leben trägt keine Samthandschuhe, wissen Sie, meine liebe Maja.«

»Kann es nicht sein, dass sie einfach einen schlechten Charakter hat?«, fragte Jack.

»Doch, das ist auch möglich.« Leo nickte. »Auf jeden Fall ist sie neidisch auf Majas Jugend, auf ihre Schönheit und auf diesen ganz besonderen Glanz, den sie verbreitet.«

Maja verschluckte sich am Wein und musste eine Weile husten.

Ganz sanft klopften ihr beide Männer auf den Rücken, Leo von links und Jack von rechts.

Als der Hustenreiz vorüber war, sagte Leo: »Ich finde, wir sollten uns duzen.«

Und wieder hoben sie die Gläser und stießen an.

Maja war schwindelig, der zu schnell getrunkene Wein, das verzaubernde Kerzenlicht, so viele Informationen und Eindrücke …

Die plötzliche Nähe und Vertrautheit verwirrten sie einerseits, auf der anderen Seite bekam sie eine Ahnung davon, wie es sein konnte, wenn Familienmitglieder eine gute Zeit miteinander hatten, sich respektierten und schätzten. Leo und Jack zu beobachten war eine reine Freude. Die beiden liebten sich von ganzem Herzen, und sie, die versponnene Maja, war wie selbstverständlich mit dabei, aß und lachte mit ihnen, als gehörte sie dazu. So fühlte es sich jedenfalls an.

Sie blinzelte.

Da saß sie also mit zwei wildfremden Männern beim Abendessen, und beide bedeuteten ihr bereits so viel.

Leo zumindest, rief sie sich in Gedanken zur Ordnung.

Jack war ... sie betrachtete ihn verstohlen, sehr attraktiv.

Verdammt attraktiv.

Er sieht aus wie eine Mischung aus Hugh Jackman, Leo und ein bisschen Faun, dachte Maja und unterdrückte mit Mühe einen Seufzer. Besser konnte ein Mann in ihren Augen nicht aussehen.

Sie stand auf. »Ich gehe mal kurz ins Bad«, murmelte sie.

»Du weißt ja, wo es ist«, erwiderte Leo.

Maja horchte auf. *Du!* Wie vertraut sich das anhörte. Sie kicherte ein bisschen albern. »Ja, ich weiß, wo *dein* Badezimmer ist.«

Mit diesen Worten ging sie nach draußen.

»Ist sie nicht entzückend?«, hörte sie Leo flüstern. Leider konnte sie Jacks Antwort nicht mehr verstehen.

Entzückend? Sie lächelte. Ein weiteres Leo-Wort.

Sie kam am Spiegel vorbei und schaute hinein. Ja, sie war in der Tat entzückend. Und sie war auch ziemlich beschwipst, um nicht zu sagen: betrunken. Leider nicht betrunken genug, um zu übersehen, dass die Tür neben dem Badezimmer bloß angelehnt war.

Ihr Herz begann zu rasen.

Man schnüffelt nicht in fremden Wohnungen herum, sagte

sie sich und ging ins Badezimmer. Wobei, ein winzig kleiner Blick aus dem Augenwinkel wäre doch ganz sicher nicht …

»Nein!«

Maja lehnte an der gefliesten Wand, schaute sich im Badezimmer um und verbot sich augenblicklich, den Spiegelschrank über dem Waschbecken zu öffnen. Was war denn los mit ihr?

Sie wollte so gern mehr über Leo wissen, Dinge, die sie ihn nicht einfach fragen konnte. Was war so besonders an Luise gewesen, dass man ihm seine tiefe Liebe zu ihr immer noch ansehen konnte? Was war passiert? Warum war sie nicht mehr da?

Maja atmete tief durch. Als ob man Antworten darauf in einem Spiegelschrank finden würde, sagte sie sich. Mit dem Handrücken kühlte sie sich die Stirn, und dann versuchte sie, sich endlich zusammenzureißen.

Als sie das Badezimmer wenig später wieder verließ, hatte sie den Entschluss gefasst, *nicht* in das Zimmer zu schauen.

Und dann tat sie es doch.

Wie ferngesteuert gab sie der angelehnten Tür mit der Spitze ihres Zeigefingers einen winzigen Stoß. Geräuschlos öffnete sie sich einen Spalt, und ehe Maja überhaupt noch irgendeinen Gedanken fassen konnte, hatte sie auch schon ihren Kopf hindurchgeschoben.

Es war dunkel. Maja zwinkerte, und das, was sie dann schemenhaft erkennen konnte, ließ ihr Herz noch schneller schlagen. Da waren winzig kleine Damenschuhe, nebeneinander aufgereiht wie Puppenschuhe, im Hintergrund schwebte ein Kleid, es musste auf einem Bügel hängen, aber das war in der Dunkelheit nicht auszumachen, und so sah es aus wie ein glühender Geist.

Ein guter Geist, befand Maja, nichts Unheilvolles fand sie daran, eher feenhaft wirkte die Szenerie auf sie, und das matte Glitzern eines Kristallleuchters über ihr verstärkte diesen Eindruck noch.

In diesem Moment hörte Maja Leo und Jack in der Küche lachen. Schnell zog sie den Kopf wieder zurück.

Sie blieb noch einen Augenblick stehen, um sich zu sammeln und die merkwürdige Benommenheit abzuschütteln.

Warum konnte sie sich des Gefühls nicht erwehren, dass parallel zu ihrem Leben eine Geschichte Fahrt aufgenommen hatte? Eine alte Geschichte, die wohl noch nicht zu Ende erzählt worden war und mit der sie irgendetwas zu tun hatte.

Maja strich sich über die Haare, und dann kehrte sie endlich in die Küche zurück und setzte sich wieder an den Tisch.

»Alles in Ordnung?« Jack sah sie prüfend an.

»Oh, ja, oh, ja.«

»Du magst keinen Tintenfisch?«, fragte Leo.

»Sie hebt sich das Beste für den Schluss auf.« Jack zwinkerte ihr zu. Wieder dieser unwiderstehliche Pan-Ausdruck, dachte sich Maja.

»Nun bring sie nicht in Verlegenheit«, knurrte Leo. »Wer möchte Dessert?«

»Ich!«, rief Jack.

Dankbar sah Maja Leo an. »Gern.«

Sie saßen noch bis lange nach Mitternacht zusammen, aßen Schokoladenkuchen, tranken Espresso und lachten viel.

Als Leo verstohlen in seine Serviette gähnte, stand Jack auf und begann mit wenigen, aber effektiven Griffen die Essensreste im Kühlschrank zu verstauen und das Geschirr in die Maschine zu stellen.

Leo gähnte wieder. »Entschuldigt, Kinder.«

Sie verabschiedeten sich.

Leo drückte Maja kurz an sich. Er duftete nach einem altehrwürdigen Rasierwasser. Lorbeer und Bergamotte konnte Maja erschnüffeln.

»Wir schreiben uns wieder ein Sims-Dingsbums«, sagte er.

»Das machen wir.« Sie lächelte ihn an. »Gute Nacht und herzlichen Dank für den wunderschönen Abend.«

Auch Jack verabschiedete sich von Leo mit einer Umarmung. »Bis bald.«

»Bis bald, mein Junge.«

Die Tür ging zu.

Schweigend lief Maja vor Jack die Treppe nach unten. Sie gingen über den Hof und traten dann auf die Straße, die menschenleer und ein bisschen düster vor ihnen lag.

»Ich bringe dich nach Hause«, sagte Jack, »wo geht's lang?«

»Ich komme schon klar«, sagte Maja. »Aber danke.«

»Ich bringe dich nach Hause«, wiederholte er ernst.

»Ist das eine Tatsache?«, fragte Maja amüsiert.

»Es ist jedenfalls nichts, was diskutiert werden könnte, sonst bringt mich mein Großvater um«, erwiderte Jack mit einem schrägen Lächeln, das ihm überaus gut stand.

»Also dann.« Maja deutete die Straße entlang. »Ich wohne da hinten, in der Fritschestraße. Ist gar nicht weit.«

Sie liefen los. Der Wind war eiskalt, und Maja begann zu frieren. Kleid Leonie mochte *entzückend* aussehen, besonders wärmend war es nicht.

»Deine Eltern leben in London?«, fragte sie unterwegs.

»Ja.«

»Und du lebst in Berlin?«

»Genau. Ich habe mit einem Freund gerade ein eigenes Architekturbüro eröffnet.«

»Toll.«

»Hm-m.«

Sie liefen einige Meter schweigend nebeneinanderher.

»Mein Großvater mag dich sehr gern.«

»Oh, ich mag ihn auch wahnsinnig gern!«

Dann wusste sie nicht, was sie noch sagen sollte. Sie dachte darüber nach, ob sie Jack nach Luise befragen konnte, schließlich war sie seine Großmutter, er musste irgendetwas über sie wissen. Aber Maja fiel keine passende Frage ein, und letztlich wollte sie diesen gemeinsamen nächtlichen Weg gar nicht mit zu viel Gerede stören. Alles, was sie von sich gab, war ein leises Zähneklappern.

Sie erreichten die Fritschestraße und blieben vor Majas Haustür stehen.

»Gute Nacht«, sagte sie.

»Gute Nacht.« Er umarmte sie kurz. »Hat mich gefreut, dich kennenzulernen.«

»Eb...b-b-benso«, schnatterte Maja und holte ihren Schlüssel heraus.

»Also, dann.« Er nickte ihr zu und machte Anstalten zu gehen.

»Wir könnten ...«, platzte es aus Maja heraus, »wir könnten uns doch auch ein Sims-Dingsbums schreiben!« Ihr Atem dampfte in der kalten Luft.

Jack lachte. »Ja, ich denke, das könnten wir tun.«

Sie tauschten ihre Handynummern aus.

»Tschüss, Maja.«

Er winkte ihr zum Abschied noch einmal zu, dann versenkte er beide Hände in seinen Jackentaschen und lief davon. Maja wartete, um zu sehen, ob er sich noch einmal umdrehen würde. Doch dann kam sie sich dumm vor: Wenn er es täte, würde er sehen, dass sie immer noch in der Kälte herumstand und ganz offensichtlich darauf wartete, *dass* er sich noch einmal umdrehte, und das war ziemlich peinlich. Also begann sie mit dem Hausschlüssel herumzuhantieren, und dann schaute sie doch noch einmal in seine Richtung, doch die Dunkelheit am Ende der Straße hatte ihn bereits verschluckt.

Vielleicht *hatte* er sich ja umgedreht, und sie hatte es verpasst, weil …

»Oh, verdammt«, murmelte Maja.

***

»Du fährst für alte Leute Essen aus? Wieso fährst du für alte Leute Essen aus?«

»Weil mein Gehalt im Kaufhaus nicht gerade üppig ist und ich auch nicht für immer als Verkäuferin arbeiten will.«

»Du willst nicht für immer als Verkäuferin arbeiten? Was soll denn das heißen, du willst nicht für immer als Verkäuferin arbeiten?«

Warum wiederholte sie Majas Worte auf derart penetrante Weise? Als wollte ihre Mutter sie noch einmal hören lassen, wie absurd alles klang, was Maja von sich gab.

»Ach, Mama.« Maja schnaubte in den Telefonhörer. »Ich kann wirklich gut nähen, das weißt du doch eigentlich, und vielleicht … wäre es möglich … eines Tages …« Sie kam ins Schleudern.

»Eines Tages *was*?«

»Na ja, Kleider zu entwerfen und sie zu verkaufen und davon zu leben.«

Da! Es war ausgesprochen. Maja hatte Worte für ihren großen Traum gefunden. Sie lächelte.

»Kleider zu entwerfen und sie zu verkaufen und davon zu leben?« Ihre Mutter gab einen merkwürdigen Laut von sich. Es klang, als würde man einen stillgelegten Wasserhahn aufdrehen und nichts weiter herauskommen als ein rostiges Rülpsen. »Das ist doch völlig versponnen!«, sagte sie dann.

Maja schloss die Augen und schwieg. Trotzig reckte sie das Kinn nach vorn, was ihre Mutter leider nicht sehen konnte.

»Völlig versponnen.«

»Ist es nicht!«, rief Maja, »ich habe Talent, ich bin …« Doch da waren sie schon: Die schwarzen Spinnen waren unterwegs zu ihr.

Maja atmete tief durch, und sie hätte es beinahe geschafft, dieses alberne Fantasiebild ihrer Kindheit abzuschütteln, wenn nicht genau in diesem Moment, wie eine manifestierte Entsprechung ihres verschreckten Innenlebens, eine große Hausspinne vor ihren Augen über den Dielenfußboden spaziert wäre.

»Schon gut«, beendete Maja resigniert ihren Satz.

»Du solltest wirklich allmählich erwachsen werden.«

So wie du? dachte Maja, so herrlich erwachsen, frustriert und traumlos?

»Ja, Mama«, sagte sie laut und nach ein paar Belanglosigkeiten legten sie auf.

Die Spinne war immer noch da.

»Na du?« Maja setzte sich neben sie auf den Boden. »Wohin des Wegs?«

Die Spinne gab keine Antwort.

»Weißt du, ich bin ein bisschen durcheinander«, vertraute Maja ihr an, »ich muss die ganze Zeit an Jack denken.«

»Du hast dich verliebt«, sagte die Spinne auf ihre Spinnenart, zumindest dachte sich Maja das so.

»In jemanden, den ich nur einmal gesehen habe? Das ist doch überhaupt nicht möglich.« Maja schüttelte heftig den Kopf. »So etwas gibt es nicht.«

»Das nennt man Liebe auf den ersten Blick«, erwiderte die Spinne sanft, und dann krabbelte sie weiter, und Maja stand auf und schaute zum hundertsten Mal an diesem Tag auf ihr Handy, doch Jack hatte ihr immer noch kein »Sims-Dingsbums« geschickt, und sie wollte nicht die Erste sein, die schrieb.

»Hach«, machte Maja ungeduldig. Sie sollte sich von Nora eine Nachhilfestunde geben lassen. Die kannte sich aus in der mysteriösen Welt des Datens und Winkens und Sichumdrehens, des Textens und Coolseins.

Wenn sich einer 3 Tage nach dem Kennenlernen immer noch nicht gemeldet hat, dann ist das sicher kein gutes Zeichen, oder?, textete sie Nora.

Eher nicht, ich rufe dich später an!!!, kam umgehend die Antwort.

Es war inzwischen Sonnabend. Wenigstens war sie mit Leo in Kontakt geblieben. Er hatte ihr jeden Tag mehrere WhatsApp-Nachrichten geschrieben, Blumen-Emojis geschickt und einmal sogar ein Foto von einem etwas verwackelten Vollmond über dem Hinterhof.

Sie waren für morgen Abend verabredet.

Maja flocht sich einen Zopf, legte roten Lippenstift auf und zog sich einen besonders warmen selbst gestrickten Pullover über. Bevor sie die Wohnung verließ, schaute sie noch einmal auf ihr Handy. »Schluss jetzt«, rief Maja sich selbst zur Ordnung und ließ die Haustür hinter sich zuknallen.

Kurz darauf fuhr sie mit dem Bus ins Büro von *Senioren-Menüs auf vier Rädern.*

Tim wedelte bereits mit der Liste. »Es gibt zwei neue

Kunden, liegen zwar nicht direkt auf deiner Route, aber du wirst es schon machen.«

Maja nickte und schaute auf das Papier. »An wen soll denn das gespendete Essen gehen?«

»Was?«

»Na, das Essen von Herrn Viktorow, das drei Monate im Voraus bezahlt worden ist und …«

»Ach, das.« Er machte eine wegwerfende Handbewegung.

»Ja, das. Wem soll ich das bringen?«

Tim verdrehte die Augen. »Ehrlich gesagt habe ich gar nicht mehr daran gedacht.«

»Sag bloß, du hast jetzt einfach das Geld eingestrichen?«, rief Maja empört.

»Ich denke daran«, sagte Tim, »versprochen, aber du musst jetzt los, sonst wird wieder alles kalt.« Er schob sie sanft hinaus. »Ist alles schon eingeladen, gute Fahrt.«

Die Tür fiel hinter ihr ins Schloss.

Maja setzte sich in den Lieferwagen und warf einen Blick in die Styroporkiste, die voller Aluminiumpäckchen war. Ein merkwürdiger Geruch kam ihr entgegen. Sie rümpfte die Nase und sah auf den Speiseplan.

Brokkoli-Auflauf mit Hackfleisch. Sie seufzte. Brokkoli war so ein undankbarer Gesell. Aber da war noch etwas anderes, das ungut roch.

Maja startete den Motor und fuhr los.

Als sie wenig später das Aluminiumpäckchen in Agathes Küche öffnete, wurden ihre Befürchtungen bestätigt. Ein Übelkeit erregender Geruch schlug ihr entgegen. »Igitt«, machte Agathe.

»Da hast du recht.« Angewidert betrachtete Maja die graugrüne Masse, die sich in der Schale befand. Zwischen matschigen Brokkoliröschen verteilten sich Hackfleischbrocken, die an winterliches Streugranulat erinnerten.

Sie griff zum Handy – keine WhatsApp von Jack – und rief Tim an.

»Das Essen kann ich nicht austeilen«, sagte sie knapp.

»Wieso das denn?«

»Es ist ungenießbar.«

»Ach, Quatsch.«

»Nein, wirklich, warte, ich schicke dir ein Foto.«

Maja beendete das Gespräch, fotografierte das Essen und schickte Tim das Bild.

»Was machst du denn da bloß?«, fragte Agathe sichtlich ratlos.

»Ich will, dass der Chef dieser Firma sieht, was für ein schlechtes Essen er diesmal verteilen lässt.«

Agathe nickte. »Ah, ja.«

»Wie war denn das Essen während der Woche?«

»Am Mittwoch fing es an«, antwortete Agathe nach kurzem Überlegen. »Da gab es klumpigen Milchreis.« Sie hob den Zeigefinger. »Und Zimt war auch nicht dabei.«

Maja griff wieder zum Handy. »Hast du das Foto gesehen?«, fragte sie Tim.

»Ja, ja.«

»Eine Kundin sagt, die Qualität des Essens hätte sich seit Mittwoch verschlechtert.«

Tim schwieg.

»Hallo?«, rief Maja ungeduldig.

»Ja, das könnte hinkommen.« Tim seufzte. »Ich habe den Anbieter gewechselt.«

»Dann bring das bis morgen in Ordnung, und ich überlege mir jetzt was.«

»Was willst du dir denn überlegen? Das Essen ist ein bisschen zerkocht, mehr nicht. Beeil dich lieber.«

»Auf gar keinen Fall!«

Er seufzte. »Maja! Mach einfach deinen Job, und am Ende des Monats wird sich zeigen, ob …«

»Es ist nicht mein Job, alte Leute zu vergiften!«, rief Maja.

Erschrocken hielt sich Agathe beide Hände vor den Mund.

»Willst du, dass ich dich rausschmeiße?«, fragte Tim mit seiner forcierten Business-Stimme.

»Willst du, dass ich die Essen zum Gesundheitsamt fahre?«

Er schwieg, dann räusperte er sich. »Ich …«

»Ich habe jetzt keine Zeit mehr«, unterbrach Maja und schaltete das Handy aus. »Entschuldige«, sagte sie zu Agathe. »Was hast du denn so im Kühlschrank?«

»Schau selbst.«

Maja fand Eier, Petersilie, ein Gläschen Kapern und eine Stange Porree.

»Perfekt«, murmelte sie.

Kurz darauf stellte sie einen gut gehäuften Teller vor Agathe hin. »Wie gefällt dir das? Rührei à la Biene Maja.«

Die alte Frau schnupperte. »Hmmm, das riecht aber lecker.«

»Guten Appetit.« Maja schlüpfte in ihren Mantel. »Ich werde jetzt noch sieben weitere Improvisationen kochen müssen. Tschüss, Agathe, deinen Schal bringe ich dir morgen mit, er ist fast fertig.«

»Tschüss, Bienchen, und vielen Dank«, rief Agathe mit vollem Mund.

An diesem Nachmittag brachte Maja noch erstaunliche Gerichte zustande: Thunfisch-Bratkartoffeln, gekochte Möhren mit Tomatensauce, Eisbergsalat mit Mais und Pfeffersalami und für Gerda Reinke, die in ihrem Kühlschrank nur ein Paket Butter und zwei Scheiben Graubrot liegen hatte, bestellte Maja auf eigene Kosten eine Pizza Mista.

Todmüde traf sie einige Stunden später wieder im Büro ein.

Tim kam ihr entgegen. »Und? Wie ist es gelaufen?«

Maja erzählte ihm kurz, was sie unternommen hatte.

Er nickte zerknirscht. »Du hast ja recht.«

»Und wie geht es morgen weiter?«

»Ich habe zum Glück ein paar gute Kontakte in der Gastronomie. Wir improvisieren die nächsten Tage, und Ende der Woche gibt es einen neuen Lieferanten.«

»Wirklich?« Erleichtert lächelte Maja ihn an. »Da bin ich aber froh.«

»Ich auch.« Er umarmte sie. »Danke, Maja.«

»Schon gut, kein Thema.«

Er hielt sie fest.

»Lass das.« Maja machte sich frei und ging hastig ein paar Schritte zurück.

Verlegen fuhr er sich durch die Haare. »Wollen wir was essen gehen?«

»Mir ist der Appetit für heute irgendwie vergangen.«

»Verstehe.«

»Tschüss.« Sie drehte sich um und rannte so schnell sie konnte nach draußen.

Es tat gut, die Lungen mit frischer kalter Luft zu füllen.

Eine merkwürdige Euphorie erfasste sie, die nichts, aber auch gar nichts mit Tims Annäherungsversuch zu tun hatte. Es war die Gewissheit, heute etwas Wichtiges bewirkt zu haben, die sie glücklich machte. Und ehe sie begriff, was sie tat, holte sie ihr Handy aus der Tasche und ließ ihre Daumen darübertanzen.

Hallo, Jack, wie geht es dir? Ich würde dich gerne wiedersehen. Liebe Grüße von Maja :)))

Es gab ein zischendes Geräusch.

Ungläubig starrte Maja auf das Handydisplay. Hatte sie das jetzt wirklich abgeschickt?

Ich würde dich gerne wiedersehen? Das klang ja nach Escort-Agentur.

»Ohgottohgott …«

Die zwei Häkchen hinter der Nachricht blieben hellgrau, er hatte sie also noch nicht gelesen. *Gut.*

Jemand müsste dringend eine Lösch-App erfinden, dachte sich Maja, eine Software, mit der man bereits geschickte Nachrichten einfach wieder verschwinden lassen könnte. Sie stöhnte leise.

Da! Jetzt waren die Häkchen blau. Jack hatte ihre doofe, doofe Nachricht gelesen und … Maja hielt die Luft an … schickte keine Antwort. Sie lief bis zur nächsten Häuserecke, dann schaute sie wieder auf das Display: nichts.

»Ach, verflucht.«

Plötzlich hatte Maja Hunger, und gleichzeitig war ihr übel, sie war müde, hellwach, durstig und verwirrt.

Sie schaute auf die Uhr. Zehn vor fünf.

Wenn sie sich beeilte, könnte sie dem Marmor-Faun in der Alten Nationalgalerie noch einen kurzen Besuch abstatten.

Genau das brauchte sie jetzt: seinen abgeklärten, amüsierten Blick auf die Kapriolen der Sterblichen.

Maja stellte sich vor, wie er mit tiefer Stimme »Take it easy, Menschenkind« sagen und ihr vielleicht etwas auf seiner Flöte vorspielen würde.

Sie beschleunigte ihre Schritte.

SECHS

»Und? Hat er dir etwas vorgespielt?«

»Nein, leider nicht.«

»Ich persönlich mag den Klang von Panflöten nicht so gern«, sagte Leo, »ich muss dann immer an verkleidete Indianer in Einkaufszentren denken.«

Maja lachte. »Wenn Pan persönlich spielt, ist es wohl etwas anderes.«

»Ja. Davon ist auszugehen.«

Es war Sonntagabend. Endlich!

Maja saß in Leos behaglichem Wohnzimmer und entspannte sich.

Nicht zu fassen, dass sie ihn erst seit einer Woche kannte.

Der Tag war erstaunlich problemlos vergangen. Tim hatte tatsächlich neue Gerichte organisiert, und den Senioren hatte das Bœuf Stroganoff mit Reis hervorragend geschmeckt.

Auf dem Couchtisch standen zwei Teetassen, aus denen es dampfte, und ein Teller mit Keksen. Die *Vogue* von 1973 lag auch noch da.

»Wie war der Rest der Woche?«, fragte Leo.

»Erstaunlich ereignislos, wenn man von einigen Fehlkäufen absieht.« Maja griff nach ihrer Tasse und pustete hinein.

»Schmeckt dir der Tee?«, fragte Leo.

»Sehr gut.«

»Das war Luises Lieblingstee.«

»Earl Grey, nicht wahr?«

Leo nickte. »Sie sagte immer, dass sie gar nicht entscheiden könnte, was ihr besser gefalle: sein Geschmack oder sein Duft.«

»Hm-m.« Lächelnd nahm Maja einen Schluck. »Geht mir genauso.«

»Jack bringt ihn aus London mit, wenn er seine Eltern dort besucht.«

Maja verbrannte sich die Zunge. Sie stellte die Tasse zurück und wusste nicht, was sie sagen sollte.

Sie hatte am Vortag noch lange mit Nora telefoniert, die ihr alle Möglichkeiten für Jacks Schweigen aufgeführt hatte:

Jack war schwul.

Jack war anderweitig verliebt, verlobt, verheiratet.

Jack hatte sein Handy verloren/es war ihm gestohlen worden.

Jack hatte einen Unfall gehabt (einen schweren Unfall).

Jack lag im Koma.

Jack war von Außerirdischen entführt worden.

Jack war tot.

»Eigentlich kann er nur tot sein«, hatte Nora mit ernster Stimme gesagt, »das wäre die einzig plausible Erklärung.«

»Ich glaube eher, dass er von Außerirdischen entführt wurde«, gab Maja zurück, und sie hatten gelacht.

Aber Maja war gar nicht zum Lachen zumute.

Noch nie in ihrem ganzen Leben hatte ein Mann ihr so gut gefallen.

Von seiner äußeren Erscheinung einmal ganz abgesehen, hatte seine Stimme sie völlig verzaubert, sein Sinn für Humor, sein Lächeln, seine Art, den Kopf beim Zuhören schräg zu legen – genau wie Leo –, selbst sein Gang, irgendwie männlich, sein … ach, sie konnte gar nicht mehr aufhören.

Du bist ja komplett verrückt, sagte sie sich immer und immer wieder. Aber es half nicht.

Er ging ihr einfach nicht aus dem Sinn.

»Könnte es sein, dass ein Elefant im Raum steht?«, fragte Leo gerade.

»Wie bitte?«

»Das sagt man im Englischen.« Er grinste. »Es ist so herrlich bildhaft, nicht wahr? Ein Riesentier steht im Zimmer, und man tut so, als wäre es nicht da.«

»Ich weiß nicht, was du meinst«, murmelte Maja.

Er legte den Kopf schief, und Maja unterdrückte ein sehnsüchtiges Seufzen.

»Dein Gesicht ist ein offenes Buch, liebes Maja-Kind.«

»Oh.« Sie versuchte, ihre Mimik zu entspannen.

Sie schwiegen.

Maja-Kind. Wie vertraut und familiär sich das anhört, dachte sie lächelnd und schnupperte. Dem Tee entströmte tatsächlich ein wunderbarer Duft nach Bergamotte.

Maja schaute zu dem gerahmten Foto von Luise und Leo hinüber. Sie hörte die Wanduhr ticken und nahm noch einen Schluck aus der Tasse, vorsichtiger diesmal. Ihr Herz schlug ziemlich schnell.

»Eigentlich sind es zwei«, sagte Leo.

Fragend sah sie ihn an.

»Zwei Elefanten«, erklärte er.

»Dann ist das Zimmer ja ganz schön voll.« Sie versuchte zu lächeln.

»Was Jack betrifft«, begann Leo, »kann ich dir sagen, dass er dich sehr gern mag.«

»Was? Echt?«

Er lachte laut auf. »Liebe Maja, du solltest wirklich lernen, deine Gesichtszüge etwas besser unter Kontrolle zu haben.«

Honigkuchenpferd, schoss es ihr durch den Kopf. Aber sie konnte einfach nichts dagegen tun.

»Er hat aber gar nichts von sich hören lassen!«, sagte sie.

Leo winkte ab. »Er hat viel zu tun.«

Darauf war Nora nicht gekommen: *Er hat viel zu tun.* Maja würde in Ruhe darüber nachdenken müssen.

»Der zweite Elefant …?«, riss Leo sie aus ihren Gedanken.

Sie dachte kurz nach.

»Die Tür«, flüsterte sie beschämt.

»Ja, ganz recht. Die Tür.«

»Es tut mir leid, Leo.«

»Was tut dir leid?«

»Dass ich so neugierig war und mich nicht beherrschen konnte.«

Er schwieg.

»Ich habe nur ganz kurz hineingeschaut!«, rief Maja. »Wirklich!«

»Kurz hineingeschaut?« Er sah sie streng an. »Du enttäuschst mich.«

»Ich weiß«, wisperte sie.

»Ich hatte die Tür doch extra offen gelassen, damit du dich umsehen kannst.«

»Wie meinst du das?«

»Herrschaftszeiten!« Er stand auf. »Komm mit.«

Verunsichert folgte sie ihm über den Korridor.

Vor der Tür neben dem Badezimmer blieb er stehen.

»Das war … das ist Luises Zimmer«, sagte er feierlich.

Er drückte die Klinke hinab, stieß die Tür weit auf und schaltete Licht an.

Dann trat er einen Schritt beiseite. »Bitte sehr.«

Maja hatte den Eindruck, sie schaute tief in das Leben eines Menschen hinein, den sie gar nicht kannte, der sie aber auf unerklärliche Weise anzog und faszinierte.

Zuerst fiel ihr Blick auf eine altmodische Spiegelkommode. Verschiedene Gegenstände waren darauf verteilt, die im Schein des Kronleuchters aufblitzten: ein Parfumflakon, eine silberne Haarbürste, ein Porzellantellerchen voller Strass- und Perlenketten, eine hellblaue Glaskugel.

Fein säuberlich auf einem Regal aufgereiht standen die winzigen Schuhe, die Maja neulich schon erspäht hatte. Bei Licht betrachtet wirkten sie noch puppenhafter: Lackpumps mit Schnallen, Plateauschuhe mit Blockabsatz, aber auch klassische Peeptoes aus schwarzem Wildleder, Riemchenpumps und Ballerinas.

Schuhgröße 36, höchstens, dachte Maja und schaute betroffen auf ihre Füße, die ihr auf einmal riesig vorkamen.

Sie blickte sich weiter um. Auf einem mit hellbeigem Samt bezogenen Sofa waren Kissen im orientalischen Stil verteilt. Es sah aus, als hätte noch vor Kurzem jemand sein Mittagsschläfchen darauf gehalten. Gegenüber standen zwei wuchtige Schränke auf Löwentatzen, ihre Spiegel waren von prächtigen Schnitzereien umrahmt. *Narnia*-Schränke, kam es Maja sofort in den Sinn, die man öffnen wollte, um in ihrer Dunkelheit Geheimnisse zu entschlüsseln. Obenauf stapelten sich Hutschachteln. An der Wand hing ein großes Gemälde, auf dem ein vollmondbeschienener See dargestellt war.

Ein *Reich*, dachte Maja, Luises Zimmer war ein fabelhaftes *Königinnenreich*, das in einer Zeitkapsel konserviert worden war und soeben vor ihr auftauchte wie ein U-Boot aus märchenhafter Vergangenheit.

»Geh nur«, sagte Leo und gab ihr einen sanften Schubs.

Maja stolperte über die Schwelle und betrat dann das Zimmer.

Sie erblickte das Kleid, das sie neulich für einen schwebenden Geist gehalten hatte. Jetzt sah sie, dass es auf einem Bügel an einem Wandhaken hing. Es leuchtete in einem prächtigen Sonnenuntergangs-Orange. Kein Wunder, dass es durch die Dunkelheit hindurch geglüht hatte.

Sie ging darauf zu, streifte im Vorübergehen mit den Fingerspitzen das dunkle Holz der Schränke. Ein schönes Kleid, befand Maja, wunderschön. Es war aus fließendem Baumwollstoff genäht, bodenlang, mit tiefem V-Ausschnitt, und die Kombination aus schlichtem Schnitt und spektakulärer Farbe gaben ihm etwas Unwiderstehliches.

Maja streckte die Hand danach aus und untersuchte die Nähte. Tadellose Arbeit. Sie lächelte anerkennend. Ein Hippiekleid, zu dem ein brauner Ledergürtel hervorragend passen würde, flache Sandalen, Glasperlenketten, ein Wildlederjäckchen – fertig war der Boho-Look.

Ihr Blick wanderte weiter durch den Raum und blieb an einem kleinen Tischchen hängen, das unter dem Fenster stand. Sie stutzte, dann weiteten sich ihre Augen.

Es war nicht der Tisch, der sie in den Bann zog, sondern das, was sich darauf befand: Eine Pfaff-Nähmaschine älteren Modells, mit eingefädeltem Garn.

Und plötzlich begriff Maja. Es war, als fielen Teile eines Bildes ineinander und ermöglichten dadurch einen winzigen Einblick in ein anderes Leben. Die Besonderheit dieses Zimmers lag nicht ausschließlich in der wundersam privaten und zauberhaften Atmosphäre, sondern ganz offensichtlich auch darin, dass … Majas Herz schlug ihr jetzt bis zum Hals, …

dass es sich eindeutig um ein kleines Schneideratelier handelte.

»Luise hat genäht?«, fragte sie und drehte sich zu Leo um, der noch immer im Türrahmen hinter ihr stand.

Er nickte.

»Erzähl mir von ihr«, bat sie aufgeregt.

»Ich koche uns mal noch eine Kanne Tee«, sagte Leo und ging in die Küche. »Du darfst auch ruhig in die Schränke gucken!«, rief er von dort.

Maja streichelte die Nähmaschine, als wäre sie ein liebes, treues Haustier. Und während sie das tat, fiel ihr Blick auf ein Kleid, das über der Stuhllehne hing. *Ein Kleid aus champagnerfarbener Seide.*

Allein der Klang der Worte war schillernd und kostbar.

Luise mochte Seide auch so gern wie ich, dachte Maja und lächelte.

Sie hörte Leo in der Küche herumwerkeln. Wasser rauschte aus dem Hahn.

Er hatte ausdrücklich erlaubt, dass sie in die Schränke schaute. Fast hatte es sich wie eine Anweisung angehört.

Maja ging zu den Schränken und betrachtete ihr Spiegelbild.

Sie trug einen kniekurzen Rock aus burgunderfarbenem Flanell, dazu einen perlgrauen Rollkragenpullover, eine lange Silberkette, blickdichte Strumpfhosen und Stiefel. Basic fand sie ihren Look, feminin und winterlich.

Den Rock in A-Linie hatte sie selbst genäht. Natürlich.

Ob er Luise gefallen hätte?

»Ja«, murmelte Maja. Sie war sich ziemlich sicher.

Sie streckte die Hand aus und öffnete den ersten Schrank, der dabei einen unerwartet tiefen Brummlaut von sich gab.

»Schon klar.« Amüsiert tätschelte sie das dicke Holz. »Ein Schrank wie du quietscht nicht wie eine Maus, nicht wahr?«

Ein zarter Duft nach Lavendel und Zedernholz schlug ihr entgegen. Mottenschutz, dachte Maja, und dann musste sie erst einmal ungläubig blinzeln, bevor sie begriff, was sie da gerade entdeckt hatte: die überwältigende Garderobe einer Frau mit Stil und Geschmack.

Weiße, cremefarbene, bunte Blusen, Kleider in allen erdenklichen Längen und Mustern, alles nach Farben sortiert, Jacken, ordentlich gefaltete Stapel von Halstüchern und Schals.

Maja hörte sich schnaufen. Das war ja ein wahrer Schatz!

Andächtig holte sie ein rot-weiß kariertes Kleid aus sommerlichem Batist heraus und inspizierte es. Perfekte französische Nähte, stellte sie fest. Meisterhaft genäht.

»Tee ist fertig!«, rief Leo aus dem Wohnzimmer.

Maja nahm das Kleid auf dem Bügel mit und hielt es in die Höhe. »Hat Luise das genäht?«, fragte sie.

»Oh, ja, das hat sie.« Er schenkte frischen Tee ein. »Und sie hat es oft und gern getragen. Warte mal.«

Er ging zur Anrichte und holte ein Album heraus.

»Fotos?« Majas Augen leuchteten auf.

»Ja, komm, setz dich zu mir.«

Schnell hängte Maja das Kleid an die offene Tür und nahm neben Leo auf dem Sofa Platz.

»Dann wollen wir mal«, sagte er, atmete tief durch und öffnete das Fotoalbum.

Venedig, 1971, war in geschwungener Handschrift zu lesen.

Maja erblickte eine Serie liebevoll eingeklebter Fotografien, deren Farben verblasst waren, als wären sie mit einem Antik-

Filter eines Fotoprogramms bearbeitet worden. Sie erkannte Luise sofort.

Etwas älter als auf dem gerahmten Foto sah sie aus, aber nicht minder attraktiv und genauso wunderhübsch. Lächelnd lehnte sie am Geländer einer Brücke und schaute auf den Canal Grande hinaus. Ihr mittellanges Haar trug sie offen, nur mit einem Tuch zurückgebunden, und sie hatte das rotweißkarierte Kleid an.

»Eindeutig«, flüsterte Maja ergriffen, »das ist es.«

»Ich glaube, man nennt es Vichy-Muster.«

»Ja, das ist richtig.«

Leo glättete sorgsam das feine Pergamentpapier, das zwischen den Seiten lag, dann blätterte er um. Luise in Nahaufnahme, ihre blauen Augen leuchteten, Sommersprossen auf der Nase, blonde Locken, ein lachender Mund, blitzend weiße Zähne.

»War sie ein Model?«, fragte Maja.

»Ach was.« Er machte eine wegwerfende Handbewegung. »So etwas hätte sie niemals gemacht. Sie war einfach eine wunderschöne Frau.«

»Ja, das war sie.«

»Und so viel mehr.« Leo fuhr mit dem Zeigefinger über das Foto, ohne es zu berühren. »Sie hatte ein Herz aus Gold, meine Luise, sie war großzügig, bezaubernd und witzig.« In Erinnerungen versunken, lachte er kurz auf. Dann schlug er die Seite um.

Fotos von Palmen tauchten auf, Strände, Fischerboote, die Großaufnahme eines Schälchens voller Oliven und dann wieder Luise: diesmal in einem schwarzen Hosenanzug. In eleganter Pose lehnte sie an einem Barhocker, ein Cocktailglas in der Hand, an dem sie nippte und dabei in die Kamera lächelte.

»Großartig!«, rief Maja begeistert. »Als käme sie geradewegs aus einem James-Bond-Film.«

»Sean Connery war der Beste«, brummelte Leo.

»Stimmt.«

»Wobei Roger Moore auch nicht übel war.«

»Magst du Daniel Craig?«, fragte Maja.

»Nein.«

Maja lachte. Dann betrachtete sie wieder das Foto. »Wo war denn das?«

»An der Côte d'Azur.«

»Ihr seid aber viel gereist.«

Er nickte. »Ja, vor allem nach Frankreich und Italien.«

Sie schwiegen.

Leo schien einen Augenblick zu benötigen, um wieder im Hier und Jetzt anzukommen.

»Der schwarze Hosenanzug müsste auch noch im Schrank hängen«, sagte er schließlich, »und hier …« Er deutete auf ein weiteres Foto, »dieses geblümte Minikleid auch. Ich habe alles aufgehoben, alles …«

Seine Hände zitterten.

»Leo«, sagte Maja sanft, »was ist passiert?«

Stöhnend atmete er aus. »Sie ist überfahren worden und kurz darauf im Krankenhaus gestorben. Es …« Er brach ab.

Maja spürte Übelkeit in sich aufsteigen. »Das tut mir so leid«, flüsterte sie und hasste sich augenblicklich für die Banalität ihrer Worte.

Leo nickte. Er schluckte, räusperte sich, versuchte zu lächeln. »Lange her«, sagte er rau.

»Wann?«, wisperte Maja und legte ihre Hand auf seine.

»Am 6. August 1977, um zwölf Uhr mittags ist sie gestorben«, antwortete er mit trauriger Feierlichkeit.

Das war ja vierzig Jahre her, in Majas Kopf begann es wild zu rotieren. So lange war Leo schon ohne seine geliebte Luise. Sie war seit Jahrzehnten tot, und er bewahrte ihr Andenken, nein, mehr als das: Er hatte es irgendwie geschafft, etwas von ihr am Leben zu erhalten. Es war nicht greifbar, aber Maja hatte den Eindruck, dass sie Luises Gegenwart von Anfang an gespürt hatte.

»Sie war erst siebenundvierzig Jahre alt«, sagte Leo. »Das mag dir uralt vorkommen, aber du kannst mir glauben: Das ist nicht besonders alt.«

Er schien sich gefangen zu haben.

»Warum ich dir das alles zeige und erzähle, fragst du dich?« Er legte das Album auf den Sofatisch und lehnte sich zurück. Ohne eine Antwort abzuwarten, fuhr er fort: »Weil ich dich aufwecken will, deshalb.«

Erstaunt sah sie ihn an. »Wie meinst du das?«

»Ich weiß, dass Nähen deine Leidenschaft ist, und du hast großes Talent. Nimm deine Gabe an und mach etwas daraus, sonst wirst du niemals froh und frei sein.«

Sie lachte verlegen auf. »Aber Leo …«

»Da gibt es nichts zu lachen«, fuhr er sie an, »du bist Künstlerin, das musst du akzeptieren. Worauf wartest du denn noch?«

»Ich? Ich *würde* natürlich gern so etwas wie … eine eigene K… Kollektion entwerfen«, stammelte sie, »aber das geht nicht so einfach, dafür braucht man Zeit und Geld und Kontakte und …«

»Das sind alles nur Ausreden«, fauchte er.

Maja fasste sich an die Schläfen. Künstlerin? Hatte er sie eben tatsächlich als *Künstlerin* bezeichnet? War das nicht reichlich übertrieben? Geradezu … versponnen? Ihr war schwindelig, so, als hätte sie nicht tassenweise harmlosen Earl-Grey-Tee getrunken, sondern Wodka.

»Ich habe dir Luises Zimmer gezeigt, weil ich sehen wollte, wie du darauf reagierst«, sagte Leo mit milderer Stimme.

»Und? Wie habe ich reagiert?«

»Wie ich es erwartet und erhofft hatte.« Er lächelte. »Schau mich an, Maja-Kind.«

Sie hob den Blick und sah in seine Bernstein-Augen hinein.

»Versprich mir, dass du etwas aus deinem Leben machst«, sagte er leise.

Sie nickte.

»Versprich es mir.«

»Jaja.«

»Ein *Jaja* reicht mir nicht. Ich brauche ein Versprechen.«

»Ach, Leo, wie kann ich dir das versprechen? Wenn jede kleine Schneiderin ...«

»Du bist nicht *jede kleine Schneiderin*, du bist Maja. Punktum.«

Seine Augen schienen zu sprühen.

»Puh«, machte Maja.

»Ich will nichts weiter als deine Bereitschaft. Du musst diese Tür der Möglichkeit offen halten.«

Sie nickte. »Ja, das kann ich dir versprechen.«

»Gut. Deine Hand darauf.«

Sie reichte ihm ihre Hand, die er nahm und einen Augenblick lang festhielt. Dann beugte er den Kopf und hauchte einen Kuss darüber.

»Es ist besiegelt«, sagte er lächelnd.

»Die Tür der Möglichkeit.« Maja erwiderte sein Lächeln. »Wie poetisch du wieder bist.«

Er stand auf, legte das Fotoalbum beiseite, zog die Gardinen zu und räumte mit viel Geklapper das Teeservice auf ein Tablett.

»Lass mich das machen«, sagte Maja, doch er war schon auf dem Weg in die Küche.

»Darf ich noch mal in ihr Zimmer gehen?«, fragte sie.

»Aber sicher, geh nur«, antwortete er von draußen.

Maja brachte das karierte Kleid zurück und hängte es genau an die Stelle, wo sie es vorhin im Schrank gefunden hatte.

»Luise«, flüsterte sie.

Beim Schließen der Schranktür glitten Spiegelreflexionen über die Wände.

»Könnte ich wohl einen Blick in den anderen Schrank werfen?«, rief Maja in Richtung Korridor.

»Ja doch, und hör auf zu fragen«, erklang die etwas ungehaltene Antwort.

Zögernd streckte Maja die Hand aus. Es fühlte sich nicht richtig an, in fremde Schränke zu schauen.

Und irgendwie doch. Es waren ja nicht irgendwelche Schränke, es waren die von Luise. Und sie hatte Leos Erlaubnis. Wer könnte da widerstehen? fragte sich Maja mit wild klopfendem Herzen. Sie jedenfalls nicht.

Der zweite Schrank ließ sich lautlos öffnen. Er beinhaltete eine prächtige Handtaschenkollektion. Maja holte tief Luft. Sie liebte Handtaschen, sie *liebte* sie einfach. Sie hatte einen regelrechten Handtaschen-Fimmel, und was sie gerade entdeckte, entlockte ihr einen Freudenschrei.

Sie hörte Leo aus der Küche lachen.

Vor Majas Augen baute sich eine circa dreißigjährige Handtaschen-Geschichte auf: kantige Henkeltaschen mit Krokoprägung oder Petit-Point-Stickerei, samtige Pompadourbeutel, Strohtaschen, Fransentaschen, bunte Clutches in den Farben der Sechziger und am Ende der Reihe – die legendäre 2.55 von Chanel.

Jede einzelne Tasche war aufs Sorgfältigste mit einer Lage Seidenpapier umwickelt, um sie vor Staub zu schützen, doch die Seiten waren offen geblieben, sodass man sofort erkennen konnte, um welches Modell es sich handelte. Luise schien nicht nur talentiert gewesen zu sein, sondern auch praktisch veranlagt.

Auf einer Stange hingen weitere Kleidungsstücke. Maja entdeckte den schwarzen Hosenanzug, den Luise in Südfrankreich getragen hatte. Feine Seide, perfektes Handwerk. Das Etikett einer chemischen Reinigung baumelte noch daran.

Daneben hing ein pistaziengrüner Mantel.

Christian Dior Paris, las Maja auf dem eingenähten Label. »Uiii.«

Im Wohnzimmer klingelte das Telefon.

»Hallo, mein lieber Jack«, hörte Maja Leo sagen, und vor lauter Schreck wäre sie am liebsten in den Schrank hineingekrochen. Doch stattdessen schlich sie lauschend zur Tür – und schämte sich kein bisschen.

»Hm-hm«, machte Leo. Dann schwieg er eine Weile.

»Ja, ja, aber nein«, sagte er schließlich.

Maja verdrehte die Augen. Dafür lohnte sich die Lauscherei nun wirklich nicht.

Kurz darauf war das Gespräch beendet. Leo kam über den Korridor zu ihr, und sie eilte schnell zu dem geöffneten Schrank zurück.

»Das war Jack«, sagte er.

»Ach?« Maja gab sich Mühe, erstaunt zu tun. »Wie geht es ihm?«

»Gut, er lässt dich grüßen.«

»Hat er sonst noch was gesagt … über mich?«, quoll es aus ihrem Mund.

»Nein.«

»Nicht so wichtig«, rief Maja leichthin und versuchte, ein fröhliches Gesicht zu machen. »Ich habe diesen Mantel hier entdeckt.« Sie deutete darauf. »Von Christian Dior!«

Leo nickte. »Was Luise nicht selbst genäht hat, war von Dior«, sagte er.

»Kein Geringerer?« Maja lachte auf.

»Oder Yves Saint Laurent.«

»Auch kein Stümper.«

»Du fragst dich, wie das zusammenpasst.« Leo sah sie durchdringend an. »Eine kleine Wohnung im Hinterhaus und Designermode.«

Er kann tatsächlich Gedanken lesen, schoss es Maja durch den Kopf.

»Wenn du so alt bist wie ich, dann kannst du das auch«, sagte er grinsend, und sie mussten beide lachen.

Er ist so hübsch, wenn er lacht, dachte Maja und hoffte, dass er diesen Gedanken nicht auch lesen würde.

Dann sieht er wieder aus wie auf dem gerahmten Foto.

Sein Gesicht wurde ernst. »Luise hat sich das alles mit ihren Nähkünsten erarbeitet. Sie hat gut verkauft, musst du wissen.«

Maja nickte voller Ehrfurcht.

»Sonntags hatte sie immer eine kleine Anzeige in der Morgenpost geschaltet. *Schneiderin näht Ihr Traumkleid* oder so etwas in der Art. Das Telefon klingelte die ganze Woche, es sprach sich herum, die Damen kamen scharenweise zur Anprobe, und es hat kein einziges Mal eine Beschwerde gegeben.«

»Das klingt alles so toll!«, rief Maja begeistert.

»Auch die Prominenz kam zu Luise.« Leos Stimme hatte einen geheimnisvollen Klang angenommen.

»Wer?«

»Sag ich nicht.«

»Komm schon, Leo, nur ein Name.«

»Hildegard Knef«, flüsterte er.

»Nein!«

»Doch!« Vergnügt rieb er sich die Hände. »Und was das Hinterhaus betrifft: Es hat uns nichts ausgemacht, hier zu wohnen. Früher war der Hof nicht so ungepflegt, es gab sogar einen Gärtner, der sich um alles gekümmert hat. Und der Schlosspark ist nicht weit. Im Sommer haben wir mit unserem kleinen Jungen dort oft gepicknickt.«

»Der kleine Junge ist Jacks Vater?«

»Ja. Sebastian, unser Sohn.«

Vor Majas geistigem Auge stiegen Bilder auf. »Das klingt nach einem wunderschönen Leben«, sagte sie.

»Ja, das war es.« Er zog die Schultern hoch, als fröre er plötzlich.

»Was hast du eigentlich beruflich gemacht?«, fragte Maja schnell.

»Ich war Lehrer.«

»Oh, das passt! Bestimmt warst du ein sehr guter Lehrer.«

»Ich habe mein Bestes gegeben.« Er lächelte sie an.

»Ich muss los.« Sie umarmte ihn. »Danke für alles.«

»Gern, Maja, sehr gern.«

Er brachte sie zur Tür, half ihr in den Mantel.

»Wir schreiben uns«, sagte er.

Sie nickte.

Im Hausflur drehte sie sich noch einmal um.

»Leo?«

»Ja, meine Liebe?«

»Würdest du Jack bitte zurückgrüßen?«

»Mach ich, Maja-Kind.«

SIEBEN

Und wieder begann eine neue Woche.

Und wieder stand Maja in der Damenkonfektionsabteilung herum und fühlte sich mehr als unmotiviert.

Hanneliese war gerade dabei, eine Kunstpelzweste zu verkaufen. »Absolut *fashion*«, sagte sie zu der Kundin, »damit sehen Sie aus wie eine New Yorker Modebloggerin.«

»Hm.« Die Frau drehte sich vor dem Spiegel hin und her. Sie schien nicht überzeugt.

Vielleicht will sie gar nicht aussehen wie eine New Yorker Modebloggerin, dachte sich Maja. Und überhaupt: Wie sollen die denn aussehen? Gibt es da Richtlinien?

Hanneliese schickte die Kundin mit weiteren Kleidungsstücken in die Kabine zurück. »Noch ein paar schwarze Leggings, ein kariertes Hemd, und fertig ist der coole Straßenlook.«

»Ich weiß nicht«, murmelte die Frau wenig später hinter dem Vorhang. »Das bin ich eigentlich gar nicht.«

»Zeigen Sie sich!«, krähte Hanneliese.

Verunsichert kam die Frau heraus.

»Sehr, sehr schön.« Hanneliese klatschte in die Hände.

»Das Hemd ist zu kurz«, mischte sich Maja ein, »wenn man Leggings trägt, muss man darauf achten, dass der Po bedeckt ist. Das ist wirklich eine Grundregel.«

»Ja, das finde ich auch.« Die Kundin schob ihr Hinterteil in die Kabine zurück.

»Dann suchen Sie der Dame eben etwas Längeres«, herrschte Hanneliese Maja an.

Das Problem ist nicht nur das Hemd, dachte Maja, während sie sich auf die Suche machte, die Frau sollte lieber eine ganz normal geschnittene Hose tragen statt Leggings. Und die Kunstfelljacke ist auch nichts für sie. Damit ähnelt sie einem Bären.

Wenig später war Maja zurück. »Schauen Sie«, rief sie, »ich habe Ihnen ein neues Outfit zusammengestellt.« Recht zufrieden mit dem, was sie gefunden hatte, hielt sie eine etwas weiter geschnittene Jeans in die Höhe.

»*Loose fit* nennt man das«, erklärte sie, »das sieht toll und lässig aus und ist richtig bequem. Dazu habe ich Ihnen eine edle Seidenbluse mitgebracht, dieser Aquamarinton wird Ihnen hervorragend stehen.«

Maja hängte die Kleidungsstücke in die Kabine. »Eine Weste ist auch dabei«, sagte sie, »sie hat aber lediglich einen schmalen Kragen aus Kunstpelz, das trägt nicht so auf.«

»Super, vielen lieben Dank.« Die Kundin strahlte und schloss den Vorhang hinter sich.

Eher zufällig fiel Majas Blick auf Hanneliese: Sie hatte die Lippen gespitzt und die Augenbrauen in die Höhe gezogen. Man konnte behaupten, dass dieser Gesichtsausdruck, verbunden mit dem künstlichen Licht von oben, überaus unvorteilhaft war.

»Was ist?«, fragte Maja irritiert.

»Sie sollten bloß ein längeres Hemd bringen und sich nicht wieder in alles einmischen«, zischte Hanneliese.

»Sie haben doch selbst gesehen, wie unwohl sich die Dame in Leggings gefühlt hat«, flüsterte Maja.

»Nein, das habe ich *nicht* gesehen«, keifte Hanneliese und bemühte sich offenbar nicht mehr um eine gedämpfte Lautstärke. »Das bilden Sie sich ein, weil Sie glauben, immer alles besser zu wissen. Sie halten sich für viel zu großartig, um hier zu arbeiten. Sie …«

»Passt!«, rief die Kundin und kam glücklich strahlend aus der Kabine. »So gefalle ich mir.«

»Wunderbar!« Majas Augen leuchteten auf.

»Ich finde es ein bisschen langweilig.« Hanneliese wackelte mit dem Kopf. »Aber das müssen Sie selbst entscheiden.«

»Langweilig?« Die Frau betrachtete sich kritisch im Spiegel. »Nein«, sagte sie schließlich, »ich finde das nicht langweilig.«

Sie drehte sich zu Maja um. »Würden Sie mir vielleicht noch passende Schuhe aussuchen?«

»Mit dem allergrößten Vergnügen!«

»Die Schuhabteilung ist im Erdgeschoss«, gab sich Hanneliese verschnupft, »meine Kolleginnen dort werden Sie sicher gern beraten.«

»Kein Problem, ich mache das schon!«, rief Maja und flitzte los.

Als sie wenig später mit drei Paar Schuhen zurückkam, war die Kabine leer.

»Wo ist sie denn?«, murmelte Maja.

»Ich habe sie bereits zur Kasse begleitet«, antwortete Hanneliese mit einem unguten Lächeln.

»Ach so.« Maja schluckte. »Und die Schuhe?«

»Nicht so wichtig.« Hanneliese machte eine wegwerfende Handbewegung. »Und übrigens: Sie hat dann doch die Fellweste genommen.«

»Was?«

»Tja«, erwiderte Hanneliese schulterzuckend, »Kundinnen. So unbeständig wie der Mond.« Mit diesen Worten ließ sie Maja stehen.

Traurig brachte Maja die Schuhe in die Abteilung zurück. Dann gönnte sie sich einen kurzen Ausflug ins Reich der Stoffe.

Ein mit grünen Palmwedeln bedruckter Leinenstoff munterte sie ein wenig auf. Was könnte man daraus nähen, fragte sie sich, und sofort fiel es ihr ein: einen Minirock mit passendem Bolerojäckchen, darunter ein weißes T-Shirt, eine Sonnenbrille im Haar, Espadrilles an den Füßen, ein goldener Armreif, eine Strohtasche. Voilà! Ein zauberhafter Sommerlook war geboren.

Sie schloss kurz die Augen, und noch mehr Palmen tauchten auf, Blau begann zu glitzern, eine Strandpromenade entrollte sich, das Meer rauschte. »Hmmm.«

Bevor der Pager sie allzu unsanft aus diesem Paradies vertreiben konnte, riss Maja die Augen wieder auf und eilte zurück in den zweiten Stock.

Hanneliese war nicht zu sehen. Bestimmt war sie dabei, ihre zehnte, ach was, ihre hundertste Zigarette des Tages zu rauchen.

Nachdenklich lehnte sich Maja an einen Wühltisch mit reduzierter Unterwäsche. Was hatte Hanneliese vorhin zu ihr gesagt? Sie würde immer alles besser wissen, sie würde sich für zu großartig halten, um hier zu arbeiten?

Nein, so war es nicht. Maja hatte nicht den Eindruck, *alles besser zu wissen,* sie war lediglich davon überzeugt, dass sie *etwas* wusste. Sie spürte, ob ein Kleidungsstück es gut mit einem meinte oder nicht, ob es ein Beschützer oder ein Verräter sein würde, und sie hatte ein Gefühl für Mode und Menschen, das sie hier in diesem Kaufhaus aber nicht vermitteln konnte. Hanneliese war alles andere als eine Förderin.

Und was den anderen Vorwurf betraf: Sie hielt sich ganz gewiss nicht für zu großartig.

Schön wär's, dachte Maja, etwas mehr Selbstbewusstsein würde mir ganz guttun.

Sie ordnete Viererpacks *Damenpanty/Hipster aus hochwertiger Baumwolle* nach Größen, und als sie wieder aufschaute, traute sie ihren Augen kaum. Die Kundin von vorhin steuerte geradewegs auf sie zu.

»Kann ich Ihnen helfen?«, fragte Maja verunsichert.

»Oh, davon bin ich überzeugt.« Die Frau reichte ihr die Hand. »Mein Name ist Gwendolyn Meissner.«

»Hallo, ich bin Maja.«

»Ich möchte diese lächerliche Fellweste umtauschen. Das geht doch, oder?«

»Ja, natürlich.« Maja unterdrückte ein triumphierendes Grinsen.

»Sobald ich den Fuß auf die Rolltreppe gesetzt hatte, wusste ich, dass die Weste nichts für mich ist«, erzählte die Kundin, »aber irgendwie habe ich mich von Ihrer Kollegin bequatschen lassen.«

»Kommen Sie.« Maja ging voraus zur Kasse.

»Und noch etwas …«

»Ja?«

»Meine Tochter heiratet im Januar, und ich suche ein passendes Outfit. Würden Sie mich beraten?«

»Nichts lieber als das!«, rief Maja erfreut. »Eine Hochzeit im Winter, wie romantisch. Mit Schlitten und rosa Rosenblüten im Schnee.«

»Ja, genau.« Gwendolyn Meissner lachte. »Am liebsten würde ich mir ja etwas nähen lassen, aber es ist gar nicht so einfach, eine gute Schneiderin zu finden.«

Majas Herz begann schneller zu schlagen. Ein Kleid für die Mutter der Winterbraut? Oh, oh, oh, da würde ihr aber jede Menge einfallen.

Doch bevor sie etwas sagen konnte, war Hanneliese wieder

aufgetaucht. Ihre unsichtbaren Rauchschwaden hinter sich herziehend, hatte sie sich *manifestiert.* »Gibt es Probleme?«

»Aber nein«, sagte Gwendolyn Meissner schnell. »Ich habe mich nur umentschieden. Die Weste, die Ihre Kollegin für mich ausgesucht hat, gefällt mir doch besser. Und passende Schuhe wollte ich eigentlich auch noch.«

»So?« Hanneliese schaute die Kundin böse an.

»Ja. Und was ich eben noch zu ihr sagte, Maja, nicht wahr?« Sie lächelte Maja freundlich an. »Ein hübscher Name. Also, ich sagte, dass ich eigentlich sehr gern etwas auf Maß geschneidert hätte, aber niemanden gefunden habe, der …«

»Ganz genau«, unterbrach Hanneliese, »das ist ein aussterbender Beruf. Wer lernt so etwas noch in unserer Zeit? Also, hier in Europa, meine ich.«

Maja spürte, wie Ärger in ihr zu pulsieren begann, auf stechende, unerträgliche Weise und schließlich zu heißer Wut wurde.

»Sie wollen wissen, wer so etwas heute noch lernt?«, fragte sie Hanneliese mit zitternder Stimme. »Dann fragen Sie doch mal die Näherinnen in Bangladesch, die für dreißig Euro Monatslohn vierzehn Stunden am Tag in der Fabrik schuften, damit Sie hier T-Shirts für vier neunundneunzig verticken können!«

»Das ist fürchterlich«, pflichtete Gwendolyn ihr bei, »Nachhaltigkeit und die Wahrung der Menschen- und Arbeitsrechte sollten in der Welt der Mode eine Grundvoraussetzung sein.«

Hanneliese war bleich geworden.

»*Ich* nähe!«, rief Maja. »*Ich* bin gelernte Schneiderin!«

»Ach?« Gwendolyn Meissner strahlte. »Was für ein wunderbarer Zufall!«

Den Blick, mit dem Hanneliese sie bedachte, würde Maja bis ans Ende ihres Lebens nicht vergessen. Er war voller Abscheu, Verachtung und Missgunst.

Leo hat recht gehabt, schoss es ihr durch den Kopf.

»Hier ist meine Karte.«

Maja griff danach.

»Melden Sie sich bei mir.« Frau Meissner nickte Maja zu, dann ging sie zur Kasse, tauschte die Fellweste gegen diejenige um, die Maja ursprünglich für sie ausgesucht hatte, und ging.

Auf der Rolltreppe winkte sie noch einmal kurz und formte mit kleinem Finger und Daumen ihrer freien Hand einen imaginären Telefonhörer. Maja nickte.

Sobald die Kundin verschwunden war, brach der Sturm los.

»Was bilden Sie sich eigentlich ein?«, brüllte Hanneliese.

Maja hätte schwören können, dass ein wenig Rauch aus Hannelieses Ohren dampfte. Natürlich war das bloß ihrer überbordenden Fantasie geschuldet, doch es war nicht zu übersehen, dass Hanneliese vor Wut schäumte. Spuckebläschen hatten sich auf ihrer schmalen Unterlippe gesammelt und flogen in hohem Bogen nach vorn, als sie weitergeiferte: »Jetzt durchschaue ich Ihre Strategie! Sie sammeln hier Kontakte, Sie werben uns die Kundschaft ab …« Sie trat einen Schritt auf Maja zu, die aus Angst vor weiteren Speicheltropfen zurückwich. »… wissen Sie, wie man das nennt?«

»Ich werbe doch niemanden ab!«, rief Maja empört. »Das hat sich eben einfach so ergeben …«

»Sa-bo-ta-ge!«, schrillte Hanneliese, und im nächsten Augenblick hatte sie Maja die Visitenkarte aus der Hand gerissen und in kleine Fetzen zerrissen, die sie sich in die Tasche stopfte.

»Ich bringe Sie in Teufels Küche, darauf können Sie wetten.«

Mit diesen Worten rauschte Hanneliese davon.

Perplex schaute Maja ihr hinterher.

»Na, kleine Hexe, was hast du denn wieder ausgefressen, dass die Oberhexe so böse auf dich ist?« Rita stellte sich neben sie und legte ihr einen Arm um die Schulter. »Ich lese Flo und Nelli gerade *Die kleine Hexe* von Otfried Preußler vor«, erklärte sie, »deshalb bin ich ein bisschen im Hexen-Modus.«

»Verstehe.« Maja atmete tief durch, dann berichtete sie, was passiert war. »Ich befürchte, ich darf nicht mit auf den Blocksberg fliegen«, schloss sie grinsend.

»Nein, ganz bestimmt nicht.«

Sie schwiegen kurz.

»So sauer habe ich sie noch nie gesehen«, sagte Maja.

»Auf dich hat sie es besonders abgesehen.«

»Warum nur?«

Rita zuckte mit den Schultern. »Nimm es als Kompliment.«

»Pfff«, machte Maja, »toll.«

Am nächsten Tag war sie in die Herrenkonfektionsabteilung versetzt worden.

»Und glauben Sie ja nicht, dass Sie dort Narrenfreiheit haben.« Hanneliese drohte ihr mit dem Zeigefinger. »Ich habe mein ganz persönliches Auge auf Sie.«

In Teufels Küche, dachte Maja betroffen, oder schlimmer.

Herrenkonfektion? Sie konnte sich nichts Langweiligeres vorstellen. Schon immer hatten ihr die Männer insgeheim leidgetan, zumindest was ihre Stellung in der Modewelt betraf. Lediglich die Breite der Revers, Hosenbeine und Krawatten änderten sich im Lauf der Zeit, ansonsten blieb doch immer alles gleich.

Stöhnend schaute sich Maja um. Dunkelblau, Grau und Schwarz, so weit das Auge reichte.

»Hallo!«, rief in diesem Augenblick ein untersetzter junger Mann. »Ich bräuchte mal eine Beratung.«

Ich habe genauso wenig Ahnung wie Sie, hätte Maja am liebsten zurückgerufen, aber ihr war klar, dass sie sich nichts mehr erlauben durfte. Hanneliese wartete nur darauf, ihr zu kündigen.

»Wie kann ich Ihnen helfen?«, fragte sie stattdessen.

»Ich suche ein Sakko.«

Na, das kann doch nicht so schwierig sein, versuchte Maja sich Mut zu machen.

Sie begann, die verschiedenen Größen zu inspizieren. Da gab es achtundvierzig, fünfzig, vierundfünfzig, sechs- und siebenundzwanzig (hups?) und zu allem Überfluss noch hundertzwei und hundertsechs.

»Was soll *das* denn?«, murmelte Maja und fühlte Panik in sich aufsteigen. »Das ergibt doch überhaupt keinen Sinn.«

»Ich denke, ich brauche eine Siebenundzwanzig«, sagte der Mann.

»Ja!« Maja sah ihn dankbar an. »Das denke ich auch.« Sie suchte ein hellblaues Sakko in der passenden Größe heraus und reichte es ihm.

»Danke.« Der Mann verschwand in der Umkleidekabine und kam im nächsten Moment wieder heraus. »Macht man den Knopf zu oder bleibt er offen?«, fragte er.

»Ähm.« Maja knabberte ratlos an ihrem Daumennagel. »Da es ja nur einen Knopf gibt, würde ich sagen, dass man ihn dann auch zumachen sollte. Sonst hätte er ja keinen Grund, da zu sein.« Sie kicherte ein wenig überreizt.

»Da haben Sie womöglich recht«, erwiderte der Mann und zog den Bauch ein. »Bisschen eng«, japste er.

»Oh«, machte Maja betroffen, »dann brauchen Sie wohl eine andere Größe.«

Eine Achtundzwanzig oder womöglich eine Fünfhundertdreiundsiebzigeinhalb …

»Das Ein-Knopf-Sakko darf nicht zu eng sein, denn der Knopf wird, wie Sie bereits richtig erkannt haben, geschlossen.« Ein kleiner dicklicher Mann mit Glatze hatte sich neben sie gestellt. »Norbert Blüm, ich bin hier der Abteilungsleiter.«

Maja blinzelte. Er sah tatsächlich ein kleines bisschen wie der ehemalige Politiker aus, lediglich jünger.

»Aha«, nuschelte sie verwirrt, »sehr erfreut.«

»Und Sie sind meine neue Mitarbeiterin?«

»So sieht es wohl aus.«

Mit gekonntem Griff suchte Norbert Blüm drei Sakkos heraus und hängte sie dem Kunden in die Umkleidekabine.

»Bei einem Sakko mit zwei Knöpfen bleibt der untere geöffnet«, wendete er sich dann wieder Maja zu, »aber Obacht beim Zweireiher!« Er hob beide Zeigefinger in die Höhe und spreizte die kleinen Finger etwas ab. »Der Zweireiher wird immer geschlossen.«

Maja nickte.

»Sie müssen noch sehr viel lernen.«

Sie nickte wieder.

Ich will aber lieber ganz andere Sachen lernen, gellte es in ihr. Luises französische Nähte hinbekommen und Ajour-Stickerei, das würde ich gern lernen. Und Gedanken lesen, wie Leo. Und …

»Wie ist es wohl beim Dreiknopf-Sakko, junge Frau?«

»Der unterste Knopf bleibt offen«, antwortete Maja auf gut Glück.

»Richtig.« Das Doppelkinn von Norbert Blüm geriet ein wenig in Wallung. »Und der mittlere?«

»Der kann machen, was er will?«

»Falsch! Ganz falsch! Der mittlere *muss* geschlossen werden, während es dem Träger freisteht, ob er den obersten Kopf offen lassen möchte oder nicht.«

»Oh, Mann«, entfuhr es Maja.

Heute Nacht würde sie bestimmt von Knöpfen träumen, und es wäre kein guter Traum.

***

»Ich bin regelrecht zwangsversetzt worden«, erzählte sie Leo auf dem Heimweg am Handy.

»Herrenkonfektion?« Er hörte sich an, als unterdrückte er nur mit großer Mühe ein Lachen. »Meine arme Maja.«

»Du scheinst das ja lustig zu finden.«

»Ich finde es lediglich faszinierend, wie deutlich das Leben einem immer wieder den Weg weist.«

»Wie meinst du das?«

»Denk einfach mal darüber nach.«

»Ich bin viel zu müde zum Nachdenken.« Sie schnaufte genervt. »Graue Anzüge machen mich müde, dunkelblaue Blazer bereiten mir Kopfschmerzen und von beigen Hosen wird mir übel.«

»Was ist mit schwarzen Socken?«, fragte Leo lachend.

»Ganzkörperlähmung«, antwortete Maja mit einem Kichern.

»Das sind ja beste Aussichten.«

»Du sagst es.«

»Gleich kommt Jack mich besuchen.«

»Oh…« *Und davon kriege ich Herzrasen und Schweißausbrüche.*

»Komm doch auch, wir bestellen Pizza.«

»Ich … ich muss erst noch nach Hause.«

»Komm einfach, wenn du fertig bist.«

»Gern, Leo.«

»Dann bis später.«

Er hatte aufgelegt.

Maja steckte das Handy weg und galoppierte etwas kopflos nach Hause.

Sie würde Jack wiedersehen … Jack wiedersehen … Jack wiedersehen.

Was sollte sie anziehen?

»Oh mein Gott, oh mein Gott, oh … Entschuldigen Sie bitte …«

»Pass doch uff, wo de hinrennst!«

»Tut mir leid.«

Wie sollte sie sich geben? Erfreut, ihn zu sehen? Oder lieber ganz cool, als könnte sie sich kaum an ihn erinnern? Nein, das war ja vollkommen affig. Wobei! Nora hatte ihr neulich einen Kurzvortrag über *die geheimnisvolle Frau* gehalten. *La femme mysterieuse.*

»Männer sind ganz verrückt danach«, hatte sie gesagt.

»Wonach genau?«

»Wenn du dich undurchschaubar und etwas launenhaft gibst. Wie eine Pariserin.«

»Ist das nicht ein fürchterliches Klischee?«

»Egal, es funktioniert.«

»Erklär es mir, bitte.«

Nora hatte geseufzt. »Also, oberstes Gebot: zu spät kommen.«

»Oh, das mag ich nicht. Ich bin eigentlich immer pünktlich.«

»Dann komm ab jetzt halt immer ein bisschen zu spät. Erklär dich nicht, sprich nicht so viel, gib dich ein bisschen gelangweilt, lass dich nicht in Schubladen stecken. Wenn man dich was fragt, sei widersprüchlich, sprunghaft, ein bisschen durchgeknallt.«

»Und das mögen Männer?«, hatte Maja ungläubig gefragt.

»Und wie.«

Inzwischen war Maja zu Hause angekommen. Sie würde sich jetzt erst einmal einen Tee kochen und versuchen, sich kurz zu entspannen.

Sie zog ihren Mantel aus und hängte ihn auf einen Bügel. Wahrscheinlich war das auch total unpariserisch. Mysteriöse Frauen schmissen ihre Kleidungsstücke womöglich am liebsten auf den Fußboden. Maja musste lachen. Sie hatte den Eindruck, kein großes Talent im Rätselhaftsein zu haben.

Wie wohl Luise gewesen war?

Sie hätte keine Mäntel auf den Boden geworfen. Luise hatte die textile Seele respektiert, und wenn man sie etwas fragte, war ihre Antwort klar und direkt gewesen. Und ehrlich. Keine widersprüchlichen Durchgeknalltheiten. Da war sich Maja ganz sicher.

Der Blick in den Kleiderschrank – oder in diesem Fall: in die Kleiderschränke – eines Menschen lässt tief blicken, dachte sie sich, eigentlich weiß man dann so gut wie alles über ihn. Es ist wie Lesen in einem intimen Tagebuch.

Nachdenklich ging Maja in die Küche, wusch sich die Hände und brühte schwarzen Tee auf.

Was genau hatte sie in Luises Schränken gesehen?

Sie stellte sich ans Fenster und dachte nach.

Kompromisslose Echtheit, Treue, Lebensfreude und Talent.

Luise war sich ihrer Sache vollkommen gewiss gewesen, und diese Sicherheit, diese Selbstachtung saß in jeder Naht, in jedem handgenähten Knopfloch. Jeder einzelne Nadelstich konnte ein Lied davon singen (ein wunderschönes Lied), und jedes Kleid war durchtränkt von dieser Klarheit.

Die Auswahl ihrer Handtaschen, die Art, wie sie liebevoll Ordnung in den Schränken gehalten hatte, die Lagen Seidenpapier zwischen den gefalteten Tüchern, die aufgehängten Säckchen voller Lavendelblüten, ihre Handschrift auf den Schachteln: *Lederhandschuhe, dunkelblau, Glacéhandschuhe, creme, gestrickter Ringelschal, blau-weiß* ... all das atmete noch immer Luises Geist.

»Ach«, seufzte Maja. Sie war voller Bedauern, diese außergewöhnliche Frau nicht kennengelernt zu haben.

Was hätte Luise wohl zu dem Kleid Leonie gesagt? Ob sie sich gern Sendungen wie *Shopping Queen* und *Project Runway* angesehen hätte? Und wie wäre sie umgegangen mit einer Person wie Hanneliese?

Die Gedanken kreisten in Majas Kopf, und dann fiel ihr Blick auf die Küchenuhr. Es war ja schon nach acht.

Sie raste ins Badezimmer, puderte sich die Nase und legte kirschroten Lippenstift auf, sie kämmte sich die Haare, band sie zu einem Pferdeschwanz, und dann kam die große Frage: Was ziehe ich an?

Sie entschied sich für Jeans und einen warmen selbst gestrickten Pullover, der dieselbe Farbe wie ihr Lippenstift hatte. Mit zittriger Hand band sie sich noch das alte Perlenarmband vom Flohmarkt um.

»Gut«, murmelte sie etwas atemlos, »gut.«

Dann schnappte sie sich einen, natürlich selbst entworfenen, Mantel, schlüpfte in ihre Stiefel, griff nach ihrer antiken Handtasche (ein sensationeller Ebay-Fund) und war im nächsten Augenblick zur Haustür hinaus.

Als Leo ihr die Wohnungstür öffnete, sah sie gleich, dass etwas nicht stimmte.

»Guten Abend, Maja«, sagte er mit bedrückter Miene.

Ihr Strahlen erlosch. »Ist etwas passiert?«, fragte sie und ließ den unterwegs gekauften Blumenstrauß sinken.

»Nein, nein, komm rein.« Er zog sie am Arm in den Korridor. »Jack hat Besuch mitgebracht«, flüsterte er ihr ins Ohr und gab der Tür einen Stoß, sodass sie krachend ins Schloss fiel.

»Wen denn?«

»Kim«, antwortete er knapp.

»Wer ist denn das?«

»Oooh, danke für die schönen Blumen, ich liebe Freesien.« Er versenkte sein Gesicht in dem Strauß und schnüffelte lautstark. »Was für ein Duft!«

»Wer ist Kim?«, fragte Maja.

»Eine … Bekannte von Jack, also, s… eine Freundin.« Leo hob den Kopf. Er fühlte sich sichtlich unbehaglich.

Der Boden begann unter Maja zu schwanken. Jack hatte eine Freundin?

Natürlich hatte Jack eine Freundin.

Was hatte sie denn gedacht?

Sie ließ sich von Leo aus dem Mantel helfen, dann führte er sie ins Wohnzimmer, wobei sie eher das Gefühl hatte, es ginge zum Schafott.

Kim saß auf einem der Sessel und sah aus wie ein internationales Topmodel. Sie entknotete ihre wunderschönen langen, dünnen Beine, blieb aber sitzen und schaute Maja aus himmelblauen Augen an.

»Maja!«, rief Jack erfreut.

Er sieht noch besser aus, als ich ihn in Erinnerung hatte, durchfuhr es Maja. Als er sie kurz umarmte, nahm sie seinen Geruch wahr, seine Körperwärme, seine breiten Schultern, und sie hätte ihn am liebsten gar nicht mehr losgelassen. Hoffentlich war sie nicht wieder rot angelaufen.

»Hi.« Kim machte eine schlaffe Handbewegung. Dabei fiel ihr auf höchst malerische Weise (wie Maja zugeben musste) eine blonde Strähne ihres perfekt geschnittenen Bobs in die Stirn.

»Hallo.« Maja setzte sich neben Leo aufs Sofa.

Sie schwiegen.

Im Hof polterte jemand an den Mülltonnen herum.

Maja hörte die Wanduhr ticken. Sie zupfte an ihrem Pullover und warf dabei einen unauffälligen Blick auf Kim, die von Kopf bis Fuß in Schwarz gekleidet war. Sie trug ein Minikleid aus Kaschmir, blickdichte Strümpfe und hochhackige Wildlederstiefel. Alle Materialien waren von bester Qualität.

An ihrem linken Ringfinger funkelte ein Brillantring von beachtlicher Größe. Ansonsten trug Kim überhaupt keinen Schmuck.

Das *perfekte* Outfit, dachte Maja, getragen von einer Frau, die weiß, dass sie unwiderstehlich ist.

Sie versuchte vergeblich, ein Stöhnen zu unterdrücken. Ein kleiner gequälter Laut entschlüpfte ihr. Warum war denn das Leben so voller Klischees? Eine schlimmere Konkurrentin hätte sich Maja gar nicht ausmalen können. Bestimmt sprach Kim sieben Sprachen fließend, ging jeden Morgen joggen, beherrschte die Yogaübung »die Heuschrecke« und aß niemals Zucker.

»Maja kann hervorragend nähen«, sagte Jack und schenkte Mineralwasser in vier Gläser. »Letztes Mal hat sie uns ein sehr hübsches Kleid vorgeführt.«

»Was für ein Kleid?«, fragte Kim.

»Ein Tellerkleid«, antwortete Maja leise. Was war mit ihrer Stimme los?

Kim entblößte eine perfekte Zahnreihe. »Ein Tellerkleid?«, wiederholte sie. »Was soll denn das sein?«

»Das Oberteil ist eng geschnitten«, erklärte Maja, »und der Rock ist weit ausgestellt. Ein bisschen im Stil der Fünfzigerjahre. Und wenn man sich dreht, dann sieht es von oben aus … wie ein Teller.« Sie fasste sich an die Stirn. Ungeschickter hätte man Kleid Leonie nun wirklich nicht vorstellen können.

»Wie ein Teller«, wiederholte Kim amüsiert.

»Ja, darum heißt es so.«

»Es ist meisterhaft genäht, sie hat es selbst entworfen, und es steht ihr sehr gut«, brummelte Leo.

»Und das macht sie hauptberuflich?« Fragend sah Kim zu Jack hinüber, der etwas angestrengt aus dem Fenster starrte, als gäbe es dort etwas Interessanteres zu sehen als einen dunklen Berliner Hinterhof.

»Nein«, entfuhr es Maja, »ich bin gerade dabei, in der Männerabteilung eines Kaufhauses zwischen dunkelgrauen Anzügen zu verrotten.«

So viel zum Thema *Gib dich mysteriös und undurchschaubar wie eine Pariserin*, dachte sie.

Sie war ja nicht einmal zu spät gekommen.

»Aha«, machte Kim. »Und ich habe eine Agentur. *Himmlische Hochzeit*. Wir können immer Näherinnen gebrauchen, falls du dich bewerben willst ...«

»Sie ist keine Näherin.« Leo fuhr sich durch seine Silbermähne. »Wann kommt denn die verdammte Pizza?«

»Ich mache uns mal eine Flasche Wein auf«, sagte Jack und ging in die Küche.

»Für mich keinen Alkohol«, rief Kim ihm hinterher und holte ihr Smartphone heraus.

»Für mich schon«, murmelte Maja.

Leo hievte sich aus dem Sofa.

»Wo gehst du hin?«, fragte Maja erschrocken. Sie wollte nicht mit Kim allein sein.

»Ich möchte dir kurz etwas zeigen.«

»Gern.« Sie sprang auf und folgte ihm hinaus.

Er ging in Luises Zimmer und schloss die Tür hinter ihnen.

»Ich wusste nicht, dass er sie mitbringt«, sagte er dann leise.

»Ist doch vollkommen okay.« Maja versuchte zu lächeln.

»Ach, hör auf damit«, fuhr er sie an.

»Du hättest mir schon sagen müssen, dass Jack in festen Händen ist«, erwiderte Maja, plötzlich gereizt.

»Er hat sich irgendwie von ihr einfangen lassen«, erwiderte Leo, ohne auf ihre Stimmungsschwankung einzugehen. »Sie passt nicht zu ihm. Überhaupt nicht. Sie erscheint mir künstlich und verlogen.« Er versank kurz in seinen Gedanken. »Ja, das ist es, sie ist durch und durch verlogen.«

Mit beiden Händen fuhr er durch die Luft, als wollte er einen Schwarm Mücken vertreiben.

»Was wolltest du mir denn zeigen?«, fragte Maja.

»Das war nur eine Ausrede.« Er lächelte listig, und Maja musste lachen.

»Ich kann diese kalte Person nicht lange ertragen«, erklärte er, »ich hatte schon einen Eiszapfen an der Nase.«

»Sie ist wunderschön«, murmelte Maja, wieder ernst geworden, »sie sieht aus wie ein Filmstar.«

»Nu-nu-nu«, machte Leo, öffnete wieder die Tür und ging zu Jack in die Küche.

Was auch immer *nu-nu-nu* heißen soll, dachte Maja irritiert. Trotzdem fühlte sie sich etwas besser. Es tat gut zu wissen, dass Leo zu ihr hielt.

Sie sah sich in Luises Raum um und trat näher an das große Ölgemälde mit der Vollmondlandschaft heran. Von dunklen Baumumrissen eingerahmt, leuchtete der mondbeschienene See wie ein Opal.

Maja gefiel das Bild, es war so hemmungslos romantisch. Und dann entdeckte sie über der Wasseroberfläche winzig kleine geflügelte Gestalten.

Feen, dachte Maja verzückt, Waldfeen oder Wasserfeen oder beides.

Am liebsten wäre sie in das Bild hineingeklettert.

»Wer will ein Glas Chianti?«, rief Jack über den Korridor.

»Ich«, hörte sie Leo antworten.

»Dann wollen wir mal«, flüsterte sie den Feen zu.

Sie atmete tief durch und ging in die Küche. Ihre Blumen standen in einer Glasvase auf dem Tisch.

»Prego.« Jack reichte ihr ein Glas Wein.

»Grazie.« Maja unterdrückte ein Seufzen. Wie nett dieser Abend sein könnte, wenn Kim nicht gerade auf einem der Stühle Platz genommen hätte.

Es klingelte an der Tür.

»Pizza!« Jack und Leo gingen gemeinsam öffnen, stritten sich offenbar gutmütig darum, wer die Rechnung bezahlen durfte, und kamen dann lachend in die Küche zurück. Jack trug einen Stapel Kartons vor sich her.

»Wo ist mein Salat?«, fragte Kim.

»Oh!« Jack sah sie erstaunt an. »Hattest du einen bestellt?«

»Ich esse keine Pizza. Das weißt du doch.«

Jack schaute seinen Großvater an. »Hattest du für Kim keinen Salat bestellt?«

»Doooch, natürlich.«

»Macht ja nichts.« Kim lächelte mild. »Ich habe einen Apfel in der Handtasche.«

Sie hat einen *Apfel* in der Handtasche, dachte Maja betroffen.

»Dann ist ja alles in Ordnung.« Ungerührt machte sich Leo ans Auspacken der Pizza.

»Soll ich dir schnell noch etwas bestellen?«, fragte Jack und holte sein Handy heraus.

»Nein danke. Alles gut.« Kim holte einen giftgrünen Granny Smith aus ihrer blutroten Handtasche.

Louis Vuitton, Straußenleder, registrierte Maja, Kostenpunkt: ungefähr zehntausend Euro.

Auf einmal kam ihr ihre eigene Handtasche gar nicht mehr so sensationell vor. Es war eine mit Glasperlen bestickte Theatertasche, die an einem filigranen Messingkettchen hing. Jetzt wirkte sie geradezu kitschig auf Maja.

»Wir haben extra keine Pizza mit Meeresfrüchten bestellt«, sagte Leo und reichte ihr einen Teller mit einem großen Pizzadreieck, das üppig mit geschmolzenem Käse, Artischockenherzen und Champignons bedeckt war.

»Das ist sehr nett.« Maja lächelte ihn an. »Vielen Dank.«

Sie begannen zu essen.

»Köstlich«, murmelte Leo. »Wie schmeckt denn dein Apfel, Kim?« Er schaute sie mit recht unergründlichem Ausdruck an.

»Sehr gut, danke.«

Sie aßen schweigend weiter.

Mit ihren weißen Zähnen biss Kim immer wieder in den Apfel hinein, bis nur noch das Kerngehäuse übrig war, das sie eine Weile umknabberte und schließlich krachend verspeiste. Leo schaute genervt zu ihr hin.

»Was für ein Geräuschpegel«, murmelte er.

Kim legte den Apfelstiel auf den Tisch. »Wir müssen dann bald mal los.«

»Ich habe Tiramisu gemacht«, protestierte Leo.

»Und ich habe morgen eine wichtige Hochzeit.« Kim stand auf und schaute auf Jack herab, auf dessen Teller noch ein angebissenes Pizzadreieck lag.

»Na, die ach so wichtige Hochzeit ist ja nun erst morgen«, brummelte Leo, »iss du mal in Ruhe auf, mein Junge.«

Doch Jack schien keinen Hunger mehr zu haben. Hektisch begann er, Essensreste zusammenzukratzen und Pappschachteln aufeinanderzustellen.

»*Ich* esse noch!«, rief Leo und beugte sich schützend über seinen Teller.

»Geh nur«, sagte Maja zu Jack. »Ich mache das nachher.«

Er sah sie kurz an. »Tut mir leid.« Dann eilte er hinaus.

Im Korridor zog Kim gerade ihren schwarzen Pelzmantel an. Echter Nerz, stellte Maja fest.

»Mein Angebot steht, du kannst dich gern mal bei *Himm-*

lische Hochzeit bewerben. Adresse einfach googeln.« Kim nickte ihr zu, dann griff sie nach Jacks Hand. Er schien die Zähne aufeinanderzupressen, denn seine Wangenknochen traten deutlich hervor. Im nächsten Moment war die Wohnungstür hinter den beiden zugefallen.

Nachdenklich ging Maja in die Küche zurück, wo Leo immer noch am Tisch saß und auf seinen Teller starrte. »Was für ein Affenzirkus«, grummelte er.

Maja ließ sich auf ihren Stuhl fallen und nahm einen Schluck Wein.

»Ist noch Pizza übrig?«, fragte sie.

»Mehr als genug.«

Schweigend beendeten sie ihre Mahlzeit.

»Ist sie immer so … beherrschend?«, fragte Maja.

»Ja, das ist sie.«

»Wie lange sind die beiden zusammen?«

»Bestimmt schon fünf Jahre. Sie muss ihm irgendeinen Zaubertrunk in den morgendlichen Kaffee kippen.« Leo schnaubte abfällig. »Apropos: Espresso?«

»Sehr gern.«

Er stand auf und holte eine Kaffeebüchse aus dem Regal. »Und? Wirst du dich bei ihr als Näherin bewerben?«, fragte er beiläufig.

Maja zuckte mit den Schultern. »Vielleicht wäre es interessanter, als gemeinsam mit Norbert Blüm inmitten von Männerbekleidung zu verfaulen.«

»Norbert Blüm?« Irritiert sah Leo sie an.

»Der heißt bloß so.«

»Maja!« Völlig unvermittelt schlug er mit der Faust auf den Küchentisch. »Das kann doch nicht wahr sein!«

Sie zuckte zusammen. »Was denn?«

»Wie kannst du auch nur in Erwägung ziehen, dieses Angebot anzunehmen?«, brüllte er sie an.

»Tue ich ja gar nicht«, rief sie erschrocken, »das habe ich doch nur so dahergesagt.«

»Das ist nicht lustig.« Sein Gesicht war dunkel angelaufen. »Du solltest es vorziehen, tot auf dem Grund der Spree zu liegen, als …«

»Leo, bitte beruhige dich doch.«

»Wach endlich auf und pack dein Leben an. Du bist auch nicht mehr die Jüngste!«

Wütend häufelte er Kaffeepulver in die Kanne.

»Wie stellst du dir das denn vor?«, rief Maja. »Soll ich mir eine Kollektion ausdenken und sie der Welt vor die Füße werfen?«

Er drehte sich zu ihr um und bedachte sie mit einem durchdringenden Blick. »Ganz genau so«, sagte er schließlich, »das ist doch zu schaffen.«

»Was denn, wie und wo und wovon?«

»*Was* weißt du selbst am besten, *wie* und *wo* wird sich zeigen, und *wovon* ist eine langweilige Frage.«

Maja lachte auf. »Ach, Leo, du bist einfach unverbesserlich.«

Er blieb ernst. »Ich mache keine Späße. Du bist dabei, dein Leben zu vergeuden, und du kannst dir gar nicht vorstellen, wie weh mir das im Herzen tut.«

Von sehr weit her wehte Maja eine Erinnerung an: grünes Glitzern, blauer Himmel, Lachen in der Luft. Das Müggelsee-Gefühl ihrer Kindheit überkam sie. *Du kannst das*, hörte sie wieder Onkel Samuels Stimme.

»Außerdem hast du dein Versprechen nicht gehalten.« Mit grimmigem Gesicht knallte Leo die Espressokanne auf den Herd.

»Die Tür der Möglichkeit«, murmelte Maja, »mir ist das irgendwie zu abstrakt.«

»Weißt du, meine Liebe …« Er setzte sich wieder zu ihr. Seine Stimme war ruhiger geworden, aber seine Hände zitterten. »Du hast vollkommen recht: Das Leben ist abstrakt, verwirrend und voller Widersprüche. Aber so ist es eben.«

Sie nickte.

»Und weil es so ist, hat man auch nichts zu verlieren, wenn es darum geht, seinen Lebenstraum zu verfolgen«, fuhr Leo fort.

Die Kanne auf dem Herd gab zischende Geräusche von sich, kurz darauf breitete sich Kaffeeduft in der Küche aus.

»Hm«, machte Leo, »Gerüche sind doch etwas Wunderbares. Stell dir vor, du könntest nicht riechen, wie furchtbar.«

»Das stimmt.«

Er schloss die Augen. »Jetzt bin ich wieder in Italien.«

Maja schwieg, sie wollte ihn in seinen Erinnerungen nicht stören.

Ganz leise stand sie auf, schaltete den Herd aus und goss den Espresso in zwei Tassen.

»Luise benutzte ein Leben lang dasselbe Parfum«, sagte Leo. Seine Augen waren wieder offen, kamen Maja aber etwas glasig vor.

Er darf sich nicht so sehr aufregen, dachte sie betroffen, ich muss in Zukunft darauf achten.

»Welches denn?«, fragte sie.

»*Après l'Ondée* von Guerlain.«

»Was bedeutet das?«

»Es heißt *Nach dem Regenguss.*« Leos Stimme wurde ganz zärtlich. »Stell dir einen erfrischenden Sommerregen vor, die Luft ist so sauber danach, du läufst barfuß über eine nasse Wiese, und Düfte steigen auf, frisch und rein. Verstehst du?«

»Oh, ja, ich verstehe«, antwortete Maja. »Der Parfumflakon steht noch auf ihrer Kommode, nicht wahr?«

Er nickte. »So wie dieser Duft war auch Luises Wesen: optimistisch, das Leben stets umarmend, willkommen heißend. Sie hat den Regen und alles, was danach kam, gleichermaßen geliebt.« Leo nahm einen Schluck Kaffee. »So war sie, meine Luise.«

»Erzähl mir von ihr«, bat Maja.

Er dachte kurz nach, dann schmunzelte er. »Sie hatte großes Glück mit ihrer Figur, sie konnte essen, was sie wollte, und blieb schlank. Aber sie behauptete immer, sie würde viel dafür tun.« Er lachte auf. »Nach einer großen Portion Spaghetti alla carbonara gab sie Süßstoff in ihren Kaffee. Das war ihre Art, für Ausgleich zu sorgen.«

Maja lachte aus vollem Halse.

»Sie trieb keinen Sport, nahm aber nie einen Fahrstuhl oder eine Rolltreppe, sie war viel zu Fuß unterwegs. Als junges Mädchen hatte sie Ballettunterricht, deswegen ist sie ihren Entengang nie ganz losgeworden, aber sie hatte eine gute Körperhaltung. Sie liebte Sonnenblumen und Christrosen, sie träumte davon, eines Tages ein Haus am Mittelmeer zu kaufen, sie war voller Ideen und Frohsinn.«

Hingerissen hatte Maja zugehört. »Eine tolle Frau.«

»Ja, das war sie.«

»Ob sie … ob sie mich gemocht hätte?«, fragte Maja mit Herzklopfen.

Leo sah ihr in die Augen. »Sie hätte dich geliebt!«

Nicht wieder heulen, ermahnte sich Maja und stand schnell

auf. »Ich räume mal ein bisschen auf hier«, sagte sie und befüllte den Geschirrspüler.

Als sie den Tisch mit einem feuchten Lappen abwischte, fand sie den Apfelstiel wieder, den Kim dorthin gelegt hatte. Sie nahm ihn zwischen zwei Finger und drehte ihn hin und her. *Kim.*

Was findet Jack bloß an ihr?

»Das frage ich mich auch«, sagte Leo.

Maja lachte. »Du sollst nicht immer in meinem Kopf rumlesen.«

»Entschuldige«, sagte er grinsend.

Sie ging zum Küchenfenster, öffnete es und ließ den Apfelstiel in den dunklen Hof fallen. Ihr war klar, dass das eine ziemlich alberne Geste war, doch die Idee gefiel ihr, dass in Leos Wohnung nichts mehr von Kims Anwesenheit zeugte.

Nachdem Maja den Geschirrspüler angestellt hatte, verabschiedete sie sich.

»Tschüss, Leo. Danke für die Pizza.«

»Gern.« Er schien müde zu sein.

»Wir schreiben uns«, sagte sie. »Bleib sitzen, ich finde allein hinaus.«

»So weit kommt es noch.« Er stand auf und begleitete sie zur Tür.

»Ein schönes Stück«, sagte er, als er ihr in den Mantel half. »Du hast ihn mit rosa Satin gefüttert, das ist sehr charmant.«

»Ich liebe ein interessantes Innenleben. Wo sind denn meine Handschuhe?« Suchend sah sie sich um.

»Luise trug im Winter gerne einen Muff«, sagte Leo. »Sie fand es so herrlich unmodern und vollkommen unpraktisch im Alltag, das reizte sie.«

Maja lachte auf. »Typisch Luise!«

»Du musst nächstes Mal im linken Schrank nachsehen, da gibt es oben auf der Ablage drei oder vier selbst genähte Exemplare.«

»Oh, darf ich gleich?« Maja tippelte von einem Fuß auf den anderen. »Bitte, bitte, bitte.«

Leo lachte auf. »Natürlich, Maja-Kind.«

Sie rannte in Luises Zimmer, machte Licht und öffnete den Schrank.

Wieder schlug ihr ein angenehmer Duft entgegen. Sie schnupperte.

»Einmal im Monat beträufele ich diese kleinen Säckchen mit Lavendelöl«, erklärte Leo, der ihr gefolgt war. »So hat es Luise immer gemacht.«

»Sehr gut«, lobte Maja. Sie stellte sich auf die Zehenspitzen und holte drei Muffe hervor. »Oh«, machte sie, »die sind ja wundervoll.«

Was sie jetzt auf dem Sofa vor sich ausbreitete, hatte nichts mit den wuchtigen, barocken Pelzungetümen zu tun, die sie von alten Gemälden kannte.

»Gar nicht muffig«, flüsterte sie und begutachtete Luises Werk.

Aus Samt und Seide waren diese fantasievollen Muffe, nicht zu groß, mit Stickereien, Glasperlen und Satinquasten verschönt.

»Man hängt sie sich an der Kordel um den Hals«, erklärte Leo eifrig.

»Ich weiß. Darf ich?«

»Nur zu.« Er lachte gutmütig.

Maja entschied sich für ein bronzefarbenes Samt-Modell, auf das dunkelgrüne Seidenblätter genäht waren. Ein Herbst-Muff.

»Den hat Luise besonders gern getragen«, sagte Leo.

»Er ist einfach perfekt.« Maja hängte ihn sich um und betrachtete sich im Spiegel.

»*Der Muff verdient einen Platz im Kleiderschrank*, hat Luise gesagt.« Leo setzte sich aufs Sofa. »Im Berlin der Siebziger hat sie damit eine wahre Euphorie ausgelöst. Ihre Kundinnen wollten alle einen Muff von ihr genäht bekommen.«

Majas Augen strahlten. »Das glaube ich gern.«

»*Mit den Händen im Muff durch einen verschneiten Park zu spazieren oder über einen Weihnachtsmarkt zu schlendern, das ist ein Vergnügen der besonderen Art*, das hat sie auch gesagt. Und wenn sie ihre Hände herausnahm, dann nur, um damit einen Becher Glühwein zu halten.«

»Wie toll!«, rief Maja begeistert. »Sie hätte ein Buch schreiben müssen.«

»Ja, das hätte sie wirklich tun sollen.«

Sie schwiegen, jeder von ihnen versank kurz in seinen eigenen Gedanken.

Maja sah sich durch das winterliche Berlin flanieren, den Duft gebrannter Mandeln in der Nase, die Hände warm im Muff verpackt, neben sich Jack, der einen Arm um ihre Schultern gelegt hatte …

Halt! Stopp! Schluss! rief sie sich zur Ordnung. Wie praktisch es wäre, Gefühle einfach abstellen zu können. Maja atmete tief durch.

»Ich finde es schön, dass der Muff nicht aus Pelz ist«, sagte sie dann, um ihre Emotionen wieder auf einen anderen Kurs zu bringen.

»Luise hat sich nicht viel aus Pelz gemacht.«

»Ich auch nicht.«

Der Muff war mit einem weichen plüschigen Material gefüttert.

»Meine Hände wollen gar nicht wieder aussteigen«, rief Maja lachend.

»Dann lass sie doch, ich schenke ihn dir.«

»Was? Nein, so habe ich das doch gar nicht gemeint.«

»Papperlapapp. Und nun gehst du bitte nach Hause, liebes Maja-Kind. Ich bin nämlich hundemüde.«

Sie stammelte Entschuldigungen und Dankesbekundungen gleichzeitig, bis er sie lachend in den Arm nahm.

»Schick mir ein Sims-Dingsbums, wenn du gut angekommen bist.«

»Mache ich. Gute Nacht, lieber Leo, und nochmals vielen Dank.«

Die Hände im Muff, ging Maja andächtig nach Hause. Sie lauschte nach innen. Durch das entschleunigte Gehen fühlte sie sich ... merkwürdig, als würde ein unbekannter Teil ihrer Persönlichkeit in ihr zum Leben erwachen: eine Mischung aus Hofdame und russischer Prinzessin, zu der sich eine energische Schneiderin gesellt hatte.

Zuversicht durchflutete Maja. Und das war ein wunderbares Gefühl.

ACHT

Ob es am spät getrunkenen Espresso lag oder an dem neuen Lebensgefühl, das Maja auf dem Nachhauseweg befallen hatte, sie konnte es nicht sagen, Maja wusste nur, dass sie sich quicklebendig, geradezu aufgeputscht fühlte und große Lust verspürte, sich an die Nähmaschine zu setzen.

Um Mitternacht erreichte sie eine WhatsApp-Nachricht: *Wollen wir uns morgen bei Leo zum Tiramisu-Reste-Essen treffen? Viele Grüße, Jack.*

Sie starrte auf das Display. Ihr Herz schlug schneller. Er wollte sie wiedersehen? Was sollte das bedeuten? Mit oder ohne Kim?

Maja rief Nora an und berichtete kurz.

»Ooookay«, machte Nora, »es wird interessant.«

»Wieso?«

»Er steht auf dich.«

»Quatsch.«

»Sei nicht so blöd, Maja. Sonst hätte er dir nicht geschrieben.«

»Meinst du?«

»Ich weiß das. Und ich weiß auch, dass sein apfelessendes Dornröschen morgen nicht mit zum Tiramisu-Essen kommen wird.«

»Das ist doch alles total unmoralisch.« Maja spürte plötzlich einen Druck in der Magengegend. »Er hat eine feste Freundin, warum schreibt er mir überhaupt?«

»Vielleicht ist er nicht glücklich mit ihr?«, gab Nora zu bedenken. »Wie geht er denn mit ihr um? Wirkt er verliebt?«

Maja dachte kurz nach. Seine hervortretenden Wangenknochen fielen ihr wieder ein. Er hatte den ganzen Abend über kaum gelacht.

»Nein«, antwortete sie leise, »er scheint nicht besonders glücklich zu sein.«

»Siehste!«

»Ja, aber Nora. Er ist nun einmal mit ihr zusammen. Und das Letzte, was ich möchte, ist, mich dazwischenzudrängen. Ich finde es auch gar nicht okay von ihm, dass er mich überhaupt treffen will. Ich …«

»Nun halt mal die Luft an, du Moralapostelin. Er fragt ja nicht, ob du mit ihm ein Wochenende in Paris verbringen möchtest. Er will lediglich Tiramisu-Reste bei seinem Opa mit dir verputzen. Das erscheint mir nicht übermäßig verwerflich.«

»Hm«, machte Maja.

»Willst du ihn denn gern wiedersehen?« Noras Stimme war tief geworden.

»Ja.«

»Dann denk nicht so viel nach und geh da morgen hin.«

»Ja, vielleicht hast du recht.«

»Schlaf gut, Maja.«

»Ich nähe noch was.«

»Es ist ein Uhr nachts, Maja.«

»Ich weiß. Schlaf gut. Und danke.«

Maja schaltete ihr Handy aus und legte es beiseite. »Tiramisu essen ist keine Todsünde«, murmelte sie. »Nur für die Figur.« Sie kicherte leise. Aber wohl war ihr nicht dabei.

Dann begann sie sich durch ihre Stoffsammlung zu wühlen. Ihre Fantasie begann zu fließen, und sie dachte nicht mehr an Jack.

Sie wollte jetzt gern einen langen Rock nähen, ein bisschen mondän und trotzdem alltagstauglich. Einen wattierten Kurzmantel könnte man dazu tragen, einen langen karierten Schal und natürlich einen Muff. *Berliner City Chic.*

»Was meinen Sie, Luise?«, murmelte Maja. »Ist das eine gute Idee?«

Sie entschied sich für cremefarbenen Samt, dann machte sie sich ans Heften, Schneiden und Absteppen. Die Nähmaschine surrte noch die ganze Nacht.

Morgens um sechs war Maja fertig und sehr glücklich mit dem Ergebnis.

Der Rock war ihr wirklich richtig gut gelungen.

Gähnend sah sie sich um. Was für ein Chaos. Das hätte Luise bestimmt nicht gutgeheißen. Aber zum Aufräumen blieb jetzt keine Zeit mehr.

Maja kochte sich einen starken Kaffee und ging duschen.

Dann wartete ein langer Arbeitstag auf sie.

***

»Wie weit dürfen die Hemdmanschetten aus den Anzugärmeln hervorschauen?«

»Ein bis zwei Zentimeter.«

»Bei einreihigen Dreiknopfsakkos wird welcher Knopf nicht geschlossen?«

»Der unterste.«

»Und wie lang hat das Sakko zu sein?«

»Schritt und Hinterteil müssen bedeckt sein.«

Norbert Blüm nickte Maja zufrieden zu. »Das wird doch.«

Ist schon einmal jemand an Langeweile gestorben, fragte sich Maja.

Ihre Augen brannten, sie war so schrecklich müde, und es gab weit und breit nichts, was ihren Puls beschleunigt hätte.

Lediglich die Aussicht, am Abend Jack wiederzusehen. Aber das lag noch in weiter Ferne.

»Beraten Sie den Herrn dort drüben«, wies Norbert Blüm sie an.

Zögerlich näherte sich Maja einem Mann, der in einem Wühltisch mit reduzierten Socken herumgrub.

»Kann ich Ihnen helfen?«, fragte sie.

»Ich suche Tennissocken.«

»Welche Größe?«

»Zweiundvierzig.«

»Hier, bitte.« Maja hatte ein Paar herausgefischt.

»Danke.« Er ging zur Kasse.

Während Maja ihm hinterherschaute, gab sie ein leises, lang gezogenes Stöhnen von sich.

Das war ja eine Wahnsinnsherausforderung gewesen.

Ob sie sich mal eben in die Stoffabteilung zurückziehen könnte?

Norbert Blüm stand drüben an der Krawatten-Wand und unterhielt sich angeregt mit einem Kunden. »Ein spielerisches Kreismuster in Blö«, hörte sie ihn salbadern. Seine Stimme hatte Ähnlichkeit mit einem blubbernden Motor. Maja unterdrückte ein Lachen.

Blö, dachte sie, blöblöblö-blöd. Warum sagt er nicht einfach blaue Pünktchen?

Unauffällig schaute sie auf ihr Handy.

»Mir wird ein wenig schwindelig von dem Muster«, sagte der Kunde.

»Dann nehmen Sie eine unifarbene Strickkrawatte«, hörte Maja Norbert Blüm antworten. »Damit können Sie nichts falsch machen.«

Eine Strickkrawatte aus Polyester, dachte Maja, was kann es in der Bekleidungswelt der Männer Traurigeres geben? *Ich halte das nicht aus.*

Sie huschte zur Rolltreppe und glitt mit eingezogenem Kopf in die Tiefe. Eigentlich wollte sie zu den Stoffen, aber dann änderte sie plötzlich ihre Meinung und fuhr ins Erdgeschoss in die Parfümerie-Abteilung.

Im Eilschritt erreichte sie den Stand von Guerlain.

»Gibt es *Après l'Ondée* noch?«, fragte sie die Verkäuferin etwas atemlos.

»Aber gewiss, ein überaus romantischer, erlesener Duft. Für Sie?«

»Ich möchte es nur einmal riechen, bitte.«

Die Verkäuferin griff nach einem gläsernen Flakon, der genauso aussah wie der, der bei Luise auf der Spiegelkommode stand, besprühte einen Pappstreifen damit und reichte ihn Maja.

»Danke. Vielen Dank.«

Maja schloss die Augen und schnupperte.

Sie nahm einen weichen, pudrigen Geruch wahr. Sofort sah sie Bilder vor sich: eine Wiesenlandschaft unmittelbar nach dem Sommerregen, wenn die Wolken sich rasch verziehen und den Blick wieder freigeben auf einen blauen Himmel. Sonnenlicht glitzert in letzten Regentropfen. Die feuchtfrische Luft erwärmt sich, dampft noch leicht und lässt die Düfte junger Rosen, Veilchen und Nelken aufsteigen. Ein junges Paar läuft Hand in Hand über die Wiese, ihre Haare sind noch nass, sie lachen, er pflückt eine Iris für sie … Sind das nicht Leo und Luise? Erinnerungen an glückliche Tage, zusammengefasst in einem einzigartigen Parfum.

»Wunderschön«, murmelte Maja und öffnete die Augen.

»Es ist von 1906«, sagte die Verkäuferin lächelnd.

»Was? So alt? Es riecht irgendwie gar nicht, wie ich mir ein Parfum aus der Jahrhundertwende vorgestellt hätte.«

»Es ist auf seine Weise modern geblieben«, antwortete die

Verkäuferin, »und alles andere als ein Allerweltsduft, kein Parfum, das sich der Frau anpasst.«

Maja nickte interessiert.

»Die *Frau* muss zu dem Parfum passen«, fuhr die Verkäuferin fort, »*Après l'Ondée* ist speziell und eigensinnig, doch wenn die Frau dem entspricht, dann ist es die perfekte Wahl. Möchten Sie es auf der Haut probieren?«

»Oh, nein.« Maja winkte ab. »Ich bin ganz sicher nicht speziell genug. Und außerdem treffe ich heute Abend einen alten Herrn wieder, der sehr viel mit diesem Duft verbindet. Es würde ihn durcheinanderbringen.«

»Da haben Sie vollkommen recht«, pflichtete die Verkäuferin ihr lebhaft bei. »Der menschliche Geruchssinn sitzt in der Nähe der Gehirnareale, die Emotionen und Erinnerungen koordinieren. Deswegen kann ein Geruch einen ganz schön aus der Bahn werfen. Ich werde immer ganz nostalgisch, wenn ich Zimt rieche. Bei meiner Oma gab es früher Milchreis mit Zimt und Zucker, und damit verbinde ich heile Welt, Gemütlichkeit, Geborgenheit.«

Maja erinnerte sich sofort an den Geruch, der im Kleiderschrank ihrer Mutter geherrscht hatte. *Angst, Dunkelheit, Einsamkeit …*

»Vielen Dank«, sagte sie zu der Verkäuferin, »das war wirklich sehr interessant.«

»Gern, auf Wiedersehen.«

Maja flitzte zur Rolltreppe, fuhr zurück in die Männerabteilung und hechtete hinter einen Warentisch voller Pullover.

Norbert Blüm stand noch immer mit dem Kunden bei den Krawatten.

Aufatmend ging Maja zu den Garderoben, ordnete die Vorhänge, sammelte ein paar Abfälle auf.

»Kommen Sie!«, rief Norbert Blüm ihr zu. »Sie können hier etwas lernen.«

Sie versuchte zu lächeln und erhaschte dabei einen Blick von sich selbst im gegenüberliegenden Spiegel. Es sah aus, als fletschte sie die Zähne.

Und so war ihr auch zumute.

Am Nachmittag ließ sich Hanneliese blicken.

»Wie geht es denn unserem Trotzköpfchen?«, fragte sie Norbert Blüm.

»Sie macht sich recht gut«, antwortete er.

»Ich stehe doch neben Ihnen«, sagte Maja zu Hanneliese. »Sie können mich auch selbst fragen.«

»Ich will es aber von dem lieben Norbert wissen«, sagte Hanneliese und lachte keckernd.

Norbert Blüm knibbelte an seinen Fingerspitzen. »Hoho«, machte er verlegen.

Maja fiel auf, dass sie Hanneliese bislang noch nie hatte lachen sehen oder hören.

Leider musste sie feststellen, dass es sie nicht attraktiver machte. Ihre Oberlippe zog sich zu weit in die Höhe und entblößte gelbliche Zähne.

Nun ging ihr Lachen in ein Husten über.

Maja zog sich zurück.

Sie half einem Kunden bei der Auswahl eines Schals, sie verkaufte einen Konfirmationsanzug und Dutzende brauner und schwarzer Sockenpaare.

Endlich war Feierabend.

Maja tupfte sich ein wenig Gloss auf die Lippen, dann eilte sie in Richtung Ausgang.

»Junge Frau!« Norbert Blüm trat ihr in den Weg.

»Ja?«

»Lassen Sie mich noch ein Wort zu den Krawatten sagen.«

»Ich muss leider los, ich bin verabredet.«

»Tssss.« Tadelnd schüttelte er den Kopf. »Etwas mehr Engagement, bitte schön. Kommen Sie.«

Och, nee, knurrte es in Maja. Sie folgte ihm widerwillig.

Vor der Krawatten-Wand blieb Norbert Blüm stehen. »Schon die alten Ägypter trugen sie, die Römer und Chinesen!« Er machte eine weit ausholende Armbewegung. »Die Krawatte!«

»Toll«, sagte Maja lahm.

»Nicht wahr? Ludwig der Vierzehnte beschäftigte sogar eigens einen Cravatier, der ausschließlich für die königliche Krawatte zuständig war.«

Bestimmt war das keine Polyester-Strickkrawatte, dachte Maja belustigt, dafür hätte man ihn geköpft.

»Nun schauen wir uns mal die Breite der Krawatten an.« Norbert Blüm rieb sich die Hände. »Was fällt Ihnen auf?«

Maja fiel nichts auf. Sie zuckte mit den Schultern. Wie alt er wohl ist, fragte sie sich. Uralt, bestimmt schon über vierzig.

»Die Standardbreite liegt bei 8 bis 8,5 Zentimetern«, sagte Norbert Blüm mit zärtlicher Stimme, »doch Obacht!« Er machte ein ernstes Gesicht. »Der Trend geht eindeutig zu schmaleren Modellen.«

»Ach?«

»Interessant, was?«

Maja schaute unauffällig auf die Uhr. Schon Viertel nach sieben.

»Nun machen wir uns mal ein paar Gedanken zu Material und Muster«, schwadronierte Norbert Blüm.

»Ich müsste wirklich bald los.«

Sein Gesichtsausdruck verdüsterte sich. »Ihr Interesse hält sich in Grenzen, wie ich sehe.«

Maja seufzte. »Wenn ich ganz ehrlich sein darf: ja. Frau Rogsch hat mich hierher versetzt, es war ja nicht meine Wahl.«

»Man hat im Leben eben nicht immer die Wahl.« Norbert Blüm schien persönlich beleidigt. »Und ich kann Ihnen versichern, dass Sie Frau Rogsch eines Tages sehr dankbar sein werden.«

»Hmpf«, machte Maja. Sie wollte ihn nicht provozieren.

»Dann gehen Sie mal.« Mit einer versöhnlichen Handbewegung scheuchte er sie davon.

»Danke, Herr Blüm!« Sie rannte los, ehe ihm noch etwas zum Thema Einstecktuch oder Hosenträger einfallen konnte. Oder Manschettenknöpfe, dachte Maja und rannte noch schneller.

Oder Herrenslips!

»Waaaa!« Panisch sprang sie auf die Rolltreppe. Von dort winkte sie Norbert Blüm noch einmal zu.

Mit einer karierten Krawatte winkte er zurück.

»Bis morgen!«, rief er.

***

Sehr behutsam, als würde es bei bloßer Berührung zu Staub zerfallen, nahm Maja das champagnerfarbene Seidenkleid von der Stuhllehne und hob es in die Höhe.

Abgesehen von den Liegefalten sah es aus wie neu. In den Schulternähten steckten noch Heftnadeln.

Sie hat es nicht mehr fertig nähen können, durchfuhr es Maja.

Erschüttert starrte sie auf das Kleid.

Bestimmt wollte Luise es am nächsten Tag tun, es wäre schnell erledigt gewesen. Aber es hatte keinen nächsten Tag mehr für sie gegeben.

Majas Augen füllten sich mit Tränen, die nicht mehr wegzublinzeln waren. Sie liefen ihr bereits über die Wangen. Aufschluchzend legte sie das Kleid beiseite und setzte sich aufs Sofa. Dort ließ sie die Tränen einfach strömen.

Sie betrauerte Luise, die sie so gern zur Freundin gehabt hätte, sie weinte für Leo, der den Tod seiner wundervollen Frau niemals überwunden hatte. Und sie weinte, weil das Leben so herzzerreißend war.

Da konnte man nicht viel machen.

Maja schniefte. Aber *etwas* konnte sie durchaus machen.

Mit beiden Händen fuhr sie sich über das Gesicht, stand auf und ging zu der kleinen Nähkiste hinüber, die neben der Nähmaschine auf dem Tisch stand.

Sie öffnete sie, bewunderte kurz die Ordnung, die darin herrschte – Garnrollen, geschärfte Schneiderkreiden, ein transparentes Schächtelchen voller Stecknadeln – und griff sich eine passende Nähnadel. Sie fand sogar den champagnerfarbenen Seidenfaden, mit dem das Kleid ganz offensichtlich genäht worden war. Und dann gab es kein Halten mehr.

Mit sicherer Hand begann Maja, die beiden Ärmel anzunähen. Jeder einzelne Stich bereitete ihr Freude, sie arbeitete so sorgfältig sie konnte und erlaubte sich sogar, einen der drei kleinen Glasknöpfe, die das Kleid im Rücken verschlossen, fester zu nähen.

»Fertig«, murmelte sie schließlich. Es hatte sich wie von allein gemacht, als hätten ihre Hände einen sehr vertrauten Tanz getanzt.

Kritisch betrachtete sie die Nähte von innen und außen. Sie waren ihr perfekt gelungen. Luise wäre zufrieden gewesen.

Maja schüttelte das Kleid aus und hielt es auf Armesbreite von sich entfernt. Was für ein schöner Schnitt, dachte sie.

Trotz des edlen und empfindlichen Materials war es unkompliziert geschnitten: ein schwingendes Kleid, lässig, weiblich und gerade durch seine vollkommene Unaufgeregtheit sehr raffiniert, mit Gürtel oder ohne zu tragen, mit hohen oder flachen Schuhen, mit echten Perlen oder welchen aus Holz. Alles war möglich.

Dies war ein Kleid, in dem man immer eine gute Figur machen und das einen immer beschützen würde.

Ein typisches Luise-Modell, dachte Maja bewundernd.

Ob man … ob sie … Sie wagte kaum, den Gedanken zu Ende zu denken.

Maja lauschte. Sie hörte Leo im Wohnzimmer mit einer Zeitung rascheln. Er schien beschäftigt zu sein.

Ohne länger nachzudenken, riss sich Maja Jeans und Pullover vom Leib, griff nach Luises Kleid und glitt hinein. Die Seide floss kühl über ihren Rücken, Maja erschauerte vor Wonne, schlang die Arme um sich selbst und wiegte sich einen Moment lang hin und her. Dann schaute sie in den Spiegel.

»Wow!«, entfuhr es ihr.

Das Kleid saß perfekt. Für Luise wäre es wahrscheinlich etwas länger ausgefallen. Sie war klein und zierlich gewesen. Bei der Schuhgröße! Maja warf einen sehnsüchtigen Blick auf die Kollektion winziger Schuhe und seufzte voller Bedauern. Dann glitt ihr Blick weiter durch den Raum, streifte die Nähmaschine, die Schneiderpuppe mit dem Hippiekleid, die selbst genähten Vorhänge, die Leo am frühen Abend offenbar zugezogen hatte, das gemütliche Sofa, auf dem sich bestimmt ganz wunderbar ein gutes Buch lesen ließ, die tanzenden Elfen auf dem Gemälde.

Alles atmete förmlich Luises heiteren Geist. Es war so, als wäre sie eben erst aus dem Zimmer gegangen, um sich eine Tasse Tee zu kochen. Jeden Moment würde sie wieder hereinkommen und Maja erstaunt ansehen.

Nanu, junge Dame, was machen Sie denn hier? Oh, wie nett von Ihnen, mein Kleid fertig zu nähen, ich bin leider nicht mehr dazu gekommen. Hübsch sehen Sie darin aus. Hätten Sie auch gern einen Tee? Earl Grey? Kommen Sie, setzen Sie sich zu mir aufs Sofa, dann können wir ein wenig plaudern. Sie nähen doch auch so gern, nicht wahr?

Maja schaute wieder in den Spiegel.

Ja, sie nähte auch so gern wie Luise.

Und eigentlich wollte sie auch überhaupt nichts anderes tun. Von morgens bis abends. Von Januar bis Dezember. Bis ans Ende ihres Lebens.

»Das gefällt mir«, sagte Leo mit seiner tiefen Stimme.

Maja schreckte zusammen.

Plötzlich war sie sich der ungeheuerlichen Grenzüberschreitung bewusst, die sie sich da erlaubt hatte.

»Entschuldige«, wisperte sie, »ich musste es einfach tun.«

Er nickte. »Das hast du gut gemacht, Maja-Kind.«

»Du bist mir nicht böse?«

Er lächelte sie an. »Würdest du es mir vorführen? Das hätte das Kleid verdient, meinst du nicht?«

Maja strahlte. »Gib mir fünf Minuten!«, rief sie und begann in ihrer Handtasche herumzuwühlen. »Setz dich ins Wohnzimmer!«

Lachend zog er sich zurück.

Zuerst puderte Maja ihre rote Nase ab und wischte sich die verlaufene Wimperntusche von den Wangen. Sie trug Lippenstift auf, kämmte eilig ihr Haar. Dann versuchte sie, ein Paar von Luises Pumps anzuziehen, aber es war unmöglich. Mit Schuhgröße 40 passte sie einfach nicht in eine 36 hinein, und bevor sie sich zu sehr wie die böse Stiefschwester von Cinderella vorkommen konnte, gab sie es auf und beschloss, barfuß zu gehen.

»Ich warte!«, rief Leo aus dem Wohnzimmer.

»Schon unterwegs!«

Auf Zehenspitzen kam Maja um die Ecke. Sie versuchte elegant zu gehen, drehte sich um die eigene Achse, ließ die Seide um sich herum fliegen und blieb schließlich etwas atemlos vor Leo stehen.

Er applaudierte. »Ich bin begeistert.«

»Das hat Luise wirklich sehr gut gemacht«, sagte Maja.

»Ihr habt es beide sehr gut gemacht.« Leo stand auf und drückte ihr einen Kuss auf die Stirn. »Und weißt du was? Das ist ein Grund zum Feiern. Ich mache uns eine Flasche Champagner auf.«

»Ui«, machte Maja, »wirklich?«

»Wirklich!«

Er schaute auf seine Armbanduhr. »Wo ist denn der verflixte Bengel?«

Maja unterdrückte ein Lachen, und zeitgleich durchfuhr sie ein Schauder. Jack! Den hatte sie ja beinahe vergessen. *Beinahe.*

»Ich ziehe mich schnell um!«

»Du bleibst, wie du bist!«, rief Leo aus der Küche. Gläser klirrten aneinander, ein ploppendes Geräusch erklang, und dann klingelte es an der Tür.

»Perfekt!« Lachend kam Leo mit einem Tablett zurück. »Da ist er ja. Machst du bitte auf?«

Majas Herz raste, als sie zur Wohnungstür ging.

Bleib locker, sagte sie sich, tu einfach so, als wäre es ganz normal, ihm barfuß und verheult, im Kleid seiner Großmutter die Tür zu öffnen.

»Hallo, Maja, tolles Kleid.«

Seinen hinreißenden Faun-Ausdruck im Gesicht, lächelte er sie an, umarmte sie kurz und trat ein.

Als wäre er ein anderer Mensch, schoss es Maja durch den Kopf. Es schien den Jack mit und den ohne Kim zu geben. Der ohne gefiel ihr deutlich besser, der biss nicht pausenlos die Zähne zusammen und fuhr sich so oft durch die Haare, bis sie in alle Himmelsrichtungen abstanden. Der Jack, der jetzt vor ihr stand und sie anstrahlte, ließ sie ganz atemlos werden. Lachfältchen hatten sich um seine Augen gelegt, und er duftete auch ganz wundervoll. Witternd hob Maja die Nase.

»Champagner!«, rief Leo aus dem Wohnzimmer, und Maja rief sich zur Ordnung. Jack konnte riechen, wie er wollte, und noch so charmante Grübchen und Fältchen haben, er war liiert und Schlusspunkt.

»Gibt es etwas zu feiern?«, fragte Jack leise.

»Es gibt immer etwas zu feiern.« Maja fand ihre Antwort ziemlich dämlich, aber Jack schien sie zu gefallen.

»Na, dann los.« Er lachte vergnügt auf und ging voraus.

Maja schloss die Wohnungstür und sammelte sich kurz. Luises Seidenkleid auf ihrer Haut war wie eine Liebkosung.

Ganz langsam, jeden Schritt genießend, ging Maja über den Korridor ... gleich würde sie Leo und Jack im Wohnzimmer wiedersehen, wo sie ein Glas Champagner erwartete, goldenes Licht und Geborgenheit.

Maja kostete die Vorfreude noch einen Moment lang aus, dann betrat sie lächelnd das Zimmer.

»Da ist sie ja!«, rief Leo. »Schau dir an, wie prächtig sie aussieht in Luises Kleid! Sie hat es eben fertig genäht.«

Er reichte ihr ein gefülltes Champagnerglas.

»Auf Luise«, rief er, »auf das Leben!«

Sie stießen an.

»Auf die glücklichen Stunden«, murmelte Maja und wusste selbst nicht genau, warum. Es klang so endlich.

Sie gingen in die Küche, Leo holte die Schüssel mit dem Tiramisu aus dem Kühlschrank, Jack kümmerte sich um Teller und Löffel. Dann nahmen sie am Tisch Platz.

Lachend deutete Jack auf ein fehlendes Eckchen in der Schüssel. »Hast du genascht?«

»Ich musste ja wissen, ob es schmeckt«, brummelte Leo und befüllte die drei Teller.

»Es schmeckt!«, rief Maja wenig später. »Und zwar himmlisch.«

Jack nickte mit vollem Mund.

»Freut mich, freut mich.« Leo nickte zufrieden.

Sie aßen einen Moment lang schweigend.

»Wie du das immer hinbekommst«, sagte Jack schließlich, »es ist die perfekte Konsistenz, nicht zu schwer, nicht zu luftig, nicht zu süß, gerade richtig, und die leicht bittere Komponente des Kakaos krönt das Ganze.« Er kratzte mit dem Löffel die letzten Reste von seinem Teller.

»Jahrelange Übung«, antwortete Leo geschmeichelt, »noch ein Löffelchen?«

»Gern.« Jack lächelte seinen Großvater an. »Früher hast du immer gesagt, ich sei ja noch im Wachstum, ich befürchte, diese Ausrede gilt nicht mehr.«

»Nu-nu-nu«, machte Leo, »du baust dir gerade eine Existenz auf, das verbrennt viele Kalorien.« Die Männer lachten.

Wie lieb sich die beiden haben, dachte Maja gerührt.

Sie schaute zu Jack hin und bemerkte, dass ein wenig Kakaostaub an seiner Oberlippe haftete.

Oh, das sieht aber sehr sinnlich aus.

Maja blickte schnell nach unten und genauso schnell wieder nach oben.

Sie konnte ihren Blick einfach nicht losreißen von seinem Mund, der lachte und redete und sich gerade für einen weiteren Löffel Tiramisu öffnete.

Wie eine Herde wilder Pferde galoppierten Majas Gedanken los.

Sie wollte sich zu ihm beugen und ihm den Kakao von den Lippen küssen. Einfach so, jetzt sofort. Und sie wollte es so sehr, dass sie sich an der Tischkante festhalten musste, um es nicht zu tun. Ob er ihren Kuss erwidern würde? Wie es sich wohl anfühlte, wenn er …

»Maja?« Abwartend sah er sie an.

»Was?« Sie schreckte hoch.

»Träumst du?«

»Ja.« Sie lachte verlegen. »Habe ich wohl.«

»Leo hat eben erzählt, dass du gern in die Alte Nationalgalerie gehst.«

Maja räusperte sich. »Das ist richtig.«

»Erzähl ihm von dem Faun«, sagte Leo eifrig und wedelte mit den Händen.

»Es gibt dort eine Marmorstatue, die mich fasziniert, es ist die Darstellung von Pan, der Psyche tröstet.«

»Was gefällt dir daran so gut?« Interessiert sah Jack sie an.

Maja dachte kurz nach. »Die Gegensätze, die in dem Marmor vereinigt sind: sein struppiges Fell, ihre nackte Haut, seine Wildheit, ihre Verletzlichkeit, seine Hörner, ihre Schmetterlingsflügel.«

»Kann man ihm denn trauen?«, fragte Jack.

Maja nickte heftig.

»Würdest du ihm trauen?«

»Ja.«

»Warum?« Jack stützte sein Kinn auf die Hand und sah sie interessiert an, »immerhin ist ein Faun ein wildes Waldwesen, unberechenbar und bekannt für Alkoholorgien und Exzesse.«

»Ach, das sind alles Gerüchte«, antwortete Maja auflachend. Dann wurde sie wieder ernst und sagte: »Wenn du die Zartheit gesehen hast, mit der er versucht, die traurige Psyche zu trösten, dann weißt du alles.«

Jack lächelte. »Zeigst du mir die Statue eines Tages?«

»Sehr gern.« Maja lächelte zurück und fixierte seine Oberlippe. Sie kam sich selbst gerade ziemlich unberechenbar und wild vor.

In ihren Ohren begann etwas zu klingen, vielleicht war es Pans Flöte, vielleicht ein beginnender Tinnitus, jedenfalls konnte sie sich nicht länger zurückhalten. Sie streckte ihre Hand aus und fuhr ganz sanft mit dem Zeigefinger über Jacks Oberlippe.

Erstaunt sah er sie an, wich aber nicht zurück. Sein Blick vertiefte sich, wurde dunkler, dann war der Moment vorüber.

»Verzeihung«, murmelte Maja und zog die Hand zurück, als hätte sie sich verbrannt. »Verzeihung.«

»Habe ich wieder nicht manierlich essen können!« Lachend wischte sich Jack mit der Serviette den Mund ab.

Schmunzelnd schenkte Leo noch ein wenig Champagner nach.

Plötzlich bemerkte Maja, dass ihr kalt geworden war. Sie trug ja noch das dünne Kleid.

»Ich ziehe mich mal wieder um.«

»Mach das, Maja-Kind, du bist ja immer noch barfuß.«

Sie stand auf, ging in Luises Zimmer und schloss die Tür hinter sich.

Was ist denn in dich gefahren? fragte sie sich. *Fasst einem fremden Mann einfach ins Gesicht. Einem fremden, anderweitig liierten Mann.*

Sie sah sich im Spiegel den Kopf schütteln.

Dann schlüpfte sie aus dem Kleid, hängte es auf einen Bügel und zog ihre Sachen wieder an. Gerade wollte sie die Schranktüren schließen, da fiel ihr Blick auf eine Reihe von fünf beschrifteten Ordnern.

Sofort erkannte Maja Luises Handschrift:

Kleider und Röcke.

Oberteile, Blusen, Jacketts.

Mäntel, Jacken.

Hosen, Hosenröcke und Hosenanzüge.

Allerlei.

Majas Herz schlug schneller. Sie holte einen der Ordner heraus und öffnete ihn: *Rücken/Mitte, Rücken/Seite, Vorne/Seite, Vorne/Mitte …*

Säuberlich in Schutzfolien abgeheftet, entdeckte Maja unzählige Schnittmuster. Nicht irgendwelche. Keine vorgefertigten von *Burda.*

Es waren Luises Schnittmuster. Ihre gesamten Kreationen waren hier abgelegt.

Maja hielt die Luft an. Das war ja ein richtiges Vermächtnis.

Man könnte das alles zum Leben erwecken, man könnte …

Es klingelte mehrfach an der Tür.

»Nanu?«, hörte Maja Leo rufen.

Hastig klappte sie den Ordner zu und stellte ihn zurück in den Schrank. Ein ungutes Gefühl überkam sie. »Bitte nicht«, flüsterte sie.

»Hallihallo, ich dachte, ich hole Jack ab, falls er zu viel getrunken hat!«

Das apfelessende Dornröschen!

»Guten Abend, Kim«, sagte Leo förmlich. Es war ihm anzuhören, dass er sich nicht freute.

Maja lauschte.

»Ich habe ein Problem mit dem Scheibenwischer«, sagte Kim gerade. »Kannst du mal danach schauen, Jack?«

»Gleich, wir wollten noch einen Espresso trinken«, antwortete Jack.

»Ach, komm, mein Junge«, erklang Leos tiefe Stimme, »wir gucken uns das jetzt schnell mal an, ein bisschen frische Luft wird uns guttun.«

Er schien jede Möglichkeit wahrzunehmen, *nicht* in Kims Gesellschaft verbringen zu müssen. Maja grinste.

»Okay«, sagte Jack.

»Dann mache ich den Espresso«, bot Kim an.

»Das mache ich lieber selber«, hörte Maja Leo knurren. Die Wohnungstür fiel ins Schloss. Die Männer schienen fort zu sein.

Maja schluckte. Alles blieb still.

Doch dann hallte plötzlich das Klackern von Kims Absätzen auf dem Dielenfußboden wider, und im nächsten Augenblick betrat sie auch schon Luises Zimmer.

Ist sie etwa gerannt? fragte sich Maja.

»Hi, wieso bist du hier drin?«, fragte Kim. In ihrem weißen Minirock aus Leder und dem beigen Kaschmirpullover sah sie mal wieder hinreißend aus.

»Wieso nicht?«, erwiderte Maja. »Du bist ja auch *hier drin.*«

»Das Zimmer war immer abgeschlossen«, sagte Kim mit vorwurfsvoller Miene, »ich habe es noch nie betreten.«

Maja wusste nicht, was sie antworten sollte. Sie fühlte sich unwohl.

Mit spöttisch verzogenem Gesicht sah sich Kim um, sie betrachtete das Ölgemälde, dann schaute sie in den Schrank, den Maja leider nicht geschlossen hatte. »Gottchen, die alten Klamotten hat er alle aufgehoben.«

»Lass das!«, rief Maja.

»Was soll ich lassen?«

»Alles schlechtzumachen.«

Kim stemmte die Fäuste in ihre schmale Taille. »Wer *bist* du eigentlich?«

»Ich bin eine Freundin von Leo.«

»So? Eine Freundin? Seit wann denn das?«

Maja seufzte. »Noch nicht so lange, aber es fühlt sich an, als kenne ich ihn mein ganzes Leben lang.«

Kim schien gar nicht mehr zuzuhören. Sie ging jedes einzelne Kleidungsstück im Schrank durch. »Selbst genäht«, murmelte sie.

»Toll, was?«, rief Maja.

»Gute Arbeit, aber alles dermaßen passé.«

»Nein, das ist zeitlose Eleganz!« Maja wurde heiß.

»Das muss ja mehr als vierzig Jahre lang hier hängen!« Kim zog an einem Hosenbein aus schwarzer Seide.

Maja sah sofort, dass es Luises Hosenanzug war, den sie

in Südfrankreich getragen und darin wunderschön und verwegen wie ein Bond-Girl ausgesehen hatte.

»Die ganze Geheimniskrämerei für ein paar alte Sachen.« Kim rümpfte die Nase. »Riecht auch ganz muffig.«

»Das stimmt nicht!«, rief Maja empört. »Es riecht nach Lavendel. Leo kümmert sich darum! Er wischt auch jeden zweiten Tag Staub und er …« Sie brach ab.

Kim hatte eine Schachtel geöffnet und hielt ein Paar Glacéhandschuhe in die Höhe.

Das muss aufhören. Es ist nicht richtig. Wo ist denn Jack? Kann er seine respektlose Freundin nicht in die Schranken weisen?

»Oh, immerhin!« Kim hatte gerade den pistaziengrünen Mantel von Christian Dior entdeckt. »Aber auch uraltlavendel.« Sie seufzte.

»Was ist denn so schlimm daran?«, fragte Maja.

»Ich mag die Vergangenheit nicht, sie ist so … over«, antwortete Kim achselzuckend.

Das ist mit Abstand die dümmste Aussage, die ich in meinem Leben gehört habe, dachte Maja. Das toppt das gesamte Sprüche-Repertoire meiner Mutter.

»In fünfzig Jahren bist du auch over«, entfuhr es ihr, und dann schob sie Kim einfach beiseite und schloss die Schranktür.

»Komm«, sagte sie mit fester Stimme, »lass uns in die Küche gehen.«

»Was spielst du dich denn hier so auf?« Kim entblößte ihre schneeweißen Zähne und sah auf Maja hinab. Auf ihren Absätzen war sie bestimmt über einen Meter achtzig groß, und anstatt Maja in Richtung Tür zu folgen, näherte sie sich nun der Nähmaschine.

Mit amüsiertem Lächeln fuhr sie mit einer Hand darüber.

Maja begann vor Wut zu schwitzen. »Musst du alles anfassen?«, rief sie.

»Aber wieso denn nicht? Ich schaue mir den ganzen Plunder in aller Ruhe an.«

»Einen Teufel wirst du tun!« Maja konnte sich nicht länger beherrschen.

»*Du* hast mir gar nichts zu sagen.« In provokanter Ruhe spazierte Kim durch das Zimmer. »Ach«, sagte sie beiläufig, »und übrigens: Ich ziehe mein Angebot zurück. Du brauchst dich nicht bei mir zu bewerben. Unfreundliche Näherinnen stelle ich nämlich nicht ein.«

»Ich hatte es auch gar nicht vor.«

»Was du nicht sagst.«

Kims Blick fiel auf Luises Kommode. Sie griff nach dem Parfumflakon.

»Wie das wohl riecht«, murmelte sie, nahm den Deckel ab, gab einen Sprühstoß in die Luft und einen weiteren auf ihr Handgelenk.

»Nein!«, schrie Maja auf. »Nein!«

»Igitt, das ist nicht meins. Viel zu blumig.«

»Oh, mein Gott!« Maja rannte zum Fenster, um es zu öffnen.

»Was ist denn los mit dir?«, fragte Kim mit großen blauen Augen. »Ich glaube, du tickst nicht ganz richtig.«

Maja entriss ihr den Flakon und stieß Kim recht unsanft in den Korridor hinaus. Dann knallte sie die Tür hinter ihnen zu und lehnte sich wild atmend dagegen.

»Spinnst du?« Kim starrte sie an.

»Ruf Jack an und halte die beiden irgendwie auf!«, rief

Maja. »Ich öffne in der Zeit alle Fenster! Und du musst sofort gehen. Hörst du? *Sofort!*«

»Wieso denn?«

»Leo ist extrem geruchsempfindlich, wenn er …«

In diesem Moment wurden Stimmen hörbar, dann traten Leo und Jack in die Wohnung.

»Jack!«, schrie Maja voller Panik. »Bring ihn weg von hier!«

»Sie ist durch und durch wahnsinnig«, rief Kim und versuchte sich aus Majas Umklammerung zu befreien.

»Was ist hier los?«, polterte Leo, doch Jack schien zu verstehen. Ein kurzer Blick auf Maja genügte, sofort packte er Leo am Arm und ging rückwärts mit ihm in das Treppenhaus zurück.

In diesem Moment riss sich Kim los.

Was dann geschah, erlebte Maja wie einen bösen Traum in Zeitlupe.

Sie sah Kim auf ihren lächerlich hohen Hacken auf Leo und Jack zulaufen, hörte sich selbst immer wieder »Nein, nein!« rufen, merkwürdig verzerrt, wie unter Wasser, und dann hatte sie das Gefühl, dass es so etwas wie eine Duftexplosion gab. *Après l'Ondée* schien auf einmal überall zu sein, es quoll durch die Türritzen, es schwebte wie ein wiesengrüner Vorhang hinter Kim her, es breitete sich rasend schnell aus und erreichte Sekunden später Leo.

Hilflos musste Maja mitansehen, wie er witternd die Nase hob. Seine Augen weiteten sich. Ganz kurz leuchteten sie in einem Licht der Freude und Hoffnung auf, das im nächsten Moment erlosch.

»Luise?«, stammelte er.

Dann wich die Farbe aus seinem Gesicht.

NEUN

»Wer ist im Krankenhaus?«

»Leonhard Viktorow.«

»Aha.«

Schon wieder traten Maja die Tränen in die Augen. Sie konnte einfach nicht aufhören zu weinen.

»Ich hab dir doch gesagt, dass du dich nicht so sehr involvieren sollst«, sagte Tim und nahm sie in die Arme. »Das sind alles alte Menschen, Maja.«

Sie machte sich frei. »Ja und?«, schrie sie ihn an. »Was willst du damit sagen? Dass man sich nicht auf alte Menschen einlassen soll?«

Er zuckte mit den Schultern. »Das siehst du ja«, murmelte er.

Ohne ihn noch einmal anzusehen, ging Maja hinaus und belud den Lieferwagen. Dann fuhr sie mit quietschenden Reifen davon.

Das Essen, das sie kurz darauf verteilte, roch gut und sah frisch aus: Hackfleischfrikadellen mit Tomatensoße und Reis (zumindest eine Sorge weniger).

Leonore ließ sich von Maja die Fingernägel rosa lackieren, und Herbert hatte Probleme mit seiner Fernbedienung, die Maja beheben konnte, indem sie neue Batterien einsetzte. Aber sie war nicht bei der Sache.

Die gestrige Szene beherrschte all ihre Gedanken.

Mitanzusehen, wie Leos Augen voller Glückseligkeit aufgeflammt und dann ganz leer geworden waren, war furchtbar gewesen. Sein Zusammenbrechen – Jack hatte ihn zum Sofa getragen, den Notruf angerufen, das Fenster geöffnet.

Sirenen, Hektik, Sauerstoffgeräte, dann Leo auf der Trage.

Mit geschlossenen Augen. Blaulicht auf der Straße. Leute, die gafften.

Maja wischte sich über die Augen. *Leo, mein Leo.*

Sie würde ihn gleich im Krankenhaus besuchen.

Jetzt war nur noch Agathe zu beliefern. Wegen eines Staus auf der Autobahn war sie an die letzte Stelle gerutscht.

Maja gab Gas.

Als Agathe wenig später die Tür öffnete, trug sie den Schal, den Maja ihr gestrickt hatte.

»Ich finde, er steht mir außerordentlich gut«, sagte sie kokett.

»Ja, das stimmt«, erwiderte Maja.

»Ein Gesicht wie sieben Tage Regenwetter? Komm herein.« Die alte Frau schaute sie besorgt an. »Was ist denn passiert?«

»Ach, Agathe. Es dürfte bis ans Ende meines Lebens regnen, wenn Leo nur bald wieder gesund wäre.«

»Erzähl mir alles.«

Agathe griff nach Majas Hand und führte sie in ihr kleines Wohnzimmer. Dann hörte sie mit großen Augen zu.

»Es ist, als ob alle Kraft aus ihm herausfließt«, berichtete Maja schluchzend, »er hat mich heute Morgen zwar erkannt, aber er scheint so unendlich müde zu sein.«

Betrübt schüttelte Agathe den Kopf. »Das tut mir sehr leid.«

»Ich muss los.« Maja putzte sich die Nase und stand auf.

»Wenn du einen Rat möchtest …« Agathe sah sie abwartend an.

»Natürlich, gern. Was denn?« Maja schlüpfte in ihren Mantel.

»Mach kein großes Theater darum. Aber tu auch nicht so,

als ob nichts gewesen ist, und ganz wichtig …«, Agathe hob ihren Zeigefinger, der ein bisschen schief war, »erzähl ihm etwas Schönes.«

Maja lachte auf und nahm die kleine Frau mit den großen dunklen Augen in die Arme. »Danke, Agathe. Ich werde mich daran halten.«

»Bis morgen, Bienchen.«

Maja rannte über den Krankenhausflur. Es roch nach Desinfektionsmittel und Pfefferminztee. Ihr Herz raste. *Bitte, lieber Gott, mach, dass es ihm besser geht,* betete sie stumm vor dem Krankenzimmer. *Bitte!*

Sie klopfte, lauschte, klopfte wieder.

»Einfach reingehen«, wies sie eine vorbeilaufende Schwester an.

Maja atmete tief durch, dann trat sie ein.

Wie klein Leo in dem weißen Bett aussah. Als wäre er geschrumpft. Klein, grau und reglos lag er da, mit geschlossenen Augen.

»Leo«, flüsterte Maja und nahm auf einem Stuhl neben dem Bett Platz.

»Hallo«, sagte ein Mann, der in einem gegenüberliegenden Bett saß und in einer Zeitschrift las.

»Entschuldigen Sie.« Maja sah ihn an. »Ich hatte Sie gar nicht bemerkt.«

»Macht ja nix. Ist das Ihr Opa?«

»Nein, mein bester Freund.«

»Er schläft die ganze Zeit.«

In diesem Moment murmelte Leo etwas Unverständliches und öffnete ganz langsam die Augen. Sein Blick huschte erschrocken über die Wände, dann fiel er auf Maja.

»Maja-Kind.« Seine Stimme war rau.

Sie beugte sich über ihn und griff nach seiner Hand. »Wie geht es dir?«, flüsterte sie.

»Ging schon mal besser.«

Er versuchte sich aufzusetzen.

»Warte, ich helfe dir.« Maja legte ihm ein Kissen hinter den Rücken. »Gut so?«

Er nickte. »Das ist sehr merkwürdig.«

»Was meinst du?«

»Ich habe den Eindruck, ich komme von weit her.«

»Sie hatten einen Herzinfarkt!«, rief der Patient aus dem Nachbarbett.

Maja drehte sich zu ihm um. Er war ein dicker Mann in mittleren Jahren, der sie herausfordernd anschaute, als hätte er selbst soeben diese Diagnose gestellt.

»Ich werde mich nachher erkundigen«, erwiderte Maja knapp.

»Es war, als wäre Luise mir erschienen«, fuhr Leo nachdenklich fort, »sie ist gekommen, um mich abzuholen, wir sind über eine Blumenwiese spaziert, aber dann hat sie mich noch einmal zurückgeschickt.«

Maja überlegte, ob sie ihm die andere Version der Geschichte erzählen sollte: Dass seine olfaktorische Wahrnehmung ihm einen bösen Streich gespielt hatte. »Soll ich dir einen Tee bringen?«, fragte sie.

»Hm«, machte Leo lustlos.

»Mir auch, bitte!«, rief der Mann aus dem anderen Bett. »Mein Name ist übrigens Gert Thiede. Ich habe nur Blinddarm. Und ich hätte gern einen Kamillentee mit Honig.«

Maja ging hinaus.

Am Teewagen traf sie eine Schwester. »Können Sie mir

Auskunft über den Zustand von Herrn Viktorow geben?«, fragte Maja.

»Familienmitglied?«

»Ja.« Maja hatte nicht einmal das Gefühl zu lügen.

»Leichter Herzinfarkt. Wird sich erholen. Bleibt noch ein paar Tage. Darf sich nicht wieder aufregen«, antwortete die Krankenschwester im Stakkato, dann eilte sie weiter.

Maja griff nach der Teekanne.

Darf sich nicht wieder aufregen? Darüber würde sie mit ihrem Leben wachen.

Mit zwei dampfenden Bechern kehrte sie kurz darauf ins Zimmer zurück.

Gert Thiede war über seiner Zeitschrift eingeschlafen. Dafür schien Leo etwas munterer geworden zu sein.

»Wann kann ich hier raus?«, fragte er und schnupperte skeptisch am Tee.

»Ganz bald.«

Leo schaute aus dem Fenster. »Ich will nach Hause.«

»Als ich ein kleines Mädchen war, hatte ich einen Onkel, den ich sehr gern mochte«, sagte Maja. »Er hat mir im Müggelsee das Schwimmen beigebracht.«

Leo sah sie an. »Und?«

»Ich werde nie vergessen, wie es sich anfühlte, tiefes Wasser unter sich zu wissen und dem gewachsen zu sein.«

»Warum erzählst du mir das?«, fragte Leo sichtlich irritiert.

Maja zuckte mit den Schultern. »Das weiß ich auch nicht so genau.«

Plötzlich begann Leo zu lachen. Es hörte sich ziemlich rostig an, doch Maja hätte sich nichts Schöneres vorstellen können. Überglücklich fiel sie mit ein, und auch der soeben erwachte Gert Thiede lachte eine Runde mit, obwohl ihn seine Blinddarmnarbe dabei zu schmerzen schien.

Danke, lieber Gott, dachte Maja. *Danke.*

Erst am frühen Abend brachte sie den Lieferwagen zurück.

Tim war schon gegangen.

Als Maja die Autoschlüssel auf seinen Schreibtisch legte, sah sie ein Zettelchen.

Liebe Maja, wenn du reden willst, komm doch ins Bacon and Cheese.

Ich würde mich freuen.

Tim.

Eine Visitenkarte mit der Adresse des Cafés lag daneben.

»Ganz sicher«, schnaubte Maja abfällig, zerknüllte das Papier und warf es in den Mülleimer. Sie war selbst ganz erstaunt, dass sie traf.

Wenn du reden willst? So ein Heuchler. Über seinen *kometenhaften* Aufstieg in der Berliner Gastronomie wollte er bestimmt gern reden, über *alte* Leute wohl eher nicht.

Maja machte das Licht aus, schloss alles ab und ging. Plötzlich hatte sie es eilig, von hier wegzukommen. Tim wurde ihr immer unangenehmer. Seine andauernden Annäherungsversuche, die Arroganz, mit der er ihre Zurückweisungen einfach nicht akzeptierte, sein Jonglieren mit gleich zwei Geschäftsideen auf einmal, wobei er beide nicht besonders ernsthaft zu betreiben schien, all das missfiel Maja.

Ach, egal, dachte sie, während sie auf die U-Bahn wartete, Hauptsache, Leo geht es wieder besser. Sie wollte jetzt bloß noch nach Hause und in einem heißen Schaumbad versinken.

Eine Stunde später war es so weit.

Mit wohligem Grunzen tauchte Maja unter und blieb so lange sie konnte am Grunde der Badewanne, schließlich tauchte sie prustend zwischen Schaumgebirgen wieder auf, schloss die Augen und genoss den Duft von Kirschblüten und Vanille.

Dabei fiel ihr ein Stoff ein, den sie noch in ihrer Sammlung hatte: schwarze Kirschpärchen auf sonnenblumengelbem Hintergrund. Ein frech-fröhliches Sommermuster, aus dem man ein echtes Gute-Laune-Kleid schneidern könnte.

Maja setzte sich auf. Ja! Das würde sie jetzt in Angriff nehmen.

Eifrig begann sie ihr Haar zu shampoonieren, sie schrubbte mit einem Peelingschwamm über ihre Haut, wusch sich den Krankenhausgeruch ab, den Schrecken der vergangenen Tage, die vielen Tränen, und als sie schließlich aus der Badewanne stieg, fühlte sie sich wie die schaumgeborene Venus. Vielleicht nicht ganz so hübsch, aber zumindest voller Tatendrang.

Eine Stunde später kniete Maja im Bademantel, den Mund voller Stecknadeln, auf dem Fußboden im Wohnzimmer und genoss jeden Handgriff, den sie tat. Während sie das zugeschnittene Seidenpapier auf dem Kirschpärchen-Stoff feststeckte, dachte sie an Luises sorgsam aufbewahrte Schnittmuster. Bei Gelegenheit würde sie Leo danach fragen. Sie hatte so unbändig große Lust, etwas nachzunähen, etwas von Luises Schaffenskraft wieder auferstehen zu lassen.

Es klingelte an der Haustür.

Erschrocken fuhr Maja zusammen.

Sie spuckte die Nadeln aus und sah auf die Uhr: Es war kurz nach elf. Wer konnte das sein? Hoffentlich nicht Nora, mit einem Rudel beschwipster Freundinnen, um sie abzuholen.

Zögerlich ging Maja zur Wohnungstür. »Hallo?«, rief sie in die Sprechanlage.

»Hier ist Jack, entschuldige die Störung, ich …«

»Ist alles in Ordnung mit Leo?«, unterbrach sie ihn.

»Ja, alles bestens.«

Erleichtert drückte sie auf den Öffner.

Dann blieben ihr schätzungsweise noch zwanzig Sekunden, um sich das Frotteetuch vom Kopf zu reißen, den Gürtel des Bademantels festzuziehen und ein entspanntes Lächeln aufzusetzen.

Maja merkte selbst, dass ihr Letzteres nicht besonders gut gelang. Ihr Herz schlug heftig, und bestimmt hatten sich ihre Wangen dunkelrot verfärbt.

Sie öffnete die Tür.

Jack stand bereits davor. »Das ist wirklich unglaublich unhöflich von mir …«, begann er, und mit großer Verwunderung stellte Maja fest, dass auch er nervös zu sein schien. »Ich möchte mich für deinen Einsatz bedanken, es …«

»Komm doch rein«, unterbrach sie ihn lächelnd.

»Ich will nicht lange stören, ich war eben noch in Leos Wohnung, um ihm frische Wäsche zu holen, und dann bin ich bei dir vorbeigekommen und hab gesehen, dass noch Licht brannte.« Er räusperte sich. »Ich muss mit dir reden.«

»Es geht ihm besser, nicht wahr?«, versicherte sich Maja noch einmal und schloss die Wohnungstür hinter ihm.

»Ja, viel besser. Zum Glück.«

Sie lächelten sich an.

»Hm, du riechst aber sauber«, sagte Jack.

Maja lachte. »Ist das ein Kompliment?«

Leider fiel ihr in diesem Augenblick der blöde Poesiealbum-Spruch ihrer Mutter wieder ein, mit dem sie sie ihre gesamte Teenagerzeit hindurch traktiert hatte:

Sei fleißig wie ein Bienchen,
sei brav wie ein Kaninchen,
sei sauber wie ein Kätzchen,
dann hast du bald ein Schätzchen.

»Unbedingt«, sagte Jack, aber sie glaubte ihm nicht.

Mit ihren zerzausten Haaren und dem ungeschminkten Gesicht sah sie sicherlich aus wie eine Waldhexe. Und zu allem Überfluss trug sie auch noch ihren gemütlichsten Bademantel, der ihr viel zu groß und mit einem Muster von Sternen und Mondsicheln übersät war. Ihre Füße steckten in selbst gestrickten Ringelsocken.

Maja unterdrückte ein Stöhnen. Wenn sich das Kompliment eines Mannes darauf bezog, dass man *sauber roch*, konnte es mit der Attraktivität nicht weit her sein.

Kim trug nach dem Bad bestimmt seidene Negligés und japanische Kimonos.

»Möchtest du etwas trinken?«, fragte Maja mit matter Stimme.

»Ich will dich nicht aufhalten.« Er warf einen Blick ins Wohnzimmer. »Du scheinst beschäftigt zu sein.«

»Ich nähe«, sagte sie, und diese beiden Worte genügten, um einen Schwall Glückshormone in ihrem Körper freizusetzen.

Jack nickte. »Leo sagt, du wärst genauso talentiert wie Luise.«

»Ja?« Plötzlich war es ihr ganz egal, wie sie aussah.

»Komm«, sagte sie und wunderte sich über ihre eigene Verwegenheit, »trink ein Glas Wein mit mir, und erzähl mir, was du sagen wolltest.

Sie hatte überhaupt keine Lust, brav wie ein Kaninchen zu sein.

Er folgte ihr in die Küche. Maja entkorkte eine Flasche französischen Rotwein, zündete zwei Kerzen an. Sie setzten sich an den Tisch, und sie schenkte ein.

»Auf Leos Gesundheit.«

»Ja, auf meinen lieben Großvater.«

»Ich bin so glücklich, dass es ihm besser geht«, sagte Maja nach dem ersten Schluck.

»Er hat ein schwaches Herz.« Nachdenklich sah Jack sie an. »Ist es nicht faszinierend, wie bildhaft das ist? Sein Herz ist gebrochen.«

Maja schluckte. »Du hast deine Großmutter ja gar nicht gekannt.«

»Nein, ich bin 1990 geboren, da war sie schon dreizehn Jahre tot.«

»Was erzählt denn dein Papa über sie?«

»Nicht viel. Und wenn, dann nur Gutes. Als sie starb, war er ein Teenager, das muss sehr hart gewesen sein.«

»Das glaube ich.« Maja nickte betroffen.

Einen Moment lang sagten sie nichts mehr. Jack schaute aus dem Fenster.

Ein schönes Profil, registrierte Maja. Starkes Kinn, gerade Nase, volle Lippen. *Faunische Lippen.*

Die Kerzen flackerten. Sie musste wohl zu heftig geatmet haben.

Nach einem Schluck Wein sagte er: »Erzähl mir von dir.«

»Von mir? Was willst du denn wissen?«

»Welche sind deine Lieblingsorte in Berlin?« Er lächelte sie an.

»Oh!«, entfuhr es ihr, »da gibt es viele. Ich liebe den Anblick des Bode-Museums im Winter, spätabends. Dann ist die Spree voller Eisschollen, und das Gebäude sieht aus wie ein prächtiger leuchtender Dampfer, der durch ein eisiges Meer pflügt.«

»Wie die *Titanic*?«

»Ja, aber dieses Mal wirklich unsinkbar«, antwortete Maja. »Wer hat schon mal ein Museum versinken sehen?«

Lachend trank er einen Schluck Rotwein. Die Flüssigkeit funkelte im Kerzenlicht auf.

»Und im Sommer bin ich gern auf dem Teufelsberg«, fuhr Maja fort, »die Stimmung ist so friedlich dort oben, als säße man nicht geradewegs auf einem Haufen von Kriegstrümmern. Ringsherum spielen die Leute Federball oder lassen Drachen steigen, picknicken, machen Musik. Man beobachtet gemeinsam den Sonnenuntergang, genießt den Blick auf die Stadt von oben.«

»Schön«, murmelte Jack, »da war ich noch nie.«

»Und du?«, fragte sie zurück. »Wo bist du gern?«

»Wenn mir alles zu viel wird, miete ich mir ein Ruderboot am Schlachtensee.«

»Hach, wie ramontisch«, entfuhr es ihr.

Er lachte auf. »Romantisch meinst du?«

Ziemlich haltlos begann sie über ihren Versprecher zu kichern.

»Ich kann schon verstehen, warum mein Opa so begeistert von dir ist«, sagte Jack schmunzelnd, »er redet die ganze Zeit von dir.«

»Ja?« Verlegen fuhr sich Maja durch die Haare und stellte

dabei fest, dass sie ziemlich verknotet waren. »Was sagt er denn so?«

»Dass du charmant, witzig, intelligent und ehrlich bist.«

»So, so.« Maja nippte am Glas. *Nicht rot anlaufen, nicht rot anlaufen.*

»Und dass du ein großes Talent hast, das du verkommen lässt. Das bedauert er sehr.«

»Oh.«

»Dein selbst genähtes Kleid, das du uns vorgeführt hast, neulich, als wir beide uns kennengelernt haben …«

»Kleid Leonie«, sagte Maja nickend.

»Ja. Kleid Leonie. Das war nicht nur eine perfekte Arbeit, es hat dir auch sehr gut gestanden.« Er sah sie durchdringend an. »Du hast wunderschön ausgesehen, wie du so fröhlich durch die Tür getanzt kamst. Das war ein Anblick, den man nicht vergisst.«

»Danke«, murmelte Maja verlegen.

Sie schwiegen kurz.

»Was wolltest du mir denn sagen?« Maja sah ihn fragend an.

»Ich …« Er brach ab, dann griff er plötzlich quer über den Tisch nach ihren Händen. »Ich habe dich so gern, ich will, dass du das weißt, mehr als gern.«

Maja schnappte nach Luft. Jetzt würde er ihr gleich sagen, dass es mit Kim vorbei war. Eine Welle der Glückseligkeit überrollte sie.

»Ich dich doch auch«, flüsterte sie, »ich habe mich so in dich verliebt …«

Er schloss kurz die Augen, öffnete sie wieder. Ein schmerzlicher Ausdruck lag nun darin. »Maja.« Er hielt ihre Hände immer noch ganz fest. »Kim hat mir offenbart, dass sie schwanger ist.«

Es traf sie völlig unvorbereitet, wie ein Faustschlag in den Magen. Maja wurde übel. Sie zog ihre Hände zurück. »Was sagst du da?«, flüsterte sie.

»Ich wollte unsere Beziehung eigentlich gestern beenden, doch kaum hatte ich angefangen zu reden, hat sie es mir gesagt.« Er stöhnte auf. »Ich kann doch jetzt nicht mehr mit ihr Schluss machen.«

Maja starrte ihn an. Sie wusste nicht, was sie sagen sollte.

»Ich gehe jetzt mal besser.« Jack war aufgestanden.

Sie erhob sich schwankend, ihre Beine fühlten sich ganz weich an. Fast wäre sie umgekippt. Er griff nach ihr und hielt sie fest. Maja schmiegte sich kurz an ihn, dann sah sie zu ihm hoch.

Küss mich, dachte sie, bitte, küss mich. *Gib mir wenigstens einen Abschiedskuss.*

Er beugte sich über sie, sein Gesicht näherte sich langsam dem ihren, doch dann drehte er den Kopf zur Seite und streifte lediglich mit seinen Lippen über ihre Wange.

»Auf Wiedersehen«, murmelte er und ging zur Wohnungstür.

Maja sah ihm hinterher, sie hörte die Tür zufallen, seine rasch leiser werdenden Schritte auf der Treppe. Dann war alles still. Nur der Kühlschrank summte vor sich hin.

Sie blieb noch eine Weile stehen, unfähig, einen klaren Gedanken zu fassen. Kim war schwanger. Die erfolgreiche Inhaberin einer Hochzeitsagentur war schwanger von Jack. Es war nicht schwer vorauszusehen, was als Nächstes passieren würde.

Mit unsicheren Schritten ging Maja ins Wohnzimmer. Dort hockte sie sich wieder zu dem Kirschpärchen-Stoff auf den Fußboden. Es kam ihr vor, als wären hundert Jahre vergangen. Ihre Hände zitterten stark, sodass sie sich an den Stecknadeln stach. Blut und Tränen tropften auf die Kirschen und ruinierten das, was ehemals ein fröhliches Gute-Laune-Kleid hatte werden sollen.

***

Am nächsten Vormittag wurde Maja vom Glockengeläut der nahe gelegenen Luisenkirche geweckt.

Leo, war ihr erster Gedanke. Sie riss die Augen auf und griff nach dem Handy auf ihrem Nachttisch. Hoffentlich ging es ihm gut.

Keine Mitteilungen.

Das war schon einmal beruhigend. Dann fiel ihr der ganze Rest ein. Jacks unglückliches Gesicht, als er sagte: Kim ist schwanger.

Maja starrte an die Decke. Ihre Augen füllten sich wieder mit Tränen.

Wie er wohl wach geworden war? Ob er mit Kim zusammenwohnte?

Maja schluchzte bitterlich.

Auf dem Fußboden lag, völlig zerknüllt, das mit Blut besudelte unfertige Kirschenkleid. Es hätte seine Trägerin auf Strandspaziergänge, Picknicks und Gartenpartys begleitet. Nun würde sie es wegwerfen.

Unglücklich krabbelte Maja aus dem Bett. Heute wollte sie Leo wieder im Krankenhaus besuchen und dann die Senioren-Menüs ausfahren.

Sie ging ins Bad und kam mit der Zahnbürste im Mund gleich wieder heraus, um in der Küche den Wasserkessel anzuschalten.

Die zwei Rotweingläser standen noch auf dem Tisch, daneben die beiden heruntergebrannten Kerzen. Maja begann schon wieder zu weinen.

Zum ersten Mal in ihrem Leben gefiel ihr ein Mann, und dann war er schon so gut wie mit einer anderen verheiratet. Sie hatte einfach kein Liebesglück. Sie würde sich niemals wieder verlieben, davon war sie überzeugt.

Traurig bürstete sie ihr Haar, das wie elektrisiert knisterte, sie schminkte sich dezent, aber sorgfältig, zog sich an und schrieb dann eine WhatsApp-Nachricht an Leo:

Wie geht es dir? Wann kann ich dich heute besuchen kommen? Liebe Grüße, deine Maja.

Die Antwort kam umgehend: *Liebe Maja, ich werde morgen früh entlassen, komm doch lieber morgen zum Abendessen zu mir nach Hause. Dein Leo.*

»Ach, wie schön«, murmelte Maja.

Okay, antwortete sie. *Ich freue mich schon.*

Er schickte ihr ein rosa Herzchen zurück.

Maja lachte leise auf. Ein weiterer riesengroßer Stein fiel ihr vom Herzen. Leos Zustand hatte sich offenbar so sehr stabilisiert, dass er nicht länger im Krankenhaus bleiben musste.

Auf einmal hatte Maja keine Lust mehr, sich selbst einen Kaffee zu kochen. Draußen schien die Sonne, die Luft war klar und sauber. Eine richtige Sonntagsluft, befand Maja, und sie beschloss, einen kleinen Spaziergang zu machen und unterwegs zu frühstücken. Sie hatte großen Appetit auf ein Croissant mit Milchkaffee.

Wenig später saß sie in einem kleinen Café, auf dessen Backsteinwände Pariser Sehenswürdigkeiten gemalt waren. Sie nahm neben dem Eiffelturm Platz, der von einem breiten Sonnenstreifen beschienen wurde.

Maja gab ihre Bestellung auf und blinzelte in dem hellen Licht. Der liebe Leo, dachte sie. *Er ist so …* Sie überlegte … *kostbar*, fiel ihr ein.

Ja, das war er. Ein kostbarer Schatz in Menschenform.

Trotz ihrer Traurigkeit genoss sie ihr Frühstück. Die Freude über Leos voranschreitende Genesung überwog.

Dann fuhr sie ins Büro von *Senioren-Menüs auf vier Rädern.*

»Ich muss mit dir reden«, sagte Tim geschäftig.

»Was gibt's?«

»Mir wächst das alles über den Kopf.«

»Was wächst dir über den Kopf?«

»Senioren-Menüs *und* das Café zu jonglieren. Das schaffe ich nicht mehr.«

Abwartend sah Maja ihn an.

»Ich habe mich für das Café entschieden«, erklärte er, »ein Business reicht vollkommen, und es macht mir auch einfach viel mehr Spaß.«

»Und was passiert hiermit?« Maja machte eine weit ausholende Geste.

»Das wird wieder aufgelöst.«

»Und die Kunden?«

Tim lachte auf. »Die suchen sich einen anderen Anbieter. Ist doch kein Problem.«

»So einfach ist das«, murmelte Maja.

»Ich lasse meine Mitarbeiter natürlich nicht hängen«, sagte Tim eifrig. »Ich biete dir hiermit einen Job als Kellnerin im Café an.«

»Im *Bacon and Cheese*?« Abwehrend hob Maja die Hände. »Lass mal gut sein, ich finde schon etwas.«

»Wirklich, Maja.« Er kam nah an sie heran. »Ich würde

mich echt freuen, wenn du mitkommst. Hast du keine Lust, ein paar neue jüngere Freunde zu finden?«

»Nein.«

»Meine Güte, bist du kompliziert.«

»Nenn es, wie du willst. Ist das Essen schon im Wagen?«

»Ja.«

»Tschüss und bis später, falls du noch hier sein solltest.«

»Nein, ich fahre gleich ins Café.«

Umso besser, dachte Maja und drehte sich um.

»Das ist dann deine letzte Fahrt!«, rief er ihr hinterher. »Am nächsten Wochenende ist hier Schluss.«

Maja nickte. »Alles klar.« Sie wollte sich ihre Betroffenheit nicht anmerken lassen.

»Was mache ich denn dann?«, fragte Agathe wenig später sichtlich bestürzt.

»Keine Sorge, ich organisiere dir einen anderen Lieferservice«, versprach Maja, »davon gibt es wirklich genug.«

»Du bist lieb, Bienchen.«

»Du auch.« Plötzlich hatte sie das Bedürfnis, sich der alten Frau anzuvertrauen. »Darf ich dir mal was erzählen, Agathe?«

»Aber sicher.«

»Ich habe mich verliebt.«

»Wie schön.« Agathe strahlte sie an. »Wer ist es, wie heißt er?«

»Er … ach, das ist eigentlich egal. Er wird demnächst heiraten.«

Agathes Lächeln erlosch. »Was sagst du denn da?«

»Er *muss* heiraten«, Maja schluckte hörbar, »weil seine Freundin schwanger ist. Ich weiß, dass er darüber nicht froh ist und dass er eigentlich mich mag, aber …« Sie brach ab und holte tief Luft. »Meinst du, dass es irgendwas gibt, das ich tun sollte oder könnte?«

Agathe hatte aufmerksam zugehört und sah sie nun mit ernstem Gesicht an. »Nein, Bienchen. Da kann man nix machen. Das ist alles in der Hand des Schicksals.«

Maja nickte traurig. »Das habe ich befürchtet.«

Sie schwiegen eine ganze Weile.

»Ich wollte dich auch etwas fragen«, sagte Agathe schließlich. Sie hielt eine zerschlissene Bluse in die Höhe.

»Soll ich sie dir reparieren?«, fragte Maja.

»Nein, ich wollte wissen, ob du mir genau dieses Modell noch einmal neu nähen kannst?«

»Aber natürlich«, rief Maja, »natürlich kann ich das!«

»Ich habe hier einen Stoff.« Agathe holte einen geblümten Baumwollstoff hervor.

»Der ist aber hübsch«, sagte Maja.

»Fein«, freute sich Agathe, »dann gebe ich dir hiermit einen Auftrag. Was wird denn das kosten?«

»Nichts!«

»Nein, Bienchen, das kommt nicht in die Tüte.« Agathe sah sie streng an. »Ich bezahle, sonst wird nichts aus dem Geschäft.«

»Wie wild entschlossen du aussehen kannst«, erwiderte Maja lachend.

»Ich höre.«

»Ich weiß es nicht. Wirklich.«

»Dann denk nach.«

»Ich verspreche es«, sagte Maja, »aber während ich nachdenke, nähe ich dir schon mal die Bluse. Wenn ich nähe, kann ich nämlich am besten denken.«

»Na, schön.«

»Dann wollen wir dich mal abmessen.« Maja holte ihr Maßband aus der Handtasche.

»Allzeit bereit?«, fragte Agathe grinsend.

»So ist es.«

Die beiden Frauen lachten.

Nähen ist doch immer noch das beste Mittel gegen Liebeskummer, dachte Maja.

ZEHN

»Wir haben eine Lieferung gemusterter Socken bekommen.« Mit breitem Grinsen hielt Norbert Blüm ein Paar giftgrüne Socken mit pinkfarbenen Punkten in die Höhe. »Na?«

Maja versuchte zu lächeln. »Super«, krächzte sie.

Leos Worte fielen ihr ein: *Wie deutlich das Leben einem immer wieder den Weg weist.*

Ihr Weg schien gepflastert mit kitschigen Socken und Dreierpacks Herrenslips mit Eingriff und Weichbund.

»Und die hier?« Aufgeregt wühlte Norbert Blüm in der Kiste und förderte ein Modell mit schwarz-weißen Kuhflecken zutage.

Muh, dachte Maja. Welcher Hornochse würde das tragen?

»Wahnsinnig originell!«, freute sich Norbert Blüm. »Frau Rogsch hat mir bei der Auswahl geholfen.«

Er räusperte sich und zog seine Krawatte fester. »Würden Sie die Ware bitte auf dem Sockentisch einsortieren?«

»Aber klar.« Maja schnappte sich den Karton und machte sich an die Arbeit.

Sie war mal wieder todmüde.

Letzte Nacht hatte sie damit begonnen, die Bluse für Agathe zu nähen, und sie hatte einfach nicht mehr aufhören können.

Das Rattern der Nähmaschine war Musik in ihren Ohren gewesen und hatte sie in eine heile, sichere Welt befördert.

»Maja?«

Sie wirbelte herum.

»Jack!«, rief sie erstaunt. »Was …«

Der Satz blieb ihr im Halse stecken, als sie in sein versteinertes Gesicht blickte.

»Gott!«, rief sie, schrie es eher. »Was ist mit Leo?«

Er schüttelte den Kopf.

Maja spürte, wie eine große Welle über ihr zusammenschlug. Unter der Wucht des Aufpralls ging sie in die Knie. Jack streckte die Arme aus und fing sie auf.

»Ich kriege keine Luft mehr«, flüsterte sie.

Maja hatte das Gefühl, durch einen dunklen, engen Tunnel zu schauen, an dessen Ende aber kein Licht war, sondern nur noch mehr Finsternis.

Sie ließ sich von Jack nach draußen an die frische Luft bringen. Dort setzten sie sich auf eine Bank, inmitten einer spärlichen Grünanlage.

Um sie herum toste der Großstadtverkehr.

»Schön atmen«, sagte Jack mit ruhiger Stimme. »Ein und aus.«

Tränen strömten über ihr Gesicht.

»Aber er sollte doch heute entlassen werden«, schluchzte sie fassungslos.

»Es ging ihm am Abend auf einmal schlechter«, erwiderte Jack mit gepresster Stimme, »er hat nach Papier und Stift gefragt und noch drei Briefe geschrieben, einen für dich, einen an meinen Vater und den dritten an mich. Dann hat er nach der Schwester geklingelt. Und als sie gekommen ist, war er schon … eingeschlafen.«

»Aber wieso hat denn keiner gemerkt, dass …« Sie brach ab.

»Maja.« Jack legte ihr einen Arm um die Schulter. »Er war achtundachtzig Jahre alt.«

Noch niemals in ihrem ganzen Leben war sie so unglücklich gewesen. Nicht, als ihre Eltern sich hatten scheiden lassen, nicht, als ihr Vater ihren vierzehnten Geburtstag vergessen hatte (den fünfzehnten auch), und auch nicht, als Onkel Samuel gestorben war. Nichts reichte an dieses mächtige, Angst einflößende Gefühl heran, das ihr Innerstes mit Finsternis auszufüllen schien und immer weiter wuchs, sodass ihr das Atmen wieder schwerfiel.

Wie sollte sie ohne Leo leben? Ohne ihren lieben, kostbaren Leo?

Maja lehnte den Kopf an Jacks Schulter, schloss die Augen und weinte bitterlich.

***

Meine liebe Maja,

manchmal erkennt man erst am Ende eines zu langen Weges, warum man ihn gehen musste.

Ich wiederhole mich ungern, und du weißt, was ich von dir und deinem Talent halte. Deswegen mache ich es kurz: Ich vererbe dir alles, was sich in Luises Näh- und Ankleidezimmer befindet.

Mach was daraus!

Wenn du es nicht für dich selbst tust, dann tu es für mich und vor allem für Luise. Sie wäre begeistert von der Idee, dass ihr Nachlass in solch begabte Hände fällt.

Und denk immer daran: Nach dem Regen kommt die Sonne wieder. Manchmal dauert es eine Weile, aber letztendlich kommt sie doch.

Ich bin nun am Ende des Weges angekommen und müde.

Ich danke dir, mein Maja-Kind. Du hast mir so viel Licht geschenkt.

Lebe wohl.
Dein Leo.

Die Schrift war am Ende des Briefes schräg abgefallen und kritzelig geworden.

Maja ließ das Papier sinken.

Ein paar Tage vergingen, an die sie sich später nicht mehr erinnern konnte. Sie blieb zu Hause, saß wie betäubt auf dem Sofa und starrte aus dem Fenster. Stundenlang.

Niemand würde jemals wieder Maja-Kind zu ihr sagen.

Dann erhielt sie einen Anruf von Jack.

»Wir lösen die Wohnung auf«, sagte er, »bitte komm.«

Maja zwang sich, etwas zu essen – eine halbe Banane, mehr war nicht möglich. Sie trank ein Glas Leitungswasser, dann zog sie sich an und machte sich auf den Weg.

Wie im Traum sah sie sich selbst wieder durch die Danckelmannstraße laufen, wie damals, als sie es zum ersten Mal getan hatte und dann auf dem Klingelschild nach Leonhard Viktorow gesucht hatte.

Das war gar nicht so lange her.

Es kam ihr vor, als wären Jahrzehnte vergangen.

Im Hausflur stand noch immer der Kinderwagen voller Müll. Maja durchquerte den Hinterhof, schaute an der Hauswand empor, dann stieg sie die schmale Treppe hinauf in den ersten Stock.

Die Tür war angelehnt, im Korridor standen Kartons herum.

»Hallo?«, rief Maja.

Ein fremder Mann kam ihr entgegen. Sie erkannte sofort, dass er Jacks Vater Sebastian aus London sein musste.

»Guten Tag«, sagte er mit ernstem Gesicht. »Sie sind Maja?«

»Woher wissen Sie das?«

Er lächelte sie traurig an. »Mein Vater hat mir am Telefon viel von Ihnen erzählt.«

Maja stiegen schon wieder Tränen in die Augen.

»Mein herzliches Beileid«, murmelte sie und reichte Sebastian die Hand.

»Vielen Dank.«

Eine Frau mittleren Alters kam aus dem Wohnzimmer. Sie war groß und schlank. Zeitlose Eleganz und Schönheit, schoss es Maja durch den Kopf. Die Frau hatte dieselben mandelförmigen dunkelbraunen Augen wie Jack, dasselbe leicht gelockte Haar.

Seine Mama, dachte Maja berührt.

»Das ist meine Frau Miriam«, sagte Sebastian.

»Unter so traurigen Umständen müssen wir uns kennenlernen«, rief Miriam mit englischem Akzent. Dann nahm sie Maja fest in den Arm.

»Hallo«, hörte sie Jacks Stimme hinter sich. Und dann umarmte er sie und seine Mutter gleichzeitig.

»Ich koche uns mal Tee«, sagte Sebastian.

Wenig später saßen sie im Wohnzimmer. Maja konnte den Blick nicht von der gerahmten Fotografie nehmen, die noch immer auf dem Beistelltisch stand. *Leo und Luise.* Wie schön sich das anhörte. Die Geschichte einer unsterblich großen Liebe.

»Mein Vater hat verfügt, dass Sie den gesamten Inhalt des Ankleidezimmers meiner Mutter erhalten«, sagte Sebastian.

»Nur wenn es Ihnen recht ist«, erwiderte Maja erschrocken.

»Selbstverständlich.« Miriam nickte ihr zu. »Es ist Leos Letzter Wille, und alles soll genauso ausgeführt werden, wie er es sich gewünscht hat.«

»Ich kann nicht glauben, dass er nicht mehr da ist«, flüsterte Maja, »ich habe das Gefühl, dass er gleich um die Ecke kommt und …«

Jacks Handy summte.

Sein Vater sah ihn genervt an. »Schalte das Ding jetzt bitte mal für eine Stunde aus.«

»Ja, ja.« Jack fuhr sich mit beiden Händen über das Gesicht. Ein schabendes Geräusch erklang, er schien ziemlich unrasiert zu sein.

»Kim ist gleich hier, sie sucht noch einen Parkplatz.«

Maja fröstelte. Kann die uns mal in Ruhe lassen, dachte sie. *Uns?* Sie fühlte sich Jacks Familie bereits so verbunden. Es war tröstlich, hier mit ihnen zu sitzen, Tee zu trinken, über Leo zu sprechen, mit der Trauer nicht allein zu sein. Doch schon sehr bald würde sie mit dieser Familie gar nichts mehr zu tun haben. Kim würde die Schwiegertochter werden und Miriam und Sebastian zu stolzen Großeltern machen und Jack zu einem Vater und Ehemann.

Maja blinzelte die aufsteigenden Tränen fort.

»Die Beerdigung ist in einer Woche«, sagte Sebastian.

Kurz darauf klingelte es an der Tür, und Kim war da.

»Hi«, sagte sie, »wo soll ich anfangen?«

»Womit?«, fragte Miriam.

»Na, aussortieren, einpacken und so.«

»Trink erst mal eine Tasse Tee mit uns«, sagte Sebastian auf recht knurrige Weise, wie Maja fand. Leo hätte genauso reagiert.

»Ihr Engländer und euer Tee!« Auflachend setzte sich Kim auf die Sessellehne neben Jack und schlug ihre schlanken Beine übereinander. Ihr Lachen wirkte vollkommen deplatziert in diesen Räumen.

Alle schwiegen.

Maja starrte auf ihre Hände, die sie im Schoß gefaltet hatte, Jack rieb sich schon wieder die Wangen.

»Ich mache mich mal an die Küche«, sagte Miriam schließlich, »in drei Stunden kommen die Leute von der Wohnungsauflosung.«

»Auflösung«, verbesserte Sebastian gutmütig.

»Darf ich noch mal alles anschauen, bevor es sich … auflöst«, fragte Maja, »damit ich es so in Erinnerung behalten kann?«

Miriam lächelte sie an. »Natürlich, *Darling*.«

Maja machte einen kleinen Rundgang.

Sie ging in die Küche und warf einen letzten Blick auf den Esstisch, auf dem sich bereits Teller, Töpfe und Schüsseln stapelten.

Ich schreibe Ihnen ein Sims-Dingsbums, hörte sie wieder Leos Stimme.

Du magst keinen Tintenfisch?

Ist sie nicht entzückend?

Maja wischte sich über die Augen, dann ging sie über den Korridor und warf einen Blick ins Wohnzimmer.

Sein Sessel mit der kleinen Delle an der Kopfstütze.

Der Couchtisch mit der *Vogue* von 1973.

Die Sammlung von Glasvasen auf der Anrichte. In einer von ihnen standen noch immer fünf verdorrte Rosen. Warum hatte sie Leo nie gefragt, warum er sie aufgehoben hatte? Nun würde sie die Geschichte der Rosen nicht mehr erfahren.

Sebastian hatte damit begonnen, Fotoalben in einen Karton mit der Aufschrift *London* zu packen.

»Darf ich jetzt in Luises Zimmer gehen?«, fragte sie ihn leise.

»Ja, natürlich, mach das.«

»Ich helfe dir!«, rief Kim.

»Oh, nein!«, entfuhr es Maja.

»Mache ich doch gern.« Mit diesen Worten stöckelte Kim geradewegs in Luises Zimmer hinein. Dort angekommen, ließ sie sich auf das Samtsofa fallen und schaute in den Kristallleuchter.

»Du hast das alles geerbt, was?«

»Ja.«

Maja baute sich einen Umzugskarton zusammen, dann öffnete sie den Kleiderschrank.

»Oh«, hörte sie Kim hinter sich ausrufen, »ist das eine echte Chanel-Handtasche?«

Maja antwortete nicht. Sie holte ein Kleidungsstück nach dem nächsten aus dem Schrank, faltete es sorgfältig und legte es in den Karton.

»Die könntest du mir gern geben«, sagte Kim, »dann habe ich auch eine kleine Erinnerung an Luise.«

Maja sah spöttisch auf. »Eine Erinnerung? Du hast sie doch gar nicht gekannt.«

»Du ja wohl auch nicht.«

»Doch«, sagte Maja, »ich habe sie recht gut kennengelernt.«

»Was du nicht sagst.«

Maja lächelte wehmütig. »Leo hat uns miteinander bekannt gemacht.«

Kim hatte sich aufgesetzt.

Sie trug Skinny Jeans, einen schwarzen Blazer mit aufgekrempelten Ärmeln und sah mal wieder makellos aus: sexy, modern, cool, erfolgreich.

Plötzlich gingen Majas Gedanken mit ihr durch.

Womöglich lag es an ihrer grenzenlosen Trauer, der Überreiztheit oder daran, dass sie in letzter Zeit zu wenig gegessen hatte, aber ein glasklares Bild trat vor ihr geistiges Auge: Sie sah, wie Kim beide Arme um Jack legte, sich an ihn schmiegte und eins ihrer langen dünnen Beine um ihn schlang. Maja schauderte.

Sie muss ihm irgendeinen Zaubertrunk in den morgendlichen Kaffee kippen, hörte sie Leos Stimme widerhallen.

»Was machst du mit dem Ölschinken?«, fragte Kim und deutete auf das Gemälde.

»Ich nehme alles mit«, fuhr Maja sie an, »hast du gehört? *Alles.* Jede einzelne Stecknadel.«

»Auch das Parfum?« Amüsiert zog Kim die Augenbrauen hoch.

Maja hielt die Luft an und stieß sie dann heftig wieder aus. »Wenn du es nicht versprüht hättest, wäre Leo vielleicht noch am Leben«, zischte sie.

»Das ist ja unglaublich!« Kim sprang auf. »Willst du damit sagen, ich hätte den uralten herzkranken Mann getötet?«

»Ja«, antwortete Maja und erkannte ihre eigene Stimme nicht wieder. Sie war so voller Hass. »Genau das sage ich. Und jetzt geh mir aus den Augen.«

»Wie redest du eigentlich mit mir?«, schrie Kim plötzlich los. »Was nimmst du dir heraus? Spazierst hier in diese Familie hinein und beanspruchst die gesamte Aufmerksamkeit!«

Maja drehte ihr den Rücken zu und nahm ein weiteres Kleid aus dem Schrank. »Aber eins sage ich dir«, hörte sie Kim hinter sich fauchen, »Jack gehört mir. Den kannst du dir abschminken.«

Maja antwortete nicht.

»Er hat dir doch sicherlich erzählt, dass wir ein Kind erwarten?«

»Ja, hat er.«

Kim war aufgesprungen und knallte nun die Tür hinter sich zu.

Wenig später hörte Maja sie und Jack auf dem Korridor erregt miteinander reden. So kannte sie seine Stimme gar nicht. *Egal,* versuchte sie sich zu beruhigen, *das hat mit mir nichts mehr zu tun.*

Sie packte noch den ganzen Nachmittag, und niemand störte sie mehr.

Die Kartons stapelten sich, die Schränke, Regale und Schubladen leerten sich, die Wände wurden kahl. Das Ölgemälde hatte einen hellen rechteckigen Fleck hinterlassen.

Die Auflösung, dachte Maja betroffen. *Dies ist das Ende einer Geschichte.*

»Ich vermisse dich so sehr, mein Leo«, flüsterte sie.

Nu-nu-nu, würde er jetzt bestimmt sagen.

Maja lächelte unter Tränen.

Dann kamen die Möbelpacker und die Männer von der Spedition.

»Diese Sachen werden nach England verschifft«, erklärte Miriam, »und diese hier bekommt die junge Lady in die Fritschestraße gefahren.«

»Und alles, was einen grünen Aufkleber hat, wird der Bahnhofsmission gespendet«, ergänzte Sebastian.

Innerhalb einer knappen Stunde war alles verladen. In den Räumen begann es zu hallen.

»Schöne Wohnung, ich frage mal bei der Hausverwaltung nach, ob sie noch zu haben ist«, bemerkte einer der Packer.

Maja musste all ihre Kraft aufbringen, nicht wieder zu weinen.

»Also, dann«, sagte Jack.

»Mein Herz tut mir schon weh genug«, sagte Maja leise, »bitte mach es nicht noch schlimmer.«

Er nickte mit aufeinandergepressten Lippen.

***

Es wurde eng in Majas Wohnung.

Die zwei schweren Narnia-Schränke, das Samtsofa, Luises Nähmaschine, ihr Nähtisch, die Spiegelkommode und unzählige Kartons standen überall herum. Das Gemälde mit dem mondbeschienenen Waldsee hatte Maja über das Fußende ihres Bettes gehängt.

Viele Stunden lag sie einfach da, und wenn sie nicht in das Bild starrte, träumte sie von dem dunklen Wald, in dem sie Hirsche traf, Faune und leuchtende Elfen. Am liebsten wäre sie nie wieder herausgekommen, wie Alexander McQueens Girl, who lived in the tree.

»Das kannst du doch nicht alles behalten«, sagte Nora, die zu Besuch gekommen war.

»Doch.«

»Was ist denn in den Kartons drin?«

»Ein ganzes Leben«, antwortete Maja müde.

»Hat Jack sich gemeldet?«

»Er bekommt ein Baby mit Kim.«

»Waaaas? Das erzählst du mir erst jetzt?«

»Bitte schrei nicht so.« Maja setzte sich auf und trank einen Schluck Kaffee aus der Tasse, die Nora ihr eben gereicht hatte.

»Das war es dann wohl«, sagte Nora mit kummervollem Gesichtsausdruck.

»Ja, das war's.«

Nora streichelte Majas Arm.

»Wann gehst du wieder arbeiten?«, fragte sie.

»Übermorgen.«

»Das wird dir guttun.« Nora nickte übertrieben heftig.

»Ich fühle mich so wund, als ob mir jemand die Haut abgezogen hat«, sagte Maja leise.

»Komm doch heute Abend mit tanzen.«

»Wenn ich nicht so traurig wäre, würde ich jetzt ganz laut lachen«, erwiderte Maja.

»Du kannst nicht Tag und Nacht auf dem Bett liegen und in das Mondschein-Bild starren!«

»Doch, das geht ganz gut.« Maja stellte die Tasse ab und legte sich wieder hin.

»Ach, Maja.« Mitfühlend streichelte Nora wieder ihren Arm. »In der Küche sind Weintrauben für dich und Nougatschokolade, die magst du doch so gern.«

»Danke, Nora.«

»Wo ist eigentlich deine Mutter?«

Maja schloss die Augen. »Auf Fuerteventura, glaube ich.«

»Ich komme morgen wieder, okay?«

»Morgen ist die Beerdigung.«

Nora küsste sie auf die Stirn. »Eben.«

Der Luisenfriedhof, eingepfercht zwischen der dicht befahrenen Königin-Elisabeth-Straße und der Stadtautobahn, war keiner jener Friedhöfe, auf denen man dem Lärm der Großstadt entkommen konnte.

Trotzdem hatte Maja das Gefühl, einen alten, ehrwürdigen

Ort zu betreten. Was hatte diese Stätte nicht schon alles gesehen? Napoleons Truppen, Cholera-Epidemien, Weltkriege.

Es hatte zu regnen begonnen.

Tief in Gedanken versunken, lief Maja durch die sich kreuzenden Alleen. Das Rauschen der Autobahn lag in der Luft. Mit ein wenig Fantasie hätte man es für das Branden eines großen Ozeans halten können, was Maja viel besser gefallen hätte.

Aber es war, wie es eben war.

In einer halben Stunde würde Leo neben seiner geliebten Frau Luise begraben werden.

Und dann? Maja schaute in die Wipfel der mächtigen Platanen. Dann würde sie nach Hause gehen und ihr Leben wieder aufnehmen.

Und es würde nie mehr dasselbe sein.

Sie kam an einem grün angelaufenen Engel vorbei, an prächtigen Familiengruften, alten und neuen Gräbern.

Unvergessen, stand auf vielen Steinen, doch hohe Gräser und zahlreiche Eiben und Büsche, die sich zu ganzen Bäumen ausgewachsen hatten, sprachen eine andere Sprache.

Maja blieb vor einem Grab stehen. Es war vollkommen zugewuchert von Efeu, der geradezu lebenslustig in alle Himmelsrichtungen deutete.

Ein paar Schritte weiter schaufelte sich ein kleiner Bagger durch Zuckersand. Maja wagte nicht auf den Haufen zu schauen, den er aufschüttete. Sie hatte Angst, irgendwelche Überreste von Leuten zu sehen, die schon so lange tot waren, dass keiner mehr an sie dachte, die nicht mehr waren als ein paar Knochen in rieselndem Sand.

Mit gesenktem Kopf ging sie weiter. Die letzte Ruhestätte eines Kleinkindes rührte sie erneut zu Tränen.

»Da bist du ja«, hörte sie Jack neben sich sagen. »Ich hatte Angst, du kommst nicht.«

Sie lehnte sich kurz gegen ihn. »Natürlich komme ich«, flüsterte sie.

Gemeinsam starrten sie auf die regennassen Plüschtiere, die auf dem Kindergrab verteilt waren.

»Wie flüchtig so ein Menschenleben ist«, murmelte Jack.

Maja nickte.

Die Glocke der Kapelle begann zu läuten.

»Komm.« Wie aus einem Impuls heraus nahm er Majas Hand, ließ sie aber nach wenigen Schritten wieder los. Sie näherten sich einer Gruppe schwarz gekleideter Menschen: zwei alte Männer, gebeugt vom Alter, die Augen voller Gram, drei Damen mittleren Alters, Jacks Eltern und natürlich Kim, die aussah wie Grace Kelly in schwarzem Nerz mit passender Kappe. Ihr schönes bleiches Gesicht war von einem Netzschleier bedeckt, durch den ihr roter Mund leuchtete wie eine verbotene Frucht.

Die Sohlen ihrer High Heels hatten dieselbe Farbe.

Sie inszeniert sich sogar auf dem Friedhof, dachte Maja betroffen.

Die beiden Männer wurden ihr als alte Freunde von Leo vorgestellt, die drei Damen als ehemalige Schülerinnen. Maja reichte allen die Hand, Sebastian nickte ihr mit ernster Miene zu. Er sah blass aus.

Miriam nahm Maja in die Arme und drückte sie fest an sich. Sie schien selbst etwas Halt zu brauchen.

Dann brachten vier Träger den Sarg. Die Beerdigung fand, wie Leo es gewünscht hatte, ohne Trauerfeier statt.

Sebastian stellte sich an das offene Grab. »Ich danke meinem Vater«, sagte er mit feierlicher Stimme. »Er war ein

Förderer, ein Befürworter des Lebens, jemand, der ungern Kompromisse machte. Wenn er einem auch viel abverlangen konnte, es geschah immer aus einem einzigen Grund: seine Mitmenschen zu einer besseren Version ihrer selbst zu machen. Leonhard Viktorow hatte das Talent zu motivieren, zu ermutigen, wenn nicht sogar zu beflügeln.«

Und ich habe ihn so enttäuscht, dachte Maja.

»So war er als Vater, als Freund und auch als Lehrer.«

Die drei Frauen nickten mit betrübten Mienen.

»Viele Jahrzehnte lang hat mein Vater ohne die große Liebe seines Lebens durchhalten müssen, und das Wort *durchhalten* hat er selbst gewählt. Diese Zeit ist nun vorbei. Meine geliebte Mutter Luise hat ihn zu sich geholt.«

Sebastians Stimme zitterte kurz.

»Ich kann sagen, dass mir die Vorstellung, die beiden wieder vereint zu wissen, hilft, mich hier und heute von ihm zu verabschieden. Leonhard ist friedlich eingeschlafen. Es wird gewesen sein wie nach Hause kommen. Wie früher, wenn er von der Arbeit heimkehrte und meine Mutter ihm über den Korridor entgegenlief, um ihn zu umarmen.«

Maja weinte bitterlich.

»Ich werde sein Andenken und das meiner Mutter immer in Ehren halten«, schloss Sebastian seine Rede. Er senkte den Kopf und sammelte sich kurz.

Dann gab er den Sargträgern ein Zeichen.

Es hatte stärker zu regnen begonnen.

Leos Sarg wurde nun rechts neben dem Grab von Luise in die Erde hinabgelassen. Dann traten die Träger einen Schritt beiseite und senkten die Köpfe.

Sebastian ließ eine Handvoll Erde in die Tiefe fallen. Miriam tat es ihm gleich, dann folgte Jack mit Kim. Das zukünftige Ehepaar, schoss es Maja durch den Kopf. Was wohl Leo und Luise zu den beiden gesagt hätten?

Maja ließ Leos Freunden und den Schülerinnen den Vortritt.

Schließlich war sie an der Reihe.

Sie griff in die Erde hinein, die kalt und klumpig war.

Über der ausgehobenen Grube öffnete sie ihre Hand, und als die Erde auf den Sarg fiel, erklang ein dumpfes Geräusch.

Leb wohl, Leo. Du wirst immer bei mir sein.

Sie schluchzte. Regentropfen und Tränen liefen ihr gleichermaßen über das Gesicht.

»Komm, Maja«, sagte Miriam.

»Gleich.«

»Komm«, sagte sie wieder und nahm ihren Arm.

Maja ließ sich von ihr wegführen.

Auf dem Weg zum Ausgang drehte sie sich noch einmal um. Die Friedhofsmitarbeiter hatten bereits damit begonnen, das Grab zuzuschaufeln.

Kim hatte sich bei Jack untergehakt. Es schien nicht einfach zu sein, auf hohen Absätzen über den Schotterweg zu gehen. Was macht sie in sieben Monaten, fragte sich Maja, wenn ihr Bauch dick und rund ist? Aber dann verbot sie sich diesen Gedanken. Es ging sie nichts an.

»Wir haben einen Tisch in einem kleinen Restaurant bestellt«, sagte Sebastian, als sie alle wieder auf die Straße getreten waren. »Es ist gleich da hinten.«

»Nein, nein, vielen Dank.« Maja wischte sich mit einem Taschentuch das Gesicht trocken und bemerkte, dass Kim sie dabei beobachtete. Hinter ihrem Netzschleier waren nicht viele Emotionen erkennbar.

»Keine Widerrede«, sagte Miriam und lächelte Maja unter

Tränen an. »Lass uns noch ein Stündchen zusammen verbringen. Es ist nicht gut, wenn du jetzt gleich alleine bist.«

Maja war zu erschöpft, um sich durchzusetzen, deshalb folgte sie der kleinen Beerdigungsgesellschaft die grau schimmernde nasse Straße entlang. Die einzigen Farbtupfer in diesem trostlosen Szenario waren Kims Schuhsohlen, die abwechselnd immer wieder blutrot aufblitzten.

Wenig später erreichten sie das Restaurant, das sich anscheinend auf Trauermahle spezialisiert hatte. Eine Kellnerin hieß alle freundlich willkommen und führte sie zu einem langen Tisch, der bereits eingedeckt worden war. Es gab Sandwiches, Kuchen, verschiedene Säfte und Mineralwasser.

»Außerdem kann ich Ihnen eine heiße Kürbiscremesuppe anbieten«, sagte die Kellnerin.

»Wunderbar, vielen Dank«, sagte Sebastian. »Wer möchte gern?«

Erstaunt stellte Maja fest, dass sie Hunger hatte.

Sie setzte sich neben Miriam und eine der ehemaligen Schülerinnen von Leo. Jack saß ihr gegenüber, Kim leider auch. Sie zupfte pausenlos an ihrem Nerzkäppchen herum.

Wie will sie denn mit dem Schleier etwas essen, fragte sich Maja, die nicht aufhören konnte, sie zu beobachten.

Warum war Jack bloß mit ihr zusammen? Sie schien so kalt und affektiert. Das passte doch überhaupt nicht zu ihm.

Mit skeptischem Blick beäugte Kim gerade die Sandwiches. Dann lehnte sie sich in ihrem Stuhl zurück und verschränkte die Arme vor der Brust.

Sie isst natürlich nichts, schoss es Maja durch den Kopf. *Sie wird in ihrer Valentino-Handtasche einen weiteren giftgrünen Apfel mit sich führen und ihn später im Auto essen.*

Die Suppe wurde gebracht. Einige Gäste hatten sich Kaffee oder Tee bestellt.

»Es tut wirklich gut, noch ein bisschen Zeit miteinander zu haben«, sagte Maja und lächelte Miriam dankbar an, die sich inzwischen wieder gefasst hatte.

»Mein Schwiegervater war der charmanteste Mann, den ich je kennengelernt habe«, sagte sie.

Sebastian räusperte sich.

»Doch, doch, das war er«, beharrte Miriam. »Einmal hatten wir wichtige Gäste. Ich kann mich nicht mehr erinnern, wer das gewesen ist, aber ich weiß noch, dass ich fürchterlich nervös war. Mir ist dann der Kuchen vollkommen misslungen, was mir unendlich peinlich war. Ich hatte es auch erst beim Anschneiden gemerkt, drinnen war alles ganz klietschig. Leo aß mit stoischer Miene *drei* Stück hintereinander, blinzelte mir dann zu und sagte laut und deutlich: ›Der wird mir für immer unvergesslich bleiben.‹«

Jack lachte auf. »Das ist so typisch für ihn.«

Die Dame neben Maja nickte heftig. »Etwas werde auch ich mein Lebtag nicht vergessen: Wir sollten in der Schule einen lebenden Frosch sezieren und waren alle sehr aufgeregt. Doch dann wurde die betreffende Lehrerin krank und Herr Viktorow hielt den Vertretungsunterricht. Er betrat die Klasse und schaute den Frosch in seinem zugeschraubten Marmeladenglas eine Weile lang an. Ich höre noch den kleinen Seufzer, den Herr Viktorow ausstieß. Dann drehte er sich zu uns um und fragte: ›Wollen wir diesen jungen Prinzen nicht lieber seiner wahren Bestimmung zuführen?‹ ›Ja!‹, riefen wir alle, denn wir wussten genau: Mit Herrn Viktorow passierten einem immer die besten Sachen. Mit dem Frosch sind wir also losgezogen zum Lietzenseepark. Es war ein herrlicher Sommertag, und

Herr Viktorow hat uns auf unzählige Dinge aufmerksam gemacht: die Bronzefigur des kleinen Speerträgers, die Vogeltränke mit den zwei Seelöwen, das Gefallenendenkmal, und dann zeigte er uns schwarz-weiße Reiherenten und Schilf und wunderschöne Lilien am Uferrand. An diesem Vormittag habe ich mehr gelernt als in einem ganzen Monat Schulunterricht.« In Erinnerungen versunken, lächelte die Frau mit schimmernden Augen. »Und natürlich ließen wir den Frosch frei. Ich werde niemals vergessen, mit wie viel Glückseligkeit sich meine kleine Kinderseele füllte, als ich ihn davonschwimmen sah.«

An was man sich im Leben letztlich erinnert, dachte Maja. Es sind weder die wichtigen Geschäftsleute noch die winzigen Organe eines gerade getöteten Frosches. Man erinnert sich an das, was das Herz berührt.

»Ein hübscher Mann war er«, sagte eine der anderen Frauen und tätschelte Jacks Oberarm, »Sie sehen ihm sehr ähnlich.«

Kim verdrehte hinter ihrem Schleier die Augen.

»Das stimmt«, sagte Maja.

Schon bald verabschiedeten sich die Gäste, Sebastian bezahlte die Rechnung, Miriam unterhielt sich leise mit ihrem Sohn.

Maja ging zu den Toilettenräumen, wo sie sich die Hände wusch.

Als sie in den Spiegel blickte, erschrak sie über ihr geflecktes rotes Gesicht. Ihre Nase und Augen waren geschwollen.

Plötzlich stand Kim neben ihr. Im unmittelbaren Vergleich zu deren kühler, kontrollierter Schönheit wollte sich Maja am liebsten verstecken. Kim hob das Netz und puderte sich die Nase.

»Ich habe für Jack und mich einen Flug in die Dom Rep

gebucht«, sagte sie dabei, »ein bisschen Sonne wird ihn auf andere Gedanken bringen.«

Maja hatte einen Kloß im Hals, der sich nicht runterschlucken ließ. »Werdet ihr heiraten?«, fragte sie.

»Klar, als Hochzeitsplanerin die eigene Hochzeit zu planen ist ja wohl das ganz große Ding.«

»Ja, das kann ich mir denken.«

Kim hatte sich das Netz wieder bis unter das Kinn gezogen und sah Maja nachdenklich an. »Ich schicke dir eine Einladung, okay?«

Mit einem Räuspern gelang es Maja nun doch, den elenden Kloß in ihrem Hals loszuwerden. Sie hat Mitleid mit mir, erkannte sie. *Ich tue Kim leid.*

»Lass gut sein.« Maja straffte die Schultern. »Das wäre ziemlich unpassend. Aber trotzdem vielen Dank.«

»Wie du meinst.«

»Wie kannst du in diesem Augenblick überhaupt ans Heiraten denken?«

»Wenn einer mit siebenundachtzig Jahren stirbt, ist das einfach nicht besonders traurig.«

»Achtundachtzig«, verbesserte Maja, »er war achtundachtzig Jahre alt.«

»Na, bitte, noch weniger traurig.«

»Es ist in der Ordnung des Lebens, aber es ist und bleibt traurig, wenn ein geliebter Mensch …«

»Ach, blabla und noch mal bla«, unterbrach Kim, die ihren milden Augenblick offenbar überwunden hatte. »Lass uns ganz ehrlich sein: Wir können uns nicht besonders gut leiden. Das ist wohl kein Geheimnis. Was Jack an dir so reizvoll fand, weiß ich nicht. Aber ab sofort werden sich eure Wege nicht mehr kreuzen.«

Kim lächelte überlegen. »Wenn Jack und ich wieder da sind, wird eine Seite umgeblättert sein. Es gibt keinen Grund mehr, dass ihr euch seht. Da bin ich dem Leo schon irgendwie sehr dankbar für sein gutes Timing, was das Sterben angeht.«

»Gott, was bist du für ein Mensch?« Maja ballte die Hände zu Fäusten.

»Ich bin ehrlich. Ich bin pragmatisch. Ich gehe meinen Weg. Und ich mache keine halben Sachen.« Kim ging zur Tür.

»Alles Gute, Maja, das meine ich wirklich so. Solange du mir nicht in die Quere kommst, wünsche ich dir nur das Beste.«

Mit diesen Worten ging sie hinaus. Die Tür schwang noch einen Augenblick lang hin und her, dann stand sie still.

»Wow«, murmelte Maja. »Das war ja filmreif.«

Kurz darauf verabschiedete sie sich von Sebastian und Miriam.

»Komm uns bitte bald besuchen, Darling«, sagte Miriam, deren Augen schon wieder feucht schimmerten. »Wir haben immer ein Zimmer für dich frei.«

Maja versprach es, und sie meinte es auch so. Sie würde Jacks Eltern gern wiedersehen, und in London war sie noch nie gewesen. Aber es würde wohl niemals passieren.

Das Restaurant hatte sich geleert. Die Kellner begannen, den Tisch abzuräumen. Draußen hupte ein Taxi.

Suchend sah sich Maja nach Kim um, doch die war verschwunden. Wahrscheinlich saß sie bereits in ihrem Auto und checkte die hundert E-Mails, die sie in der letzten Stunde verpasst hatte.

»Also, dann«, sagte Jack.

Maja reichte ihm die Hand. »Auf Wiedersehen.«

Ihre ausgestreckte Hand ignorierend, umarmte er sie. Sie schloss kurz die Augen und atmete seinen Geruch tief ein, nach *Penhaligon's* und Jack.

»Gute Reise«, murmelte sie, »und alles Gute für die Zukunft.«

»Danke.« Er ließ sie wieder los. »Dir auch.«

Maja sah ihm ins Gesicht.

Seine Mimik war reglos, sein Blick dunkel und undurchdringlich. Sie konnte nicht mehr darin lesen. Der verschmitzte, charmante Faun-Ausdruck war wie ausgelöscht.

Maja drehte sich um und ging hinaus in den Regen.

ELF

»Da ist sie ja wieder!«

Die Kaufhausbeleuchtung ließ Norbert Blüms Glatze aufleuchten wie einen Heiligenschein.

»Ja«, sagte Maja müde, »da ist sie wieder.«

Er legte die Hände ineinander. »Mein herzliches Beileid«, sagte er feierlich.

Maja konnte ihm ansehen, dass er es ehrlich meinte.

»Danke schön.«

»Wer ist denn … verstorben, wenn ich fragen darf?«

»Mein bester Freund.«

Norbert Blüm nickte kummervoll. »Ja, das ist schlimm.«

Er seufzte. »Aber wissen Sie was? Eine Lieferung neuer Motiv-Krawatten ist eingetroffen. Passend zu den Socken von neulich. Es würde Ihnen doch bestimmt Freude machen, das alles auszupacken, zu etikettieren und eine schöne Deko herzurichten, hm? Ich habe es extra für Sie aufgehoben.«

»Danke.« Maja lächelte. »Das ist wirklich lieb von Ihnen.«

»Fein, fein, fein«, freute er sich. »Kommen Sie, kommen Sie.«

Norbert Blüm hatte eine erbsengrüne Schubkarre aus der Garten- und Handwerks-Abteilung kommen lassen.

Und einen Gartenzwerg.

»Ist das nicht originell? Nun dekorieren Sie die Krawatten um den Zwerg herum, und dann stellen wir die Schubkarre gleich neben die Rolltreppe, damit die Kundschaft sie sofort sehen kann.«

»Assoziiert man mit dieser Deko nicht eher Frühling?«, fragte Maja vorsichtig.

»Richtig!« Norbert Blüm hob beide Zeigefinger. »Absolut

richtig! Und genau dort liegt ja die Originalität! In der Vorweihnachtszeit ein vollkommen unerwartetes Tableau zu präsentieren, *das* erweckt Emotionen, *das* ist kreativ …«

»Aha.«

»… *das* motiviert den Kunden!«

»Wenn Sie meinen, Herr Blüm.«

»Und nun: Hopp, hopp an die Arbeit.«

Maja öffnete den Karton. Was sie darin erblicken musste, war schlimmer als erwartet. Micky Maus und Homer Simpson grinsten sie von schillernden Satin-Krawatten an.

»Huh«, machte Maja erschrocken.

Sie begann die Krawatten, nach Farben sortiert, in die Schubkarre zu legen. Goofy kam zum Vorschein, ein Quietscheentchen-Motiv, blaue Eiffeltürme folgten.

Der Gartenzwerg starrte sie geistesgestört an.

Was tue ich da eigentlich? fragte sie sich.

Nimm deine Gabe an und mach etwas daraus, sonst wirst du niemals froh und frei sein, hörte sie Leos Stimme in ihrem Kopf widerhallen.

Leider erklang kurz darauf eine ganz andere Stimme: nasal, spöttisch, gepresst. »Ich brauche noch Ihre Krankschreibung.«

»Ich war nicht beim Arzt«, erwiderte Maja. »Es ging mir vor der Beerdigung so schlecht, dass ich …«

»Ist ein naher Verwandter gestorben?«, fragte Hanneliese. »Elternteil? Geschwister? Ehepartner?«

»Nein.«

»Dann haben Sie kein Anrecht auf Sonderurlaub.«

»Sonderurlaub?« Irritiert sah Maja sie an.

Hanneliese schürzte die Lippen. »Wo kämen wir denn da hin?«

»Es ist schon in Ordnung«, mischte sich Norbert Blüm ein, »die Kleine hat wirklich Kummer, lassen Sie sie mal in Ruhe.«

»Hier gibt es keine Extrawürste für niemanden«, herrschte Hanneliese ihn an. Erschrocken wich er einen Schritt zurück.

»Schon gut«, sagte Maja.

»Was wird das hier?« Skeptisch beäugte Hanneliese die Schubkarre. »Das geht nicht. Aus Feuerschutzgründen.« Sie hustete kurz. »Räumen Sie das wieder weg.«

»Ja aber …«, murmelte Norbert Blüm.

»Und Sie!« Mit ihrem Zeigefinger deutete sie auf Maja. »Ich brauche Sie zurück in meiner Abteilung.«

»Wieso?«

»Rita hat gekündigt.«

»Oh, nein!«, entfuhr es Maja.

»Damit bin ich nicht einverstanden!«, rief Norbert Blüm voller Empörung. »Ich habe meine junge Kollegin eingearbeitet, und sie ist mir lieb und teuer geworden.«

Dankbar lächelte Maja ihn an.

»Sie lernt schnell, sie hat ein gewinnendes Wesen, sie …«

»Sie kommt zurück in meine Abteilung und basta!«

»Wenn ich auch etwas dazu sagen dürfte?«, fragte Maja.

»Nein, dürfen Sie nicht.«

»Ich möchte lieber bei Herrn Blüm bleiben.«

Maja hörte ihren eigenen Satz in der Luft hängen. Wollte sie tatsächlich in der Herrenkonfektionsabteilung bleiben und sich weiterhin mit bügelfreien Ober- und Feinripp-Unterhemden herumschlagen?

Definitiv ja. Alles war besser, als wieder in Hannelieses Vorhof zur Hölle zu landen.

»Ab morgen früh sind Sie wieder im zweiten Stock.«

Hanneliese stöckelte davon.

»Was für ein Rundumschlag.« Maja stöhnte. »Das muss man ihr lassen: Dafür hat sie Talent.«

»Ich dachte, sie wäre … netter«, stammelte Norbert Blüm.

»Nein, nett ist sie wirklich nicht.«

»Ich werde versuchen, noch einmal mit ihr zu reden.«

»Das wird nichts bringen, Herr Blüm.«

Aufseufzend begann er, die Schubkarre wieder leer zu räumen. Seine Mundwinkel hingen herab wie die eines traurigen Labradors.

Löst sich denn kein Unheil jemals von allein auf? fragte sich Maja.

Nein, es schien nicht so.

Jedenfalls nicht in ihrem Leben.

***

Als Maja am Abend die Haustür aufschloss, fiel ihr Blick auf Nora, die in der Dunkelheit auf den Stufen hockte und eine Tüte auf dem Schoß hielt.

»Ich habe uns vietnamesische Sommerröllchen mitgebracht«, sagte sie, »und Pho Bo Vien.«

Maja umarmte sie. »Danke.«

Wenig später saßen die beiden in der Küche. Maja starrte auf ihren Teller.

»Nun los«, ermunterte sie Nora.

»Ich habe einen Knoten im Bauch.«

»Keine Widerrede. Das wird jetzt gegessen. Und dann …«, Nora machte eine weit ausholende Armbewegung, »helfe ich dir, hier ein bisschen Ordnung zu schaffen.«

Die Küche war der einzige Raum, in dem noch Platz war. Ansonsten konnte Maja sich in ihrer Wohnung kaum noch bewegen. Sie kletterte über Kisten, um ins Bad zu kommen, sie konnte ihr Sofa nicht mehr erreichen, weil Luises Samtsofa quer davor stand. Der venezianische Kronleuchter lag gemeinsam mit der Schneiderpuppe in der Badewanne, und zwischen den beiden Narnia-Schränken gab es nur einen kleinen Spalt, durch den Maja schlüpfen musste, um ins Schlafzimmer zu gelangen, in dem wiederum die Spiegelkommode im Weg stand. Die Möbelpacker hatten einfach alles abgeladen und waren schnell wieder weg gewesen.

»Was soll denn mit den ganzen Sachen passieren?« Nora legte ihr noch eine Sommerrolle auf den Teller und schaute streng: »Essen!«

»Ich behalte alles«, antwortete Maja heftig.

»Ist ja gut, das habe ich schon begriffen, aber du kannst nicht in einem Möbellager leben. Wir müssen die Sachen so verstauen, dass du hier wieder treten kannst.«

Die Erkenntnis, dass Nora nur gekommen war, um sie zu unterstützen, nicht, um sie für verrückt zu erklären und auf sie einzureden, endlich vernünftig zu sein (wie es ihre Mutter demnächst tun würde), trieb Maja heiße Tränen in die Augen.

»Du bist so lieb«, schluchzte sie.

»Ach, Quatsch.« Beruhigend klopfte ihr Nora auf die Schulter. »Und jetzt iss dein verdammtes Röllchen.«

Nachdem Maja unter Noras strengem Blick das Sommerröllchen und noch ein paar Löffel Suppe gegessen hatte, machten sich die beiden an die Arbeit.

Mit hochgekrempelten Armen schraubte Nora Majas alten Kleiderschrank auseinander, die Einzelteile schleppten sie gemeinsam in den Keller. Dann schoben sie mit viel Gekeuche die beiden Narnia-Schränke in Majas Schlafzimmer und begannen sie wieder mit den alten Schätzen zu bestücken.

Die Handtaschenkollektion, die Kleider und Hosen, die beschrifteten Kartons mit Handschuhen, alles fand an seinen ursprünglichen Platz zurück.

»Das ist aber schön.« Nora hielt ein gestreiftes Minikleid in die Höhe.

»Ja, nicht wahr?«, sagte Maja. »Das ist aus Luises Kollektion, es gibt sogar noch den passenden Schnittbogen dazu.«

Nora sah sie fragend an. »Würdest du ...?«

»Oh, ja! Oh, ja!« Maja klatschte in die Hände.

»Gut, dich mal wieder lächeln zu sehen«, sagte Nora, »ich dachte schon, du kannst es gar nicht mehr.«

»Hättest du gern Streifen?«, fragte Maja eifrig. »Sonst könnte ich dir auch einen bezaubernden Pünktchen-Stoff anbieten!«

»Pünktchen wären auch schön.«

»So, dann stell dich mal gerade hin.« Maja hatte ihr Maßband gezückt und begann Noras Maße zu notieren.

»Wollen wir nicht erst fertig aufräumen?«

»Gleich.«

»Maja?«

»Hm?«

»Ich möchte das bezahlen. Den Stoff *und* die Arbeit.«

»Steh still und hör auf zu zappeln.«

»Hörst du, was ich sage?«

»Ja doch.«

»Hast du nicht mal darüber nachgedacht, das Nähen zu deinem Beruf zu machen? Schließlich bist du Schneiderin.«

Maja lachte leise auf. »Da spricht wohl gerade Leo aus dir.«

»Oh, bin ich von einem Geist besessen?«

»Wer weiß?«

»Ernsthaft, Maja. Der alte Leo hatte recht.«

»Ach, mein Leo.« Maja begann wieder zu weinen.

»Ich mache uns mal ein Bier auf«, sagte Nora seufzend.

Sie arbeiteten noch die ganze Nacht hindurch, leerten einen Karton nach dem anderen und einige Bierflaschen.

»Schau mal, wie schön diese Lippenstifthülse ist, mit passender Puderdose.« Maja streichelte mit der Zeigefingerkuppe über das ziselierte Messing. »So etwas gibt es heutzutage überhaupt nicht mehr.«

»Oh, ja, richtig retro!«, rief Nora. »Und was ist das?«

Maja schaute auf. »Das ist sogenannte Spucktusche.«

»Wie bitte?«

»So hat man sich früher die Wimpern getuscht. Der Tuschestein muss angefeuchtet werden, damit man mit dem Bürstchen die Farbe aufnehmen kann. Praktischerweise hat man einfach draufgespuckt.«

»Ob es noch funktioniert?«, fragte Nora. Ihre Locken wippten auf und ab.

»Probier es aus.«

Beherzt spuckte Nora in das kleine Kästchen und begann mit dem Bürstchen zu hantieren. Dann stellte sie sich vor den Spiegel und tuschte sich die Wimpern. »Geht richtig gut!«, stellte sie begeistert fest.

Maja lachte auf. »Und schau mal hier!« Sie hielt eine etwas ramponierte kleine Pappschachtel in die Höhe.

»Was ist das?«

»Ein Bleichmittel gegen Sommersprossen. Dabei hatten sie Luise so gut gestanden.«

»Damals waren Sommersprossen wohl eher ein Makel.«

»Ich habe gar kein Foto von ihr«, bemerkte Maja betroffen, »und von Leo auch nicht.«

»Frag doch Jack, dann hast du einen Grund, Kontakt aufzunehmen.«

»Nein, nein.«

»Warum?«

»Ich würde mich niemals in eine Beziehung drängen. Die beiden reisen in die Dominikanische Republik und wollen baldmöglichst heiraten.«

»Vielleicht solltest du versuchen, es zu verhindern«, sagte Nora nachdenklich, »er liebt sie doch gar nicht. Er liebt dich!«

Maja lächelte ihre Freundin matt an. »Du guckst einfach zu viele romantische Komödien. Was soll ich denn tun? Ihnen in einer blauen Lagune hinterherschnorcheln?«

»Das wäre ein Plan.«

»Ich glaube nicht.« Maja wandte sich den letzten Kisten zu. »Wo ist denn bloß diese blaue Glaskugel geblieben? Die stand doch immer auf der Spiegelkommode.«

»Maja«, sagte Nora. »Kämpf doch um dein Glück.«

»Sie ist schwanger von ihm!«, schrie Maja plötzlich los. »Da gibt es nix zu kämpfen.«

»Hm-hm«, brummelte Nora, »bleib wenigstens in Kontakt mit ihm.«

»Bitte!« Maja fasste sich an die Stirn. »Ich kann zurzeit einfach nicht noch mehr ertragen.«

»Okay, okay.« Schnaubend blies sich Nora eine lockige Haarsträhne aus der Stirn, die sofort wieder auf dieselbe Stelle zurückfiel. »Wo soll die Nähmaschine hin?«

»So wie Luise es hatte«, antwortete Maja, »auf das dazugehörige Tischchen unters Fenster im Wohnzimmer.«

»Wird gemacht.« Nora salutierte.

»Du bist ein Schatz. Vielen Dank.«

Schließlich waren sie fertig.

»Zwei Sofas und zwei Nähmaschinen in einem kleinen Wohnzimmer sind vielleicht doch etwas viel?«, fragte Nora grinsend.

»Ich finde es gemütlich.«

»Wenn du meinst.«

Sie gähnten zeitgleich.

»Ich gehe jetzt nach Hause und hau mich ins Bett.« Nora zog sich Schuhe und Jacke an. »Ich bin hundemüde.«

»Danke, liebe Nora, vielen Dank für alles.«

»Gern, hat Spaß gemacht.«

Nora winkte ihr zum Abschied zu, dann schloss sie die Wohnungstür hinter sich.

Maja seufzte.

Ein Arbeitstag mit Hanneliese Rogsch stand ihr bevor, und sie hatte keine Ahnung, wie sie den überstehen sollte. Maja hatte das Gefühl, sich einmal im Kreis gedreht zu haben und wieder ganz genau dort angekommen zu sein, wo sie vor gar nicht langer Zeit gewesen war. Zwischendurch war es ihr vergönnt gewesen, mal kurz am Glück zu schnuppern, doch jetzt war sie wieder genauso einsam wie zuvor.

Einsam?

War sie einsam? fragte sie sich.

Nein, beschied sie, sie war es nicht, denn sie hatte neben Nora eine weitere beste Freundin.

Maja setzte sich ans Fenster zu Luises Nähmaschine und betrachtete sie eine Weile.

Wer nähen kann, ist niemals einsam, dachte sie lächelnd.

Es war nur lästig, dass der Mensch Schlaf braucht.

Der Faun kam ihr in den Sinn. Sie würde ihn bald wieder besuchen gehen.

Maja gähnte lautstark, und dann stand sie schnell auf und eilte in die Küche, um sich einen extrastarken Kaffee zu kochen.

»*Ich* berate die Kundin, *Sie* sortieren die Blusen nach Größen.«

»Gut.« Maja begann mit der Arbeit. Aus dem Augenwinkel beobachtete sie, wie Hanneliese auf eine große, schlanke Dame einredete.

Es schien um einen Poncho zu gehen.

Maja lauschte.

»Man muss auch mal etwas Neues ausprobieren«, salbaderte Hanneliese.

»Es ist einfach nicht mein Stil«, widersprach die Frau. »Ich trage gern sportliche, praktische Kleidung.«

Maja war klar, warum Hanneliese dermaßen insistierte. Sie hatte einen viel zu großen Posten karierter Ponchos geordert und war darauf sitzen geblieben. Nun galt es, noch schnell mindestens fünfundzwanzig dieser Umhänge zu verkaufen, bevor die erste Frühjahrsmode eintraf.

»Das It-Piece des Winters«, sagte Hanneliese gerade eindringlich.

Missbilligend schüttelte Maja den Kopf. Dann versuchte sie, sich wieder auf die Blusen zu konzentrieren.

Nichts wirklich Schönes war dabei. Die Schnitte waren konservativ, um nicht zu sagen sterbenslangweilig, die Muster geschmacklos, die Materialien billig. Majas Augen brannten, sie hätte zu gern noch einen Kaffee getrunken.

Inzwischen hatte die Kundin sich einen Poncho umlegen lassen. Mit angestrengtem Gesicht stand sie vor dem Spiegel.

»Granatenhaft!«, jubelte Hanneliese.

Granatenhaft unpassend, dachte Maja und schaute auf die Uhr.

In zwei Stunden würde sie sich vielleicht eine kleine Auszeit in der Stoffabteilung erlauben können.

Es hatte sich wirklich nichts geändert.

Ob Jack schon im Flugzeug saß? Ob er Kims Hand hielt? Ob sie gerade ihren Kopf an seine Schulter lehnte?

Maja versuchte, ihre Gedankengänge zu kontrollieren. Dabei fiel ihr Blick auf die Kundin, die, von Hanneliese schlangenhaft umkreist, allmählich nachzugeben schien. Mit geweiteten Augen starrte sie in den Spiegel und rührte sich nicht mehr.

»Der Folklore-Stil ist ja einfach nicht mehr wegzudenken«, sagte Hanneliese und schlang einen breiten Ledergürtel um Poncho und Kundin.

Jetzt fehlt ihr nur noch ein Lama, dachte Maja.

Aber ihr war gar nicht zum Lachen zumute.

Was sollte der Frau Gutes in einem derartig unvorteilhaften Kleidungsstück zustoßen?

Mit einem Ruck zog Hanneliese den Gürtel fest. »Voilà!«

»Ich weiß nicht«, flüsterte die Kundin.

Maja hielt es nicht länger aus.

»Ohne Gürtel hat es Ihnen besser gestanden«, mischte sie sich ein, »aber wenn ich ehrlich sein darf …«

Hanneliese bedachte sie mit einem todbringenden Blick.

»Wenn ich ehrlich sein darf«, wiederholte Maja mutig, »dann ist ein Poncho einfach nicht Ihre Sache.«

Die Kundin schien aus ihrer Trance zu erwachen. »Nicht wahr?«, rief sie erleichtert, »den Eindruck habe ich auch. Ich bin doch eher der Poloshirt-Typ.«

»Im Leben geht es doch aber auch ums Ausprobieren«,

geiferte Hanneliese, »um das Hineinschlüpfen in andere Rollen!«

Die Kundin winkte lachend ab.

»Wenn man nie etwas riskiert, wird auch nichts Neues passieren!«, rief Hanneliese mit der Verzweiflung einer Abteilungsleiterin, die auf einem Posten Kleidungsstücke sitzen geblieben war, doch ihre Worte berührten Maja auf merkwürdige Weise.

»Ich will ja gar nicht, dass etwas Neues passiert.« Wie ein Schmetterling seine überflüssige Verpuppung, streifte die Kundin den Poncho ab und eilte davon.

»Ja, aber…« Mit einem kleinen Geräusch klappte Hannelieses Mund zu.

»Darf ich mal fünf Minuten Pause machen?«, fragte Maja.

»Sind die Blusen sortiert?«

»Ja.«

»Dann hauen Sie bloß ab, bevor ich Ihnen den Hals umdrehe.«

Maja unterdrückte ein Lächeln. Jetzt tut sie so großmütig, dabei will sie doch bloß in Ruhe eine Zigarette rauchen, dachte sie.

»Danke schön.«

»Fünf Minuten!«

»Ja, ja.«

Maja rannte los, sprang die Rolltreppen nach unten und erreichte kurz darauf die Stoffabteilung.

Obwohl aus den Kaufhaus-Lautsprechern, einheitlich über alle Abteilungen verteilt, Weihnachtsmusikbrei quoll, waren die ersten Frühlingsstoffe bereits eingetroffen.

Vielleicht ein weiteres Versehen eines Abteilungsleiters, dachte sich Maja und begutachtete die durchscheinenden

Baumwollstoffe, Blumenmuster, Herzchen und Erdbeeren.

»Wie hübsch«, flüsterte sie selig.

Was man alles daraus nähen könnte: Tischdecken für die österliche Familientafel, quadratische Halstücher im Look der Fünfzigerjahre und natürlich Kleider, Shorts, Röcke, Strandtaschen …

Maja fiel das Foto von Luise im rot-weiß karierten Kleid wieder ein. Lächelnd hatte sie am Geländer einer Brücke gestanden und auf den Canal Grande hinausgeschaut.

Genau dieses Modell wollte Maja wieder nähen, und im nächsten Augenblick schwebte es auch schon vor ihrem geistigen Auge in die Höhe, tanzte dort oben fröhlich herum, und bei jeder Drehung rieselten Herzchen, Punkte und bunte Blumen zu Boden.

Bald würde wieder eine junge Frau lächelnd am Geländer einer Brücke stehen. Es wäre womöglich eine andere Brücke, vielleicht die Admiralsbrücke in Berlin, und statt des Canal Grande wäre es die Spree, die junge Frau hätte eine Bierflasche in der Hand und Adidas Superstars an den Füßen.

Aber der Zauber des *Luise-Kleides* wäre derselbe.

Maja schreckte auf. Wie lange stand sie hier schon träumend herum?

Ihren Pager hatte sie nicht dabei. Hanneliese würde toben.

Da sie ja nun sowieso meckern wird, dachte sich Maja, kann ich auch noch schnell Norbert Blüm besuchen gehen.

Sie fand ihn bei seinen geliebten Krawatten.

»Guten Tag, Herr Blüm.«

»Ach, wie nett, Sie zu sehen.« Er strahlte sie an.

»Wie verkaufen sich denn die Motiv-Krawatten?«, fragte Maja und schüttelte seine etwas schwitzige Hand.

»Ganz toll«, sagte er, »ein echter Knaller.«

»Ich wollte mich bei Ihnen bedanken.«

»Wofür denn?«

»Sie haben mich in Schutz genommen, als Frau Rogsch …«

»Ach, was«, unterbrach er. »Wie läuft es denn da oben?«

Wie es in Teufels Küche so läuft, wollte Maja am liebsten sagen, verkniff sich aber diese Antwort. Stattdessen zuckte sie mit den Schultern. »Wo Sie es gerade ansprechen, ich muss mich sputen. Bis bald mal, Herr Blüm.«

»Würde mich freuen!«

Er winkte ihr hinterher.

Kurz darauf erreichte sie wieder die Damenkonfektionsabteilung.

Hanneliese schien noch zu rauchen.

Maja versuchte, die Körperhaltung einer freundlichen, kompetenten, unaufdringlichen Verkäuferin einzunehmen, und stellte sich zu einer Gruppe von Schaufensterpuppen, die einen ähnlich erstarrten Gesichtsausdruck hatten wie sie selbst.

Kundinnen kamen und gingen, kauften Polyacryl-Shirts mit psychedelischen Mustern, in denen sie schwitzen und hässlich aussehen würden, zu kurze Röcke, die die falschen Männer anziehen würden, zu enge Pullover (Gift auf der Haut), zu breite Jacken, in denen sie den Bus verpassen und zu spät zum Vorstellungsgespräch kommen würden.

Lauter seelenlose, unsympathische Kleidungsstücke, vollgesaugt mit chemischen Substanzen und Unheil.

Es wird einfach immer so weitergehen, dachte Maja betroffen.

Tag für Tag, Woche für Woche, Jahr für Jahr, bis ich fünfundsechzig bin.

Und dann wird von meinem Leben nicht mehr viel übrig sein. Es wird sich abgenutzt haben wie ein altes Paar Schuhe, das man in die Ecke wirft.

Und ich werde eine zweite Hanneliese geworden sein.

Sie fröstelte.

Als Maja abends nach Hause kam, setzte sie sich sofort an die Nähmaschine und begann, sich durch ihren Wald von Kummer zu nähen. Zuerst nähte sie Agathes Bluse fertig. Dann begann sie mit Noras Pünktchenkleid.

Um Mitternacht ließ sie sich eine Pizza liefern.

Danach konnte sie die Augen einfach nicht mehr offen halten.

Zumindest bin ich jetzt müde genug, um auf der Stelle einzuschlafen, dachte sie sich. Ich werde nicht darüber nachgrübeln, was Jack und Kim wohl gerade miteinander tun, und ich werde nicht wieder stundenlang um Leo weinen. Ich werde schlafen.

Und das tat sie dann auch.

Auf diese Weise kam sie die nächsten Tage über die Runden.

Ihr Leben erschien ihr wie in eine Nebellandschaft getaucht. Tagsüber funktionierte sie roboterhaft im Kaufhaus, und nachts nähte sie sich einfach *weg*, weg aus dieser Welt, hinein in ein Reich, das eigene Gesetze hatte, und dessen Grenzen von Stecknadeln zusammengehalten wurden.

Maja hatte damit begonnen, Luises gesamte Kollektion nachzunähen.

Während die Schere durch Stoffe schnitt und die Nähmaschine ratterte, fühlte sie sich behütet, und dann war sie wieder so müde, dass sie nur noch ins Bett fiel und bereits schlief, bevor ihr Kopf das Kissen berührte.

Allmählich vermengten sich Luises Nadeln mit denen von Maja. Es gab nun vier Schneiderscheren, die ein bisschen wie vorzeitliche Flugsaurier aussahen, und schon bald wusste Maja nicht mehr, welche von ihnen wem gehört hatte. Ihre Knopfkollektion hatte sich in die von Luise ergossen, bunte Garnrollen kullerten übereinander.

Zu später Stunde glaubte Maja manchmal, im Rattern der Maschine eine weibliche Stimme zu hören.

Was für eine schreckliche Unordnung, Frau Kollegin.

»Ich weiß, ich weiß«, murmelte sie lächelnd, »ich räume das gleich auf, Luise.«

Wobei sich Ihre französischen Nähte inzwischen durchaus sehen lassen können.

»Oh, herzlichen Dank.«

Und dann fiel sie wieder in einen gnädigen Abgrund von Schlaf und ging am nächsten Tag zur Arbeit.

Von Jack hatte sie nichts mehr gehört.

Ob er bereits verheiratet war? Sie wusste es nicht.

Oft schaute sie auf ihr Handy, um zu sehen, wann er das letzte Mal online gewesen war. Sie las ihren alten Chatverlauf immer wieder.

Hallo, Jack, wie geht es dir? Ich würde dich gerne wiedersehen. Liebe Grüße von Maja :)))

Hallo, Maja, um 20 Uhr bei Leo? Ich freue mich.

Hallo, Jack. Es war so schön mit euch beiden. Bis bald hoffentlich.

Hallo, Maja, Leo hat Tiramisu gemacht. Kommst du?

Unbedingt. Wer könnte widerstehen? Bis später.

Hallo, Maja, Leo geht es besser.

Ich bin so froh! Bitte halte mich auf dem Laufenden.

Ihr Herz zog sich schmerzhaft zusammen.

Einmal schrieb sie Jack eine Nachricht, schickte sie aber nicht ab. *Hallo, Jack, ich vermisse dich so sehr.*

Und dann löschte sie die gesamte Korrespondenz.

ZWÖLF

»Verkauf doch die Sachen bei Ebay.«

»Ich will gar nichts verkaufen, Mama.«

»Du willst nichts verkaufen?« Majas Mutter hatte die Augenbrauen hochgezogen. Seit einer Viertelstunde befanden sie sich dort oben, als hätte sie jemand festgenagelt. »Wieso willst du denn nichts verkaufen?«

»Weil ich nicht will.«

»Na, viel wirst du sowieso nicht dafür bekommen.« Ihre Mutter hatte einen der Narnia-Schränke geöffnet.

»Du hattest doch auch mal so schöne Kleider«, sagte Maja, der wieder eingefallen war, wie viele Stunden ihrer Kindheit sie im Schrank ihrer Mutter zugebracht hatte. »Ich erinnere mich an ein weißes Sommerkleid mit ausgestelltem Plisseerock. Es hatte blaue Punkte. Wo ist denn das geblieben?«

Majas Mutter stöhnte leise auf. »Was weiß denn ich? Wir sind so oft umgezogen, und irgendwann habe ich den Großteil meiner Garderobe weggegeben. Ich gehe ja doch nie aus, ich brauche den ganzen Firlefanz nicht.« Sie begann sich durch die Schubladen zu fingern.

»Schmuck?«, fragte sie und deutete auf eine kleine Schatulle.

»Modeschmuck«, antwortete Maja, »den echten Schmuck hat Miriam bekommen.«

»Wieso denn das?«

»Ach, Mama. Nun hör schon auf.«

Ihre Mutter öffnete die Schatulle und rührte mit dem Zeigefinger darin herum.

»Das sieht wertvoll aus.« Sie hielt einen goldenen Ring mit grünem Stein in die Höhe.

Maja trat näher. »Oh«, machte sie, »den hatte ich noch gar nicht entdeckt.«

»Achtzehn Karat Gold.« Ihre Mutter untersuchte den Ring. »Das ist ein echter Smaragd.«

»Zeig mal her.« Maja öffnete die Hand. »Das muss ein Versehen sein.«

»Wieso ein Versehen?« Ihre Mutter hielt den Ring gegen das Licht.

»Wie gesagt: Der Familienschmuck ist in der Familie geblieben.«

»Du hättest für deine Arbeit bei dem alten Mann aber auch eine kleine Anerkennung verdient.«

Maja stöhnte laut auf. »Ich hatte keine *Arbeit*. Mit Leo zusammen zu sein war das Beste, was mir in meinem ganzen Leben passiert ist.«

Ihre Mutter begann zu lachen. »Na, sag mal. In deinem Alter sollte man aber Besseres erlebt haben.«

»Habe ich aber nicht.«

»Was ist denn aus dem Enkelsohn geworden? Den hattest du mal erwähnt.«

»Nichts mehr gehört.«

»Der hat doch bestimmt eine Freundin, oder? Gut aussehende Männer haben immer eine Freundin. Oder eine Ehefrau.«

»Ja.«

Ihre Mutter lächelte triumphierend. »Siehst du, ich kenne mich aus. Es ist immer dasselbe Spiel.«

»Ich weiß nicht, was du meinst. Gib mir bitte den Ring.«

»Was ich meine? Ich meine, dass dieses Verhalten typisch männlich ist. Er hat bestimmt versucht, zweigleisig zu fahren, und als er merkte, dass du nicht so einfach zu haben bist, hat er dich fallen gelassen.«

»Nein!«, widersprach Maja heftig. »So ist er nicht.«

»Alle Männer sind so.«

»Nicht Jack!«, rief Maja. »Und Leo war auch nicht so.«

»Ach, du naives Träumerchen, wann wirst du endlich erwachsen?«

»Mama, das sind deine Lebenserfahrungen, nicht meine.«

»Du glaubst wohl, du bist klüger als der Rest der Welt.« Ihre Mutter sah sie wütend an.

»Ich glaube lediglich, dass …«

»Und weißt du auch, wer der allergrößte Schuft von allen war?«, unterbrach ihre Mutter.

Maja schloss die Augen. *Bitte nicht schon wieder.*

»Dein Vater!«

»Dafür kann ich doch nichts!«, schrie Maja.

»Ein notorischer Fremdgeher. Einer, der glaubte, viel zu attraktiv und interessant zu sein, um sich an eine einzige Frau zu verschwenden.«

»Hör auf, Mama, bitte!«

»Das tut weh, mein liebes Kind, das kann ich dir sagen.«

»Vielleicht lag es ja auch ein kleines bisschen an dir«, entfuhr es Maja.

»Was?« Ihre Mutter starrte sie an. »Wie meinst du das?«

»Es ist nicht immer nur einer schuld.«

»Das ist eine Unverschämtheit, die ich mir nicht bieten lasse!«, brüllte ihre Mutter plötzlich los.

»Was ich sagen wollte …«

»Nichts sagst du mehr. Kein einziges Wort.« Sie warf den Ring zurück in das Kästchen und ging zur Wohnungstür. »Und Weihnachten brauchst du auch nicht zu kommen«, schrie sie, die Tür aufreißend. Dann stürzte sie hinaus und polterte die Stufen hinab. Ihr wildes Schluchzen hallte im Treppenhaus wider.

Merkwürdigerweise empfand Maja nicht wie sonst, wenn ihre Mutter weinte und tobte, ein schlechtes Gewissen. Stattdessen fühlte sie sich erleichtert. Mit ruhiger Hand schloss sie die Tür.

Dann würde sie Weihnachten eben allein verbringen. Das wäre kein Problem. Vielleicht wäre es sogar sehr schön. Sie hätte Zeit zum Nachdenken, sie würde Bilanz ziehen, sich Gedanken machen und nähen, so viel und so lange sie wollte.

Ein wohltuendes Lächeln legte sich auf ihre Lippen.

»So wird es gemacht«, sagte sie leise und kehrte an ihre Nähmaschine zurück.

Erst Stunden später fiel ihr der Ring wieder ein. Sie stand auf, um ihn zu holen.

Im Licht der Nählampe funkelte das Grün des Edelsteins märchenhaft.

»Wenn du erzählen könntest«, murmelte Maja fasziniert. Der Ring gefiel ihr sehr gut. Er sah aus wie ein altes Familienerbstück. Vielleicht war er der Lieblingsring einer Urgroßmutter gewesen? Er sollte in der Familie bleiben.

Majas Herz begann zu rasen. Sie würde Jack kontaktieren. Augenblicklich begann sie zu zittern. Sollte sie ihm einfach eine Nachricht schreiben? Nein, dafür war es zu wichtig. Und wenn sie ganz ehrlich war: Sie wollte seine Stimme so gern wieder hören.

Maja atmete dreimal tief ein und wieder aus. Dann griff sie zum Handy. Ihr war ein wenig schwindelig.

Es klingelte.

Und klingelte.

Sollte sie gleich auf die Mailbox sprechen? Nein, sie würde lieber später noch mal …

»Hallo, Maja.«

Ein eiskalter Schauer durchfuhr sie.

»Wie kann ich helfen?«, fragte Kim.

»Ich möchte bitte Jack sprechen«, antwortete Maja und war stolz auf die Festigkeit ihrer Stimme.

»Der steht unter der Dusche.«

»Dann rufe ich später wieder an.«

»Um was geht es denn?«

Maja seufzte. »Ich habe in Luises Modeschmuckschatulle einen antiken Smaragdring gefunden, der bestimmt nicht für mich sein sollte.«

»Ein echter Smaragd?«, rief Kim.

»Ja. Deswegen rufe ich ja an.«

»Schick ihn mir ins Büro.«

»Ich schicke doch keinen so wertvollen Ring mit der Post!«

»Dann bring ihn mir.«

»Warum sollte ich ihn dir bringen?«, fragte Maja gereizt.

»Weil ich mit der Familie mehr zu tun habe als du?«

»Seid ihr schon verheiratet?«, quoll es aus Majas Mund. Augenblicklich bereute sie ihre Frage.

»Das geht dich nichts an.«

»Ich rufe später wieder an.« Maja beendete das Gespräch und warf das Handy auf einen Sessel. Im nächsten Moment begann es wieder zu klingeln. *Jack* stand auf dem Display, aber es war klar, wer das war.

Trotzig steckte sich Maja den Ring an den linken Ringfinger. Er passte genau. Das glitzernde Grün war verführerisch. Wie elegant und mondän ihre blasse Hand auf einmal aussah.

Doch es fühlte sich falsch an, ihn zu tragen.

Seufzend zog Maja den Ring vom Finger und legte ihn in die Schatulle zurück. Dann schloss sie die Schranktür und setzte sich wieder an die Nähmaschine.

Ihr Handy klingelte an diesem Abend noch vier Mal.

Jedes Mal stand *Jack* auf dem Display, aber Maja nahm nicht ab.

***

»Ihre neue Kollegin.« Hanneliese deutete mit spitzem Zeigefinger auf eine dralle Frau, die Maja auf Ende dreißig schätzte.

»Michaela Tropf-Beyersdorff«, stellte sie sich selbst vor.

»Hallo«, sagte Maja, »darf ich Michaela sagen?«

»Ich bin nicht so für dieses Geduze.« Michaela Tropf-Beyersdorff riss ihre blauen Augen auf.

»Ich kann Sie ja gern weiterhin siezen«, beeilte sich Maja zu sagen, »aber die Zusammenarbeit ist lockerer, wenn ich Sie beim Vornamen nennen dürfte.« Sie versuchte, ein fröhliches Gesicht zu machen, während sie auf ihr Namensschild tippte. »Ich bin Maja.«

»Ich kann mich Frau Tropf-Beyersdorffs Meinung nur anschließen«, schnarrte Hanneliese, »das ist ja hier kein Oberstufenzentrum.«

»Hahaha«, machte Michaela Tropf-Beyersdorff begeistert.

»Und nun an die Arbeit!« Hanneliese klatschte in die Hände.

»Mit großem Vergnügen.« Majas neue Kollegin schwärmte aus wie eine übereifrige Hornisse und stürzte sich auf die erste Kundin des Tages, dicht gefolgt von Hanneliese.

Die arme Frau, dachte Maja. Sie werden sie zerlegen, sie werden ihren Willen brechen und sie mit Ladenhütern und

Unglücksklamotten ausrüsten, in denen sie die nächsten sieben Jahre nur Pech haben wird.

»Psssst.«

Erstaunt drehte sich Maja um.

»Hier!«

Hinter dem geschlossenen Vorhang einer Umkleidekabine erschien eine winkende Hand. »Ich bin's!« Ein Kopf tauchte auf.

»Rita!«

Erfreut eilte Maja ihr entgegen.

Sie umarmten sich kurz, dann schloss Rita schnell den Vorhang hinter ihnen.

»Hanneliese hat mich gefeuert«, sagte sie.

»Was? Sie hat erzählt, du hättest gekündigt.«

»In meiner Situation würde ich doch nie von heute auf morgen kündigen.«

Maja fiel jetzt auf, wie elend Rita aussah, was nicht allein an dem grauenhaften Licht lag, das in der Umkleidekabine herrschte.

»Warum hat sie das getan?«, fragte Maja und legte Rita eine Hand auf die Schulter.

»Weil sie ihre alte Bekannte, diese Michaela Popps-Tropfdorf, hier einschleusen wollte.«

Maja unterdrückte ein Lachen. »Die fette Hornisse meinst du?«

»Genau. Sie hat tatsächlich etwas von einem räuberischen Insekt.«

»Und jetzt?«

»Jetzt? Jetzt wird es schwierig mit meinen Bewerbungen. Hanneliese hat mir ein richtig schlechtes Zeugnis geschrieben.«

»Das kann doch nicht wahr sein!«

»Nach drei Abmahnungen wäre ich immer noch schwer zu motivieren, und ich hätte auffällig viele Krankheitstage.« Rita seufzte schwer. »Sie unterstellt mir, dass ich blaumache, aber die Kinder hatten tatsächlich Windpocken und Schnupfen, und dann musste Flo der Blinddarm herausoperiert werden.«

Ihre Augen waren voller Angst und Tränen. »Ich weiß einfach nicht, wie ich das schaffen soll.«

»Oh, Rita.« Maja umarmte sie voller Mitgefühl.

»Ich bin hergekommen, um noch mal mit Hanneliese zu sprechen. Vielleicht gibt sie mir wenigstens einen Putzjob.«

»Du wirst doch bestimmt etwas Besseres finden.«

»Das sagst du so leicht. Ich bin nicht mehr die Jüngste und verantwortlich für zwei kleine Kinder. Ich brauche Geld. Wenn ich die Miete nicht bezahlen kann, dann …« Sie schluchzte auf.

In diesem Moment wurde der Vorhang aufgerissen.

»Was ist hier los?«, schnaubte Hanneliese.

»Frau Rogsch, bitte überdenken Sie doch die Kündigung nochmals«, rief Rita verzweifelt.

»Da gibt es nichts zu überdenken. Ich arbeite im Sinne dieses Unternehmens und kann eine lasche Arbeitshaltung nicht unterstützen.« Hanneliese bedachte Maja mit einem kalten Blick, »das sollte Ihnen übrigens auch eine Warnung sein.«

»Rita hat zwei kleine Kinder!«, rief Maja empört. »Und ich kann mich nicht erinnern, dass sie jemals unmotiviert gewesen ist. Wie oft ist sie nach Feierabend noch länger geblieben, um aufzuräumen.«

»Im Gegensatz zu Ihnen«, bemerkte Hanneliese spöttisch.

»Und Rita hat Stammkundinnen, die immer nur nach ihr fragen, weil sie richtig gut beraten kann und immer, immer freundlich ist. Ich habe noch niemals erlebt, dass sie …«

»Ich habe genug von Ihrem Kaffeekränzchen«, schrillte Hanneliese.

Die Umkleidekabine füllte sich mit dem aschigen Geruch ihres Atems.

»Bitte.« Rita rang die Hände.

»Bewahren Sie doch ein bisschen Haltung«, fuhr Hanneliese sie an, »und verschonen Sie mich mit Ihrem Gebettel. Das ist ja abstoßend.«

Maja packte sie am Arm. »Feuern Sie mich und geben Sie Rita meine Stelle!«

Hanneliese wurde bleich. »Lassen Sie mich sofort los. *Sofort!*«

Doch Maja dachte gar nicht daran. Wütend rüttelte sie an dem mageren und trotzdem erstaunlich schwabbeligen Arm ihrer Vorgesetzten herum. »Hören Sie, was ich sage?«

Mit einem Ruck riss sich Hanneliese los, und da ihr offenbar keine passende Antwort einfiel, drehte sie sich einfach um und rauschte davon.

»Du bist ja verrückt«, flüsterte Rita. »Aber danke. Das ist wirklich lieb von dir gewesen.«

Maja ließ sich auf den kleinen Hocker fallen. »Ich rede noch mal mit ihr«, versprach sie.

»Das wird nichts bringen.«

»Ich versuche es trotzdem.«

»Danke, Maja.«

»Wofür denn? Ich habe ja überhaupt nichts gemacht.«

»Doch, du bist ein Lichtblick in dieser Öde.«

Rita strich ihr über den Kopf, dann eilte sie durch den Vorhang nach draußen, und als Maja ihr kurz darauf folgte, war sie bereits verschwunden.

***

Weihnachten kam.

Von ihrer Mutter hatte Maja nichts mehr gehört. Nun regte sich doch ein schlechtes Gewissen. Am Vormittag des Heiligen Abends rief Maja sie an.

»Frohe Weihnachten, Mama.«

»Schade, schade, dass alles so gekommen ist.«

»Ich wollte dich fragen, ob du vielleicht Lust hast, heute Abend bei mir zu verbringen?«, fragte Maja mit etwas forcierter Stimme.

»Jetzt kriegst du kalte Füße, was?«

»Wie meinst du das?«

»Jetzt sitzt du Weihnachten allein zu Hause und willst, dass ich dir Gesellschaft leiste.«

»Ich bin nicht alleine. Ich habe Gäste.«

»Gäste?«

»Was ist daran so erstaunlich?«

»Wer soll denn das sein?«, fragte ihre Mutter gedehnt.

»Ich habe Freunde eingeladen.« Maja lächelte voller Vorfreude. »Agathe, Herbert und Leonore.«

»Sind das etwa deine alten Leutchen?«

»Ja, und?«

»Sie sind es also!« Ihre Mutter lachte auf. »Maja, du bist ja nicht normal. Wer verbringt Weihnachten freiwillig mit uralten Menschen? Oder wirst du dafür bezahlt?«

»Weißt du was, Mama? Lass es einfach bleiben.«

»Na, dann, frohe Weihnachten. Und eins noch: Man bekommt alles im Leben zurück. Irgendwann wird dir das sehr leidtun.«

»Dass ich Weihnachten mit Freunden verbringe?«, fragte Maja.

»Nein, dass du mich so schlecht behandelst.« Ein Schluchzen folgte. Dann hatte ihre Mutter aufgelegt.

»Puh«, machte Maja.

Sie eilte in die Küche, holte eine Fuhre Zimtplätzchen aus dem Ofen, dann schlug sie Eigelb zu Mayonnaise, schmeckte sie mit Zitrone, Salz und Pfeffer ab und widmete sich schließlich dem Hühnchensalat, den sie heute Abend servieren wollte. Der Tisch war bereits gedeckt.

Leonore hatte darauf bestanden, ihren legendären Heringssalat mitzubringen, Agathe wollte Buletten machen, und Herbert hatte noch ein paar Flaschen Sekt im Kühlschrank.

Maja lächelte voller Vorfreude. Das würde ein Festmahl werden.

Zugegeben: Es war ein ziemlich untypisches Weihnachtsmenü, aber gerade deswegen umso interessanter.

Ein Glück kommt meine Mutter nicht, schoss es Maja durch den Kopf, sie würde doch nur an allem herumnörgeln und nach dem dritten Glas Sekt anfangen zu heulen.

Zum Glück verbrannte sich Maja in diesem Moment die Finger am heißen Ofenblech und konnte sich nicht weiter dafür schämen, eine dermaßen undankbare und grausame Tochter zu sein.

Während sie ihre Hand unter kaltes Wasser hielt, hörte sie das Handy klingeln. »Das passt jetzt aber gar nicht«, murmelte sie.

Nach einer Weile erklang ein Piepen. Jemand hatte offenbar eine Sprachnachricht hinterlassen.

Sie trocknete sich die Hände ab und ging nachsehen.

Jack!

»Oh«, machte sie verblüfft. Ob er es wirklich gewesen war? Bestimmt kannte Kim all seine Passwörter und Zahlencodes, sie las seine Mitteilungen und E-Mails. Sie war ein Virus, ein schwangerer Ehefrauen-Virus.

Maja hörte die Nachricht ab.

»Hallo, ich bin's.«

Er war es tatsächlich. Wie gut es tat, seine Stimme zu hören.

»Ich hoffe, es geht dir gut. Ich habe gerade sehr viel zu tun mit dem Büro. Kim hat erzählt, dass du einen Ring in den Sachen meiner Großmutter gefunden hast. Bitte betrachte ihn als ein Geschenk. Von uns, also von meinen Eltern und mir. Als Dankeschön für … dafür, dass du Leo so viel gegeben hast. Ich … bis bald, Maja. Hoffentlich. Irgendwann mal. Und fröhliche Weihnachten.«

Maja schluckte. Er hatte ihr den Ring geschenkt. Einfach so?

Sie hörte sich die Nachricht noch einmal an. Und dann noch einmal.

Was hatte ihre Mutter gesagt? Er versuchte, *zweigleisig* zu fahren?

Nein, diesen Eindruck hatte Maja überhaupt nicht. Im Gegenteil: Er versuchte eher, ihr aus dem Weg zu gehen.

Und als hätte sie mit dem Gedanken an ihre Mutter ein Tor geöffnet, fuhr deren Stimme prompt fort: *Typisch Mann! Jetzt versucht er sogar, dich zu kaufen. Glaub nicht, dass er seine Frau fallen lassen wird. Er will euch alle beide, und danach wird es nur verbrannte Erde geben, mein Kind. Nur verbrannte Erde. So sind sie, die Männer, so sind sie …*

»Nein«, schrie Maja, »sind sie nicht!«

Und dann rannte sie in die Küche zurück und begann mit derartig grimmiger Entschlossenheit, Puderzucker über die Plätzchen zu stäuben, dass sie einen Hustenanfall bekam.

Pünktlich um achtzehn Uhr trafen die Gäste ein. Maja hatte ihnen ein Großraum-Taxi organisiert, das alle gemeinsam abgeholt hatte und später wieder nach Hause bringen würde.

Lachend und durcheinanderredend, traten Agathe, Leonore und Herbert ein. Sie waren alle herausgeputzt und mit Tüten, Päckchen und Tupperdosen beladen. Die beiden Damen trugen Kleider und Perlenketten, Herbert hatte sich eine rot-weiße Weihnachtsmann-Mütze auf den Kopf gesetzt, die einen interessanten Kontrast zu seinem Nadelstreifenanzug bildete.

»Kommt herein«, rief Maja freudig, »ihr seht ja toll aus!«

Sie umarmten sich, dann wurden Schüsseln in die Küche getragen und im Wohnzimmer unter dem kleinen Weihnachtsbaum, den Maja geschmückt hatte, einige Geschenke abgelegt.

»Wir hatten doch gesagt: keine Geschenke«, sagte Maja, als sie den Haufen erblickte.

»Ach, Schnickschnack, Bienchen«, rief Agathe. »Es ist doch Weihnachten.«

»Du siehst ja heute so hübsch aus«, erwiderte Maja und schaute ihr ins Gesicht.

Agathe errötete leicht. »Ich habe etwas Lippenstift aufgetragen«, flüsterte sie. »Ist das sehr unangemessen?«

»Ganz im Gegenteil«, antwortete Maja.

Wenig später hielten sie alle ein Glas Sekt in der Hand.

»Und? Habt ihr euch im Taxi ein kleines bisschen kennenlernen können?«, fragte Maja.

»Absolut, und ich hätte mir keine bessere Gesellschaft vorstellen können.« Herbert nickte den beiden Frauen zu, was sie mit einem mädchenhaften Kichern quittierten.

Maja horchte auf. Was ging denn hier vor? Wurde geflirtet? Sie unterdrückte ein Schmunzeln und hob das Glas. »Frohe Weihnachten«, sagte sie, und ihre Stimme klang feierlicher, als sie es vorgehabt hatte, »auf die Freundschaft, auf die Liebe und darauf, dass man immer alles dafür tun sollte, im Leben glücklich zu sein!«

»Darauf trinken wir!«, rief Herbert. »Frohe Weihnachten!«

»Le Chaim«, sagte Leonore.

»Auf das Leben!«

Die Gläser stießen aneinander.

»Und jetzt wird ausgepackt.« Leonore strahlte Maja an und deutete auf eine Schachtel, auf der eine große rote Schleife prangte. »Das ist für dich.«

Maja umarmte Leonore. »Danke.«

Dann zog sie neugierig am Band und hob den Deckel.

Eine Handtasche kam zum Vorschein.

»Ich habe sie nie getragen. Sie ist brandneu, wenn man außer Acht lässt, dass sie von 1959 ist«, erzählte Leonore.

»Oh«, machte Maja und betrachtete verzückt die Tasche, die aussah wie ein großes Portemonnaie mit Knipsverschluss. Sie war aus dunkelblauem weichem Leder und hing an einem silberfarbenen Kordelkettchen.

»Zauberhaft«, rief Agathe.

»Wieso hast du sie denn nie getragen?«, fragte Maja und hängte sich die Tasche über die Schulter.

»Ach, weil ich dumm war!«, rief Leonore lachend. »Ich

habe sie immer für *gut* aufgehoben, und nie war der Anlass gut genug gewesen. Und dann war ich auf einmal achtzig.« Sie zuckte mit den Schultern. »So schnell kann's gehen.«

Herbert nickte verstehend.

»Dann trag sie doch jetzt«, sagte Maja.

»Jetzt sollst du sie haben.« Leonore klopfte ihr zärtlich auf den Rücken. »Das ist etwas für eine junge Frau.«

»Vielen, vielen Dank.« Maja drückte ihr einen Kuss auf die Wange. »Ich freue mich riesig darüber.«

»Dann ist es gut.« Etwas übermütig trank Leonore ihr Sektglas in einem Zug aus.

»Jetzt ich!«, rief Agathe und drückte Maja ein Satinbeutelchen in die Hand.

Vorsichtig schüttelte Maja sich den Inhalt auf die Handfläche. Eine Strassbrosche kam zum Vorschein.

»Von meiner Mutter«, sagte Agathe.

»Die funkelt ja wie ein Sternenhimmel«, staunte Maja.

»Ich habe sie geputzt. Magst du sie?«

»Ich liebe sie!« Maja steckte sich die Brosche an das Revers ihrer Jacke. »Und ich werde sie immer in Ehren halten. Danke, meine liebe Agathe.«

»Das freut mich.«

Herbert räusperte sich verlegen. »Ich habe Ihnen das hier mitgebracht, Fräulein Maja.«

»Aber Herbert, wir waren doch längst beim Du.«

»Also, bitte sehr, für *dich*.« Er hielt ihr eine Schuhschachtel hin. »Ich denke, du kannst damit was anfangen.«

Gespannt hob Maja den Deckel. »Ooooh! Das ist ja der Wahnsinn!«

Die Schachtel war randvoll mit den wunderschönsten Knöpfen angefüllt.

»Du erwähntest mal, dass du gern nähst«, brummelte Herbert verlegen, »und zum Nähen braucht man doch hin und wieder einen Knopf, nicht wahr?«

Agathe lächelte ihn an. »Ganz recht, Herbert.«

Verzückt blickte Maja in die Schachtel. »Am liebsten würde ich es Knöpfe regnen lassen!«, rief sie lachend.

»Schau mal, wie hübsch dieser hier ist.« Leonore hatte sich einen dicken rosafarbenen Glasknopf herausgefischt. »Wie ein Erdbeer-Sahne-Bonbon sieht er aus.«

»Du musst das alles mal sortieren«, sagte Herbert, »es gibt bestimmt viele Knöpfe, die zusammengehören.«

»Woher hast du die denn alle?«, fragte Maja.

»Von einer Nachbarin. Als sie gestorben war, haben ihre Kinder die meisten ihrer Sachen weggeschmissen. Ich ...« Er fuhr sich über das Kinn. »Also, wenn ich ehrlich sein soll: Ich habe die Kiste aus der Mülltonne geholt. Es tat mir leid um die Nachbarin, die ihr Leben lang diese Knöpfe gesammelt hatte. Und als du mir neulich erzählt hast, dass du nähst, da wusste ich, dass die Knöpfe nun endlich ihrer Bestimmung zugeführt werden. Mir gefiel diese Idee.«

»Wie überaus poetisch«, flüsterte Agathe.

»Danke, Herbert, vielen Dank.« Maja umarmte ihn. »Jetzt habe ich einen Lebensvorrat an ganz besonderen Glücksknöpfen. Wie wunderbar.«

Leonore klatschte in die Hände. »Wisst ihr was? Das ist das beste Weihnachten seit Jahren!«

»Warte ab, bis du meine Buletten probiert hast«, erwiderte Agathe.

»Soll ich noch ein Fläschchen aufmachen?« Herbert wartete die Antwort gar nicht ab, sondern stiefelte mitsamt seiner Weihnachtsmannmütze in die Küche zum Kühlschrank.

»Toller Mann«, seufzte Agathe.

»Er mag dich«, flüsterte Leonore.

»Meinst du?« Agathes Augen leuchteten.

»Aber ja, das sieht man doch auf hundert Meter Entfernung.«

Es hört nie auf, erkannte Maja. *Niemals.*

Der amüsierte Gesichtsausdruck des Marmor-Fauns kam ihr wieder in den Sinn.

So seid ihr Menschen: bedürftig, schwach, immer auf der Suche nach Liebe, würde er mit tiefer Stimme raunen und etwas mitleidig seine behaarten Schultern heben.

Ja, dachte Maja, so sind wir. Genau so.

Die Sehnsucht nach Jack, die sie im nächsten Augenblick überfiel, war so groß, dass sie sich kurz an einer Stuhllehne festhalten musste.

Plopp, machte es aus der Küche. Dann war Herbert mit einer neuen Sektflasche wieder da und schenkte allen nach.

»Jetzt bin ich dran!«, rief Maja und begann, ihre Geschenke zu verteilen.

»Das ist für dich, Agathe.«

»Wie lieb, Bienchen.«

»Herbert.«

»Wäre gar nicht nötig gewesen«, brummelte er.

»Und Leonore.«

»Danke.«

Agathe bekam die Bluse, die sie sich vor einiger Zeit gewünscht hatte. Maja hatte sich viel Mühe damit gegeben und war zufrieden mit dem Ergebnis.

»Ich will dir das bezahlen!«, rief Agathe.

»Wer bezahlt denn für sein Weihnachtsgeschenk?«, rief Maja und lachte laut auf. »Probier mal an, bitte.«

Agathe verschwand im Badezimmer.

Derweil packte Leonore eine selbst genähte Kosmetiktasche aus himmelblauem Samt aus. Maja hatte rosa Blütenköpfe daraufgestickt.

»Woher wusstest du, dass ich ein neues Täschchen brauche?«, rief Leonore begeistert. »Wunderschön, danke, Maja.«

Maja war ganz schwindelig geworden.

Der Sekt, die lieben Menschen um sie herum, die Lebensfreude, die sie mitgebracht hatten, und etwas, das sie nicht benennen konnte – war es die tiefe Verbundenheit zu ihrem Freund Leo, die über den Tod hinaus bestand und die sie zum ersten Mal ganz deutlich spürte? –, all das gab ihr ein schwebendes glückseliges Gefühl, gepaart mit der Erkenntnis, dass man sich dem Leben durchaus anvertrauen konnte.

Wenn sie sich nur immer so fühlen könnte. Dann hätte sie vor nichts und niemandem mehr Angst, sie würde losziehen und Bäume ausreißen, was sie natürlich niemals täte, sie liebte Bäume, aber sie würde …

»Hmmm«, machte Herbert genussvoll, »der ist aber kuschelig.«

Er hatte sich den Schal um den Hals gelegt, den Maja für ihn gestrickt hatte.

»Wie gut dir die Streifen stehen!«, rief Leonore.

In diesem Moment kam Agathe zurück.

»In der Bluse siehst du einfach entzückend aus!«, rief Herbert, der mit seiner Weihnachtsmannmütze und dem blaugraugeringelten Schal sehr verwegen aussah.

»Da hat er recht.« Leonore grinste.

Maja ging um Agathe herum, untersuchte die Passform, zupfte an den Schulternähten herum. »Heb mal die Arme«, wies sie sie an.

»Passt!« Agathe lachte und drückte Maja an sich. »Danke schön.«

»Kinder, ich habe Hunger!«, rief Leonore. »Lasst uns unser Festessen verputzen!«

Es war ein wunderschöner Abend, sie aßen und tranken, und wenn Maja spürte, dass sich die dunkle Traurigkeit, die in ihr wohnte, nicht länger unterdrücken ließ, erschien ihr Leos lächelndes Gesicht. *Nun amüsier dich mal, mein Maja-Kind, ich bin ja da, ich bin immer bei dir.*

Ihre Augen füllten sich mit Tränen.

»Lass sie fließen«, sagte Agathe, und während Maja weinte, schwiegen ihre drei Freunde, legten ihre Hände auf die von Maja und warteten, bis sie sich wieder gefasst hatte.

So verging der Weihnachtsabend, an dem später auch wieder herzlich gelacht und sogar gesungen wurde.

»Jetzt gibt es meinen Schokoladenpudding«, sagte Leonore, als die vier Kerzen in der Mitte des Tisches bereits weit runtergebrannt waren.

»Ich puste die mal besser aus«, murmelte Leonore, »sicher ist sicher.«

»Warte!« Herbert hob die Hand. »Wir könnten uns doch jeder etwas wünschen. Es sind ja schließlich vier Kerzen.«

Agathe lachte auf. »Da hast du ja gerade einen ganz neuen Weihnachtsbrauch ins Leben gerufen!«

»Warum nicht?«, rief Leonore. »Ein Wunsch kann nicht schaden.«

»Vier Wünsche«, verbesserte Maja. »Ich mag die Idee.«

»Dann darfst du anfangen«, sagte Herbert, dem anzusehen war, wie stolz er auf seinen romantischen Einfall war. »Auf geht's.«

»Weißt du denn, was du dir wünschst?«, fragte Agathe.

»Oh, ja.« Maja holte Luft, dann pustete sie ganz sanft die erste Kerze aus. Sie beobachtete, wie dem verglühenden Docht ein Rauchfaden entwich, der sich in die Höhe schlängelte und dann verging.

»Schön«, flüsterte Leonore.

Nun waren die anderen an der Reihe, und obwohl es ein etwas merkwürdiges Spiel war, das sie da ersonnen hatten, tat die Symbolkraft des gemeinsamen zeremoniellen Ausblasens der vier Adventskerzen ihr Übriges.

Eine andächtige Stille breitete sich aus.

Müde geworden, aßen sie wenig später Leonores köstlichen Pudding, dann rief Maja das Großraumtaxi, und kurz darauf verabschiedeten sich die Gäste.

»Es war wundervoll, Bienchen.«

»Danke für alles.«

»Schlaf schön und vielen Dank.«

Maja schloss die Tür, ging zum Fenster und beobachtete lächelnd und winkend, wie die drei fröhlichen Gestalten in das Auto stiegen und davonfuhren.

Sie zog die Gardinen zu.

»Gott, war das schön«, murmelte sie und ließ sich auf Luises Samtsofa fallen.

Dankbar schloss sie kurz die Augen und ließ die Bilder des Abends noch einmal Revue passieren. Das war der wundervollste Heilige Abend, den sie jemals erlebt hatte.

Sie öffnete die Augen wieder und setzte sich auf. Etwas musste noch dringend getan werden. Ein harter Hammer begann in ihrer Brust zu schlagen, als sie die Hand langsam ausstreckte, um zum Handy zu greifen. Sie würde jetzt Jack anrufen.

Oder lieber morgen? Ihre Hand zuckte zurück. Man störte

doch niemanden an Weihnachten, noch dazu so spät am Abend. Vielleicht war Jack bei seinen Eltern in London?

Eine warme Erinnerung an Miriam und Sebastian durchfuhr Maja. Sie würde die beiden gern einmal wiedersehen. In diese angenehme Vorstellung schlich sich das Bild von Kim.

Maja schüttelte sich und seufzte ungehalten.

Dann rief sie Jack an. Es klingelte eine Weile, schließlich sprang die Mailbox an.

»Hallo, Jack«, sagte Maja leise. »Ich wollte dir frohe Weihnachten wünschen und mich bedanken. Ich weiß gar nicht, ob ich den kostbaren Ring annehmen kann. Aber ich würde wirklich gern, also … ich …« Sie begann etwas ungeschickt herumzustammeln. Dann fasste sie sich wieder. »Herzlichen Dank dafür, ich werde ihn in Ehren halten und immer tragen. Immer. Auf Wiedersehen.«

Sie schaltete das Handy aus und warf es auf das Sofa zurück, als hätte sie sich verbrannt.

»Hui«, machte sie. Das war etwas dramatisch formuliert gewesen. Aber so war es eben.

Maja wartete, bis sich ihr Herz erholt hatte, dann eilte sie zu einem der Narnia-Schränke und öffnete die Schmuckschatulle.

Da lag er. Der Smaragdring.

Ihr Smaragdring.

Sie steckte ihn sich an den Finger. Diesmal fühlte es sich richtig an.

»Frohe Weihnachten«, wünschte sie sich leise.

DREIZEHN

Die Tage zwischen den Jahren vergingen.

Hanneliese hatte sich krankgemeldet, und so musste sich Maja lediglich mit ihrer neuen Kollegin Michaela Tropf-Beyersdorff herumschlagen.

Bei den Abendkleidern herrschte großer Andrang. Viele Frauen wollten sich noch auf die Schnelle etwas für den Silvesterabend kaufen.

»Was hast du vor?«, hatte Nora neulich gefragt.

»Nichts, ich bleibe zu Hause.« Maja hatte überhaupt keine Lust zu feiern. Sie wollte auf dem Luise-Sofa sitzen, einen schönen Film anschauen und das bewegte Jahr in aller Ruhe ausklingen lassen.

»Kommt gar nicht in die Tüte!«, hatte Nora gerufen. »Tim macht eine Party im *Bacon and Cheese*.«

»Was? Sag bloß, er hat sein Café immer noch?« Maja war erstaunt. »Und woher kennst du ihn überhaupt?«

Nora winkte ab. »Ach, Facebook und so. Das Café läuft gut, es ist wirklich sehr schön geworden. Kommst du bitte mit?«

»Nein.«

»Bitte.«

»Nein!«

»Bitte, bitte.«

»Nora, lass mich in Ruhe.«

»Du kommst. Und Punkt.«

In Erinnerung an dieses Gespräch seufzte Maja leise auf. Nora war so schrecklich hartnäckig.

»Kann ich Ihnen helfen?«, fragte Michaela Tropf-Beyersdorff gerade ein junges Mädchen, das etwas unschlüssig herumstand.

Dass Frau Tropf-Beyersdorff heute ausgerechnet einen gelben Lederrock mit schwarzem Rollkragenpulli trug, bekräftigte Majas Hornissen-Assoziation von neulich.

»Ich suche einen Tüllrock«, sagte das Mädchen.

Mit einem Griff holte Michaela Tropf-Beyersdorff ein schwarzes Spitzenkleid heraus. »Tüll ist out«, sagte sie knapp.

»Was? Ich möchte aber einen Rock, wie ihn Carrie Bradshaw anhat, wenn sie durch New York läuft und der Bus an ihr vorbeifährt und …«

»… sie mit Pfützenwasser nass gespritzt wird«, beendete Maja lächelnd den Satz.

»Genau!« Das Mädchen strahlte sie an. Es schien nicht älter als sechzehn zu sein.

»Hallo, ich bin Maja.«

»Und ich bin Frau Tropf-Beyersdorff und berate die Kundin bereits.«

»Der Rock soll weiß sein«, sagte das Mädchen, »und dazu würde ich ein rosafarbenes T-Shirt tragen und hohe Absätze. Alles genauso wie Carrie.«

»Perfekt!«, rief Maja. »Ich befürchte nur, dass wir hier weder einen Tüllrock noch ein angemessenes rosa Oberteil anzubieten haben.«

»Deswegen schlug ich ja das Spitzenkleid vor.« Die Hornisse schob ihren Unterkiefer vor.

»Sie ist doch viel zu jung für schwarze Spitze«, sagte Maja. »Sie wird ihr Outfit schon woanders finden.«

Michaela Tropf-Beyersdorff starrte Maja an. »Woanders?« *Hier kommt keiner lebend wieder raus,* stand in ihren Augen geschrieben. Zumindest glaubte Maja etwas Derartiges in dem feindseligen Blick erkennen zu können.

»Gehen Sie mal in die Umkleidekabine«, wurde die junge

Kundin von Michaela Tropf-Beyersdorff angewiesen, »ich bringe Ihnen etwas.«

Eingeschüchtert von dem barschen Ton gehorchte das Mädchen.

»Sie können ihr doch nicht irgendetwas anschleppen«, flüsterte Maja, »die Kleine hat genaue Vorstellungen und außerdem einen guten Geschmack.«

»Ich verstehe jetzt, was Frau Rogsch täglich mit Ihnen durchmacht.« Michaela Tropf-Beyersdorff schnaubte abfällig. »Man schickt doch die Kunden nicht weg. Man bietet ihnen Alternativen.«

»Nicht, wenn man keine hat!«, rief Maja.

»Und was ist das?« Triumphierend hielt Michaela Tropf-Beyersdorff ein schlammfarbenes Rüschenkleid vor ihr Gesicht.

»Das ...«, Maja schnappte ungläubig nach Luft, »das kann nicht Ihr Ernst sein.«

»Wieso? Das Kleid ist frech geschnitten, vorne Mini, hinten Maxi, es hat niedliche Puffärmel und die Farbe nennt sich *Dämmerung*. Ist das nicht entzückend?«

»Das ist unser Ladenhüter!«, unterbrach Maja wütend. »Seit 2014 hängt der hässliche Fummel hier herum.«

»Dann ist jetzt der historische Moment gekommen, an dem das Kleid eine Trägerin findet.« Michaela Tropf-Beyersdorff lächelte.

»Lassen Sie doch das Mädchen in Ruhe!«, rief Maja.

Im nächsten Augenblick erhoben sich schaurige Bilder vor ihrem geistigen Auge: ein Kleid, *dämmerig* wie ein unguter Geist, der nachts im Park den Exhibitionisten anzieht, der bewirkt, dass einem K.-o.-Tropfen in den Cocktail geschüttet werden oder man in die Triebwerke eines startenden Flugzeuges gerät ... Maja schüttelte sich voller Entsetzen.

»Tun Sie das nicht«, bat sie.

»Ich will aber gewinnen.« Michaela Tropf-Beyersdorff eilte davon. Das Rüschenkleid flatterte schlaff, wie ein ausgesaugter Schmetterling, hinter ihr her.

Sie haben gewettet!

Die Erkenntnis traf Maja so heftig, dass ihr Herz kurz ins Stolpern geriet.

Die fette Hornisse hat mit dem Drachen der Unterwelt darum gewettet, wer von beiden noch in diesem Jahr das hässlichste Kleid von Berlin verkaufen würde.

»Schauen Sie mal«, hörte sie die Hornisse in den Vorhang der Umkleidekabine summen, »ich habe Ihnen da etwas mitgebracht, dass Kerrie Bretscher aus New York auch richtig gut gefallen würde.«

Maja stürzte hinterher.

Das Mädchen steckte seinen Kopf heraus. »Meinen Sie?«

»Nein«, rief Maja, »das glaube ich nicht!«

»Sie kann es ja mal anprobieren, und dann sehen wir weiter.« Michaela Tropf-Beyersdorff reichte das Kleid in die Kabine und zog den Vorhang wieder zu.

»Ich finde das unglaublich verantwortungslos von Ihnen«, schimpfte Maja leise.

»Was denn?«

»Ist Ihnen überhaupt klar, wie viel Unglück dieses Albtraumkleid dem Mädchen bringen wird?«

»Sie haben ja eine Meise.«

Maja drehte sich abrupt um und machte sich auf die Suche nach einem rosa T-Shirt. Vielleicht könnte sie Schadensbegrenzung betreiben: Etwas wäre zumindest verkauft worden, das Mädchen würde den Tüllrock woanders finden, und alle wären zufrieden.

Als Maja kurz darauf mit einem T-Shirt zurückkam (Carrie Bradshaw würde damit bestimmt nicht einmal Staub wischen, wobei sie das wahrscheinlich sowieso niemals tat, aber es war recht passabel), stand die Kundin bereits im Rüschenkleid vor dem Spiegel und wurde von der Hornisse umtanzt.

»Ist das Seide?«, fragte das Mädchen.

»Aber ja.« Michaela Tropf-Beyersdorff nickte.

»Es ist *Kunst*seide«, mischte sich Maja ein.

»Das ist ja fast dasselbe.«

»Ist es überhaupt nicht!«, rief Maja voller Empörung. »Seide ist ein reines Naturprodukt, das aus den Kokonfasern der Seidenraupe gewonnen wird, bei Polyester werden die Fasern chemisch erzeugt.«

»Wer will das wissen?«, zischte Frau Tropf-Beyersdorff.

»Wenn ihr da ein Silvesterböller reinfliegt, geht sie in Flammen auf!«, rief Maja. »Und dieses Kleid …«, mit zitternder Hand deutete sie darauf, »ist ein Fluch!«

Das Mädchen schreckte zusammen.

»Ich habe dir hier ein rosa T-Shirt mitgebracht.« Maja hielt es in die Höhe. »Vielleicht gefällt es dir, und du suchst noch ein bisschen nach dem Tüllrock deiner Träume.«

Oder du kommst zu mir, dachte sie, und ich nähe dir einen auf Maß. *Das wäre ein Kinderspiel. Und es wäre ein Riesenspaß. Wir könnten uns dabei die* Sex-and-the-City-*Staffeln anschauen und Gummibärchen essen. Ich wäre dir wie eine große Schwester, ich würde immer auf dich aufpassen, und wenn …*

»Eins sage ich Ihnen«, riss die Hornisse Maja aus ihren sehnsüchtigen Gedanken, »wenn ein Silvesterböller in einen Tüllrock fliegt, sieht es auch nicht viel besser aus!«

»Mit dem einen Unterschied, dass ein Silvesterböller nicht

in einen weißen Tüllrock fliegen *wird*!«, schrie Maja. »Weil es das *richtige* Outfit ist! So etwas passiert einem nur in einem leberwurstfarbenen Plastikkleid, das seit Jahren hier bei uns herumgammelt!«

»Was?« Das Mädchen zog erschrocken die Schultern hoch.

»Also …« Michaela Tropf-Beyersdorffs Unterlippe begann vor lauter Verärgerung zu zittern. »Das melde ich«, knurrte sie, »das werde ich alles Frau Rogsch berichten.«

»Ist mir doch egal!« Maja fühlte, wie heiliger Zorn sie überschwemmte. »Ist mir doch *vollkommen* egal!«

Das Mädchen schien genug gehört zu haben. Es zog sich eilig in die Umkleidekabine zurück und rannte kurz darauf einfach davon.

Das Kleid hatte sie auf dem Fußboden der Umkleidekabine zurückgelassen, nicht mehr als ein bräunlicher Haufen Polyester, dem Maja nun einen kleinen Tritt gab.

Sie war sehr zufrieden mit sich.

***

»Ist ja gut, ist ja gut.« Lachend hob Maja beide Arme in die Höhe. »Ich ergebe mich. Aber nach Mitternacht darf ich nach Hause gehen.«

»Ja, das darfst du«, rief Nora und umarmte sie. »Es wird lustig, du wirst sehen, und vielleicht lernst du jemanden kennen.«

Maja seufzte. »Bloß nicht.«

»Denkst du immer noch an Jack?«

»Ja.«

»Ruf ihn doch einfach noch mal an, du liebe Güte. Es sind ja nicht mehr die Fünfzigerjahre.«

Maja lächelte traurig. »Nein, das wäre nicht richtig.«

»Was hast du zu verlieren? Wünsch ihm alles Gute fürs neue Jahr, sag ihm, wo du Silvester feierst und dass du seinen Ring immer trägst und dass …«

»Es war ja kein Ring, den er mir explizit geschenkt hat, es war eher …«

Nora stöhnte laut auf.

»Also, wir sehen uns morgen gegen acht Uhr im *Bacon and Cheese*.« Sie drückte ihr einen Kuss auf die Wange. »Tim freut sich übrigens sehr, dich wiederzusehen.«

»Hm.«

»Zieh dir was Schönes an!«

»Mache ich.«

»Tschüss.«

Nora war fort.

Unschlüssig stand Maja noch einen Moment herum. Dann fuhr sie ihren Computer hoch und googelte *Himmlische Hochzeit*.

Glockengeläut erklang und Engelschwingen schwebten im Hintergrund in die Höhe. Herzchen folgten.

Sie wollen heiraten?, las sie. *Wir machen es himmlisch!*

Es gibt viele Gründe, sich für unser hochprofessionelles Team zu entscheiden:

Wir haben schon über tausend Paare glücklich gemacht.

Wir kennen traumhafte Orte, die Sie nicht im Internet finden.

Wir haben Kontakte zu Caterern, Designern, Dekorateuren und Floristen, weit über Deutschlands Grenzen hinaus.

Wir kümmern uns um ALLES, Sie brauchen bloß zu heiraten.

Unter der Rubrik *Kontakt* entdeckte Maja ein Foto von Kim.

Es sah ihr auf merkwürdige Weise ähnlich und gleichzeitig auch nicht. Als hätte die Fotografie ihr wahres Wesen nicht einfangen können. Aber was war überhaupt das *wahre Wesen* eines Menschen, und ließe es sich so einfach mit einem einzigen Foto deutlich machen? Gewiss nicht. Schon gar nicht mit einem derartig computerbearbeiteten Bild.

Kims Gesicht war überbelichtet und konturenlos, wie das eines Kinostars der Dreißigerjahre. Eine Maske.

»Wer bist du?«, flüsterte Maja.

Ich kann diese kalte Person nicht ertragen, ich habe schon einen Eiszapfen an der Nase, kamen ihr Leos Worte wieder in den Sinn.

Plötzlich fiel ihr das gerahmte Foto von Leo und Luise wieder ein. Es hatte in Leos Wohnzimmer auf dem Beistelltisch gestanden. Leo und Luise, beide ganz jung, vielleicht sogar jünger als Maja heute.

In Erinnerung daran schloss sie kurz die Augen: Luise mit dem windzerzausten Haar und einem Lachen, das immer noch ansteckend war. Daneben Leo, der ihr einen Arm um die Schulter gelegt hatte und sie voller Liebe betrachtete. Ein blutjunger, wunder-, wunderschöner Leo. Wie Amor und Psyche, die beiden.

Seufzend öffnete Maja wieder die Augen.

Obwohl sie Luise niemals und Leo erst Jahrzehnte nach diesem kurzen Moment des Fotografiertwerdens kennengelernt hatte, fühlte sich Maja auf unerklärliche Weise von dem leicht verblassten Foto angezogen, als hätte es irgendetwas mit ihr selbst zu tun (was ja vollkommen unmöglich war). Aber so kam es ihr vor.

Sie konnte sich dieses Gefühls der Vertrautheit und totalen Übereinstimmung nicht erwehren und wollte es auch gar nicht. Vom ersten Augenblick an hatte diese Fotografie zu ihr gesprochen. Ein Funke war übergesprungen, direkt in ihr Herz hinein, und sie wollte ihn bewahren, diesen Funken, ihn behüten, denn er schien zu allerlei imstande zu sein.

Tims Café lag im überaus beliebten Kollwitz-Kiez in Prenzlauer Berg, und Maja musste zugeben, dass das *Bacon and Cheese* ein gemütlicher Ort war.

Noras Hinweis befolgend, hatte sie einen schwarzseidenen Hosenanzug angezogen, den sie nach Luises Schnittmuster selbst genäht hatte. Am Revers funkelte Agathes Strassbrosche.

Maja trug hohe Absätze, sie hatte sich die Fingernägel kirschrot lackiert. In derselben Farbe schimmerte ihr Mund. Das Haar hatte sie beabsichtigt nachlässig aufgesteckt, lange Strähnen fielen aus der Frisur und schmiegten sich um ihr Gesicht.

Tim nickte anerkennend. »Toll siehst du aus.«

Maja reichte ihm die Hand. »Danke für die Einladung.«

»Immer so förmlich.« Er umarmte sie überschwänglich. »Nimm dir ein Glas Champagner und amüsier dich.«

»Danke.«

Interessiert sah sich Maja um. Die sonnengelben Wände waren mit Gedichten beschrieben. Schlichte Bistrotische und -stühle standen in lockerer Anordnung auf dem abgezogenen Dielenfußboden herum. Es gab eine gläserne Theke, in der Kuchen und Sandwiches ausgestellt waren. Eine altmodische Kasse stand daneben.

Hätte man die anwesenden Gäste nicht durch ihre Kleidung und Frisuren einer Zeit zuordnen können, wäre das Café vollkommen zeitlos gewesen. Es hätte auch in Paris in den Zwanzigerjahren existieren können oder Jahrzehnte später in Moskau oder Rom.

Das hat Tim wirklich gut hinbekommen, dachte Maja.

Sie näherte sich einer der Wände und begann zu lesen: *Wie hab ich das gefühlt, was Abschied heißt. Wie weiß ich's noch …*

Rilke, erkannte sie. Immer wieder wundervoll.

Sie nahm sich ein Glas Champagner vom Tablett, das eine Kellnerin ihr hinhielt, und ging weiter. Eine schöne schwarze Schrift zog sie an:

> *Du hast eine Aufgabe zu erfüllen. Du magst tun, was du willst, magst Hunderte von Plänen verwirklichen, magst ohne Unterbrechung tätig sein – wenn du aber diese eine Aufgabe nicht erfüllst, wird alle deine Zeit vergeudet sein.*

Dschalāl ad-Dīn ar-Rūmī, stand darunter, *persischsprachiger Dichter des Mittelalters.*

Mit klopfendem Herzen las Maja das Gedicht noch einmal.

Das waren ja mehr oder weniger Leos Worte: *Ich weiß, dass Nähen deine Leidenschaft ist, und du hast großes Talent. Nimm deine Gabe an und mach etwas daraus, sonst wirst du niemals froh und frei sein.*

»Da bist du ja!« Lachend fiel ihr Nora um den Hals. »Du siehst ja bombastisch aus! Komm, trink noch ein Glas.«

Das Café füllte sich mit immer mehr Menschen. Ein DJ begann aufzulegen, die Lichter wurden gedimmt, schon tanzten die ersten Gäste.

»Juchhu!«, schrie Nora und zog Maja in Richtung Tanzfläche.

Maja wollte keine Spielverderberin sein. Sie tanzte halbherzig ein wenig herum und ließ sich bei nächster Gelegenheit abdrängen. Nora bemerkte ihr Verschwinden gar nicht, sie hatte bereits männliche Bekanntschaft geschlossen.

Maja setzte sich etwas abseits auf einen Barhocker und beobachtete die Menschen um sich herum.

»Alles okay?« Tim stand neben ihr.

»Ja. Wirklich schön, dein Café.«

»Hast du keinen Spaß?«

»Doch, doch, es ist nur … Ach, ich will gar nicht darüber reden.« Hilflos lächelte sie ihn an.

Er legte ihr einen Arm um die Schulter.

»Ich habe dich echt vermisst. Willst du nicht doch mit einsteigen?«

»Nein danke.« Sie ließ sich vom Hocker gleiten und befreite sich mit einer eleganten Drehung von Tims Arm.

»Schade, du würdest gut ins Team passen.«

»Tja.« Maja zuckte mit den Schultern.

Er sah ihr ins Gesicht. »Gott, bist du hübsch!«, entfuhr es ihm.

»Und du bist nicht mehr ganz nüchtern, was?«, fragte sie lachend.

»Maja … ich …« Er näherte sich.

»Oh, da hinten ist ja Nora!«, rief Maja und eilte davon. Sie schob sich durch die Masse und versteckte sich hinter einer Säule.

Die Bässe hallten in ihrem leeren Magen wider.

Sie hätte nicht kommen sollen. Sie war einfach noch nicht so weit.

Eine übergroße Wanduhr aus Holz zeigte ihr an, dass es kurz nach elf Uhr war.

Ich kann unmöglich noch eine ganze Stunde hierbleiben, durchfuhr es Maja.

Sie würde jetzt klammheimlich verschwinden, in der Hoffnung, dass es niemandem auffallen würde. Nora würde morgen mit ihr schimpfen, aber das war Maja ganz egal. Sie wollte nur noch raus.

Durch die tanzwütige Menge hindurch schob sie sich in Richtung Ausgang. »Maja!« Tim stand hinter ihr. »Gehst du schon?«

»Es tut mir leid, ich bin echt eine Spaßbremse, aber …«

Er hatte sie in die Arme genommen und küsste sie nun mitten auf den Mund. Maja stand wie erstarrt, dann ließ sie sich für den Bruchteil eines Momentes in diesen Kuss fallen, denn er hatte durchaus etwas Tröstliches.

Tim nahm ihr Gesicht in beide Hände und sah ihr in die Augen. »Ich bin immer für dich da.« Er küsste sie noch einmal kurz auf die Lippen. »Frohes neues Jahr.« Dann drehte er sich um und verschwand in der Menge.

Verwirrt sah Maja ihm hinterher. Er hatte tatsächlich Gefühle für sie?

Sie holte ihren Mantel aus der Garderobe, und wenig später stand sie auf der Straße.

Es war kalt. Eisregen lag in der Luft.

Maja atmete tief ein und aus, sie zog ihren Schal fester. Dann lief sie los. Zum Glück hatte sie in ihren Rucksack ein paar bequeme Sneakers gepackt, die sie an der nächsten Straßenecke gegen die High Heels tauschte.

Hin und wieder krachte bereits ein Feuerwerkskörper, und auf einmal genoss sie die Situation. Sie fühlte sich frei, die frische Winterluft tat ihr gut, und es kam ihr vor, als schwebte sie in einem zeitlosen Raum zwischen gestern und heute. Die letzte Stunde des alten Jahres begann zu schwinden und in ein neues Jahr zu fließen, wie Morgengrauen in einen neuen Tag.

Es war ein unbeschwertes, leichtes und gutes Gefühl. Nichts konnte getan, nichts entschieden werden, mitfließen war die einzige Möglichkeit.

Morgen würde sie wieder Entscheidungen treffen, aber jetzt ... war nur jetzt, und das war gut so.

Maja spürte, dass sie lächelte.

Leute standen auf der Straße, hatten ihr Feuerwerk bereits aufgebaut, warteten lachend, tranken Sekt oder Bier, Kinder tobten über die Pflastersteine und warfen Knallerbsen.

Wie zuversichtlich ihr Menschenkinder doch immer seid, würde der Faun bei diesem Anblick vielleicht sagen.

Majas Lächeln vertiefte sich. Einer ihrer ersten Gänge im neuen Jahr würde sie in die Alte Nationalgalerie führen. Sie hatte Sehnsucht nach ihrem marmornen Begleiter.

Noch eine Viertelstunde bis Mitternacht. Wie es wohl Jack ging? Freute er sich auf seine Zukunft?

Sie stöhnte auf. Warum musste sie immerzu an ihn denken? Auch wenn sie gerade von einem anderen Mann geküsst worden war? Jack ging ihr einfach nicht aus dem Kopf.

Der eisige Regen verstärkte sich, reflektierte im Licht der Gaslaternen.

Einer plötzlichen Laune folgend, bog Maja in eine kleine Seitenstraße ab. Dunkler und stiller war es hier. Von Stuckfassaden hing Efeu herab, in Balkonkästen steckten bunte Windräder, viele Fenster waren noch weihnachtlich beleuchtet. Man konnte sehen, wie gern die Menschen hier lebten.

Unter einem alten Baum stand eine Bank. *Bitte Platz nehmen,* war in sonnengelben Buchstaben darauf geschrieben worden, und Maja konnte sich bildhaft vorstellen, wie davon

Gebrauch gemacht wurde. Sie sah eine alte Frau mit ihrem Einkaufskorb kurz darauf verschnaufen, junge Mädchen kichernd dort sitzen, ein Paar sich küssen, gerade so, als befände man sich nicht inmitten einer 3,5-Millionen-Hauptstadt, sondern auf der Aue eines kleinen Dorfes.

Neugierig geworden, spazierte Maja weiter. Sie blickte in das unbeleuchtete Schaufenster eines italienischen Schuhgeschäftes, kam an einem kleinen Käseladen vorbei, entdeckte den splitterigen Schriftzug *Colonialwaren* über einem Kindergarten. Sie hörte Gelächter und Musik auf sie herabperlen. Überall auf den balusterverzierten Balkonen standen Leute, bereit, das alte Jahr zu verabschieden und eine neue Zeit einzuläuten. Eine neue Zeit.

Die ersten Raketen schossen etwas verfrüht in den nächtlichen Himmel.

Maja stellte sich in einen Hauseingang zu einer Gruppe von Menschen, die sich dort versammelt hatte.

»Hallo«, wurde sie freundlich begrüßt, und jemand drückte ihr einen Plastikbecher mit Sekt in die Hand.

»Danke«, murmelte Maja.

»Zehn, neun, acht, sieben, sechs ...«, wurde gemeinsam begonnen zu zählen.

»Fünf, vier drei, zwei, eins!«, zählte Maja leise mit.

Und dann schien der Himmel über Berlin zu explodieren.

Leuchtsterne und Kugelbomben zerbarsten, Funken stoben, es knallte und heulte ringsherum, Knallfrösche knatterten über den Bürgersteig, »Frohes neues Jahr!«, wurde geschrien. Die Menschen umarmten sich, und auch Maja fand sich unversehens in den kräftigen Armen einer freundlichen Dame wieder. »Allet Jute für dich, Kindchen«, schrie sie ihr ins Ohr, und dann wurde Maja von einem kleinen Jungen geküsst.

Plötzlich liefen Tränen über ihr Gesicht.

»Weinst du?«, fragte der Junge.

Sie nickte.

»Brauchst du doch nicht.« Er zuckte mit den Schultern und richtete seine Konfetti-Kanone auf sie. Abwehrend hob sie die Hände, doch im nächsten Moment hatte er schon abgedrückt, und eine gold-silberne Glitzerfontäne regnete auf Maja herab. Lachend ging sie weiter.

Die Straße hatte sich mit Rauch gefüllt, das Feuerwerk wollte nicht nachlassen.

Als etwas laut Zischendes neben ihr landete, rettete sich Maja schnell in den gläsernen Eingangsbereich eines Ladens. Mit einem dumpfen Knall explodierte der Böller unweit ihrer Füße.

»Aua.« Maja lehnte sich gegen die Scheibe und rieb sich die summenden Ohren. Dabei fiel ihr Blick auf die Bodenfliesen, auf denen sie stand. Dunkelgrüne Ranken, wie von Wasserpflanzen, schlängelten auf türkisem Untergrund. Maja hatte kurz den Eindruck, sie stünde auf einem See.

Neugierig spähte sie in den dunklen Laden hinein. Vielleicht war es vor langer Zeit einmal ein Milchgeschäft gewesen? Ein paar einzelne Fliesen waren noch an den Wänden auszumachen, der Rest war wahrscheinlich abgeklopft und verkauft worden.

Bis auf einen staubigen Stuhl war nichts weiter an Inventar zu sehen.

Was für ein hübsches Lädchen, dachte sich Maja. Ihre Ohren waren noch immer etwas taub, und bei jeder Bewegung rieselte goldenes Konfetti von ihr herab. Ihr war inzwischen ziemlich kalt geworden.

Warum stand sie hier immer noch in diesem Eingang herum? Sie konnte den Blick einfach nicht abwenden von dem leer stehenden Ladenraum.

Was man damit alles machen könnte!

Die Scheibe beschlug, während sie heftig dagegenatmete und ihre Gedanken durcheinanderwirbelten.

Sie hatte inzwischen so viele Kleidungsstücke nach Luises Schnittmustern genäht, dass sie gar nicht mehr wusste, wo sie sie unterbringen sollte, sie hatte stapelweise seidene Halstücher und fünfundzwanzig Paar Retro-Damenschuhe in Größe 36 geerbt.

Und sie hatte ein Versprechen gegeben und es nicht gehalten.

Ein Jaja reicht mir nicht, ich brauche ein Versprechen.

Leo!

War das *die Tür der Möglichkeit*, die er angesprochen hatte?

Maja drückte die Klinke, natürlich war die Ladentür verschlossen, doch man könnte dafür sorgen, dass sie geöffnet würde.

Wie betäubt ging Maja nach Hause. In ihren Ohren summte es immer noch, aber das konnte auch an der merkwürdigen Euphorie liegen, die sie erfasst hatte.

VIERZEHN

Hanneliese war wieder da und schien in Höchstform zu sein. Gemeinsam mit Michaela Tropf-Beyersdorff rauchte sie in ihrem Büro eine Zigarette nach der nächsten.

Wenigstens können sie hier keiner Kundin ein verhängnisvolles Kleidungsstück aufschwatzen, dachte Maja und ging hinaus in den Verkaufsbereich.

Es war nicht viel los. Bis jetzt war lediglich ein Sechserpack Unterhosen verkauft worden.

Maja stellte sich zu einer Puppe, die noch ein Party-Outfit trug und deren Schultern von bunten Papierschlangen bedeckt waren, und betrachtete gedankenverloren ihren Smaragdring, aus dem ein grünes Feuer drang, an dem sie sich einfach nicht sattsehen konnte.

Seit der Silvesternacht war Maja nicht zur Ruhe gekommen. Ein Bild hatte sich in ihr festgesetzt, einfach zu schön, zu verrückt, um wahr zu sein, doch es tauchte hartnäckig immer wieder auf und ließ sie nicht mehr los: Maja sah sich eimerweise Schutt und Staub aus dem kleinen Laden tragen, und dann begannen alte Fliesen im Seifenwasser aufzuleuchten, durch die geputzten Scheiben fiel wieder Licht, und das Parkett glänzte wie dunkler Honig in der Sonne.

»Mir ist zu Ohren gekommen, dass Sie sich neulich höchst unprofessionell verhalten haben«, sagte Hanneliese.

»Was?« Irritiert sah Maja sie an.

»Sie haben schon verstanden.« Hanneliese verschränkte beide Arme vor der Brust.

Mein Gott, die Frau *stinkt*, durchfuhr es Maja.

Es war nicht nur der Zigarettengeruch, der ihr heftige

Übelkeit verursachte. In diesem Moment hatte Maja den Eindruck, Hannelieses schlechten Charakter riechen zu können: faulig, wie ein schlechter Zahn, modrig und irgendwie verdorben. Sie hielt die Luft an und schwieg.

»Wie können Sie denn einer Kundin den Kauf eines Kleides verweigern? Hallo? Ich rede mit Ihnen.«

»Ich habe einfach nichts mehr zu sagen.« Maja fuhr sich über das Gesicht. »Ich bin es so leid.«

»Da sind wir uns wohl beide einig«, rief Hanneliese.

»Wissen Sie was?« Es fühlte sich an, als würde nochmals ein kleines Extra-Feuerwerk in Majas Kopf gezündet. »Ich kündige.«

»Ha!« Hanneliese reckte ihr Kinn in die Höhe. Es war ihr zuzutrauen, dass sie sich ärgerte, nicht schnell genug gewesen zu sein, um selbst die Kündigung auszusprechen.

»Sie sind wohl größenwahnsinnig geworden? Was wollen Sie denn machen? Sich als Toilettenfrau bewerben? Es wird dort tatsächlich jemand gesucht.«

Maja schwieg.

»Ansonsten sieht es mit Ihren Fähigkeiten ja wohl eher schlecht aus.« Hanneliese winkte Michaela Tropf-Beyersdorff herbei. »Hören Sie sich das hier an!«, rief sie. »Unser Fräulein Hochmut hat eben gekündigt.«

»Waaas?« Mit weit aufgerissenen Augen schwirrte Michaela Tropf-Beyersdorff heran.

Maja lächelte. In ihr hatte sich eine Ruhe ausgebreitet, von der sie gar nicht wusste, dass sie existierte.

»Es gibt einfach keinen Platz mehr in meinem Leben für irgendetwas Überflüssiges, Schadhaftes«, sagte sie. »Ich muss jetzt endlich tun, was ich zu tun habe.«

»Unglaublich«, zischte die Hornisse.

»Sie bezeichnen Ihren Beruf als überflüssig und schadhaft?« Hanneliese lachte heiser auf.

»Das ist nicht mein Beruf!«, rief Maja. »Ich bin Schneiderin! Und ich kann meine Zeit nicht länger vergeuden.«

Gut und richtig fühlte sich an, was sie da sagte.

Es war die Wahrheit.

Sie drehte sich um, und auf einmal hatte sie es so eilig wie noch nie zuvor in ihrem Leben. Als müsste sie dringend zum Bahnhof, als wäre sie schon längst über der Zeit, hörte, wie sich die Türen des Zuges bereits schlossen, und sie rannte und rannte, auf ein Wunder hoffend, immer schneller.

***

Frau Roth war eine kleine Frau mit blond gesträhntem Pagenkopf, die auf ihren Computerbildschirm starrte und sich dabei mit flinken Fingern durch Majas Kontobewegungen klickte. Unterlagen stapelten sich auf ihrem Schreibtisch.

Mein Leben in Zahlen, dachte Maja und fühlte sich unwohl.

»Hm«, machte Frau Roth.

Ihr grau-braun karierter Blazer ist zu eng, befand Maja und tadelte sich im nächsten Augenblick selbst. Kannst du nicht einmal aufhören damit? fragte sie sich stumm.

Sie versuchte es. Aber der Gedanke, dass jemand in so einem Blazer nicht besonders modeaffin war, beunruhigte sie.

Auch das hellgrüne Poloshirt machte keinen guten Eindruck auf Maja. Das war kein großzügiges Grün, in dem man Kredite gewährt, befand sie, es war eher ein morastiges, trübes Grün, das Emotionen bremste, ein Grün, in dem man …

»Hm«, machte Frau Roth wieder und blickte über die Ränder ihrer Brille zu Maja.

Auf ihrem Schreibtisch stand ein staubiger Kaktus. »Das wird schwierig.«

Hier sitzt sie den ganzen Tag wie die römische Göttin Fortuna und entscheidet über Schicksale, dachte sich Maja.

»Warum denn?«, fragte sie und versuchte zu lächeln.

»Umreißen Sie mir doch bitte noch einmal Ihren Businessplan.«

»Meinen was?«

»Ihre Geschäftsidee.«

»Also …« Maja begann zu schwitzen. »Ich möchte eine Boutique in Prenzlauer Berg mieten.«

»Was möchten Sie denn vertreiben?«

»Vertreiben?« Maja hatte das Gefühl, dass ihr Gehirn vor lauter Nervosität nicht richtig funktionierte. »Ich wollte niemanden vertreiben, im Gegenteil, ich möchte Kundschaft anziehen.«

Frau Roth blinzelte. »Womit gedenken Sie diese Kundschaft anzuziehen?«

»Mit Kleidern. Ich habe nach den Schnittmustern einer hoch talentierten Dame eine gesamte Kollektion genäht: Röcke, Shorts, Capes, Mäntel, Blusen, Kleider, T-Shirts, Tücher. Alles ist miteinander kombinierbar und natürlich auch auf Maß zu bekommen. Ich nähe jeden Extrawunsch, und dann habe ich noch einen wundervollen Grundstock an Originalschmuck, Handtaschen und Kleidung aus den Sechziger- und Siebzigerjahren. Alles bestens erhalten.«

Maja strahlte Frau Roth an. »Ich habe sogar schon recht viel Mobiliar: ein Samtsofa und einen Nähtisch und …«

»Haben Sie Sicherheiten?«, wurde sie unterbrochen. »Immobilien? Lebensversicherungen? Depots, liquide Werte?«

Maja lachte auf. »Nein.«

»Und Ersparnisse haben Sie auch nicht, wie ich sehen konnte.«

»1265 Euro«, erwiderte Maja zerknirscht. »Ich gebe halt viel Geld für gute Stoffe aus.«

Frau Roth schüttelte den Kopf.

»Ich befürchte, dass es uns leider nicht möglich ist, Ihr Vorhaben zu begleiten.«

»Begleiten?« Wieso redet sie so merkwürdig, fragte sich Maja. Sie kam sich vor wie eine Außerirdische.

»Ich kann Ihnen keinen Kredit gewähren.«

»Aber ich brauche doch gar nicht so wahnsinnig viel Geld!«, rief Maja. »Ich habe doch die ganzen Kleider schon! Es ist ja alles da!«

»Kleider sind keine Werte.«

»Kleider sind keine Werte?« Erschüttert erhob sich Maja.

»Mangels angemessener Sicherheiten sehe ich die Kapitaldienstfähigkeit der gewünschten Finanzierung nicht gegeben. Bedaure.«

Frau Roth war auch aufgestanden und kam nun um ihren Schreibtisch herum auf Maja zu.

Sie trug einen hellbraunen Faltenrock aus grober Wolle.

Alles klar, dachte Maja.

Im nächsten Moment wurde sie sanft in Richtung Tür geschoben.

»Überdenken Sie Ihre Idee noch einmal gründlich und reichen uns dann die erforderlichen Unterlagen ein. Wir brauchen ein schlüssiges Geschäftskonzept mit branchenbezogener Auswertung der Mikro- und Makrolage, eine Plan-, Gewinn- und Verlustrechnung, eine Liquiditätsplanung mit Rentabilitätsvorschau für mindestens drei Jahre …«, Frau Roth holte kurz Luft, »einen tabellarischen Lebenslauf sowie eine unterlegte Selbstauskunft mit aktuellen Nachweisen zu Vermögen und Verbindlichkeiten.«

»Wie bitte?«, fragte Maja verwirrt.

»Gern prüfe ich Ihre Anfrage daraufhin noch einmal konkret.« Frau Roth lächelte kurz, dann hatte sie die Tür zu ihrem Büro geschlossen und kehrte nun wahrscheinlich zu ihrem staubigen Kaktus zurück.

Unterlegte Selbstauskunft? Makro? Mikro?

Maja wusste nicht, ob sie lachen oder weinen sollte.

Tja, mein Kind, hörte sie ihre Mutter flüstern, so ist das mit den rosa Träumchen: Sie zerplatzen. Sie zerplatzen immer. Sie können gar nicht anders.

»Ach, halt doch deinen Mund«, murmelte Maja und verließ das gläserne Bankgebäude.

Die Sonne schien. Es war noch früh am Vormittag. Ein merkwürdiges Gefühl, nicht ins Kaufhaus zur Arbeit zu müssen.

Ein Gefühl, das dich stark beunruhigen sollte, dachte Maja. Du musst dir dringend einen Job suchen. Vielleicht sollte sie doch auf Tims Vorschlag eingehen. Sie könnte eine Zeit lang im *Bacon and Cheese* kellnern, bis …

Ja, bis was?

Grübelnd war sie stehen geblieben.

Einen Kredit würde sie also nicht bekommen. Ein Gehalt hatte sie auch nicht mehr. Und Ersparnisse schon gar nicht. Keine glückliche Kombination.

Aber einen Traum hatte sie!

Das kommt davon, wenn man immer so impulsiv handelt, grantelte ihre Mutter schon wieder aus dem Hinterhalt. *So warst du schon als kleines Mädchen. Einmal hast du aus heiterem Himmel dein Puppenhaus an ein Nachbarkind verschenkt. Es hat dir nicht einmal leidgetan.*

Nein, es hatte ihr überhaupt nicht leidgetan. Im Gegenteil. Das Nachbarkind hatte sich so sehr gefreut, und es tat ihr auch jetzt nicht leid, dass sie Hanneliese nie wiedersehen musste.

Was auch immer nun geschehen würde, es geschah zumindest etwas in ihrem Leben, und damit war eins sichergestellt: Sie würde nicht mit sechzig noch immer Kleidungsstücke mit schlechtem Karma an ignorante Kundschaft verscherbeln. Und das allein war es schon wert, jetzt ziemlich ratlos auf dem Kurfürstendamm zu stehen und sich zu fragen, wie um Gottes willen es weitergehen sollte mit ihr.

Einen Traum, sie hatte zumindest einen Traum. Und den würde sie sich bewahren.

»Was ist denn das für ein Traum, Bienchen?«

Agathe legte ihr ein weiteres Stück Mohnkuchen auf den Teller.

»Ich kann nicht mehr.«

Ein großer Klacks Sahne wurde ihr auf den Kuchen gelöffelt. »Iss bitte noch ein Häppchen, du bist mir zu dünn geworden.«

Maja erzählte, was geschehen war. »Es scheint alles viel schwieriger zu sein, als ich mir das vorgestellt habe«, schloss sie mit kummervollem Gesicht.

»Und du hast sogar schon den passenden Laden gefunden?«, fragte Agathe aufgeregt.

»Ja. Ich habe mir alle Unterlagen zuschicken lassen und viele Fotos im Internet angeschaut. Er ist einfach perfekt. Sonnendurchflutet, nicht zu groß, nicht zu klein. Es gibt einen hübschen Stuckfries an der Decke und Holzdielen am Boden. Der Laden war mal eine Putzmacherei und wurde am zehnten März 1922 von einer gewissen Frieda Bogner eröffnet. Was ist das eigentlich, eine Putzmacherei?«

»Es hat etwas mit dem Dekorieren von Damenhüten zu tun«, antwortete Agathe.

»Ach?« Maja lächelte. »Das würde ja irgendwie auch passen.«

»Und weiter?«

»Es gibt ein Hinterzimmer, wo ich Dinge lagern könnte. Ich würde schöne Spiegel aufstellen, die Kundinnen könnten sich dort umziehen. Und dann ist da noch eine kleine Küche.«

»Perfekt!« Agathe klatschte in die Hände.

»Am Wochenende ist der Besichtigungstermin.« Maja zuckte mit den Schultern. »Da brauche ich ja nun nicht mehr hinzugehen.«

»Aber wieso denn nicht?«

»Das habe ich dir doch gerade erzählt, Agathe, meine Liebe. Ich habe kein Geld, keinen Job und keinen Kredit.«

»Nebensächlichkeiten, nichts als Nebensächlichkeiten.«

Maja lachte hell auf. »Das hättest du vorhin mal der Frau Roth erklären sollen.«

»Ja, das hätte ich wirklich gern getan.« Agathe nahm einen Schluck Kaffee. »Was wirst du denn jetzt machen?«

Maja hatte den Mund voller Mohnkuchen und konnte eine Zeit lang keine Antwort geben. »Ich weiß es nicht«, sagte sie schließlich. »Ich weiß es wirklich nicht.«

»Du könntest mir ein paar Knöpfe an meiner Bettwäsche annähen, wenn es dir nichts ausmacht.«

»Sehr gern, ich liebe Knöpfeannähen, das beruhigt mich.«

Maja machte sich an die Arbeit, und über eine Stunde lang schwiegen die beiden Frauen.

Agathe hatte sich ans Fenster gestellt und schaute hinaus. Dabei summte sie leise vor sich hin.

»Fertig«, sagte Maja schließlich. »Soll ich dir die Bezüge schnell noch mal bügeln?«

»Nein danke, Bienchen. Ich muss jetzt auch aus dem Haus.«

»Alles klar, dann bis zum nächsten Mal. Und danke für den Kuchen.«

»Bis ganz bald.«

Maja ging nach Hause, wusch sich die Hände, dann öffnete sie ihr Skizzenbuch und blätterte darin herum. Hübsche Frühlingsjacken hatte sie entworfen, die gut zu Luises Sommerkleidern passen würden, bonbonfarben, wie italienisches Erdbeereis. In so einem Outfit würde man auf einer Vespa Primavera durch Rom knattern, die Haare im Wind flattern lassen und wissen, dass alles gut war. In so einem Moment war einfach alles gut.

Maja beschloss, jetzt auf der Stelle solch eine Frühlingsjacke zu nähen, und machte sich an die Arbeit.

Sie erwachte vom Klingeln des Telefons und fand sich ausgestreckt auf dem Wohnzimmerfußboden wieder, wo sie inmitten von Stecknadeln und erdbeerfarbenen Stoffbahnen irgendwann eingeschlafen sein musste.

»Hallo?«, fragte sie schläfrig. Hoffentlich ist es nicht meine Mutter, dachte sie. Aber es war Agathe.

»Was machst du heute Abend?«, fragte sie ohne lange Umschweife.

»Nähen wahrscheinlich«, antwortete Maja.

»Ich würde gern mal wieder zu dir kommen.«

»Klar, gern, Agathe. Ich freue mich.«

»Und ich bringe ein paar Freunde mit.«

»Gut, soll ich uns eine Lasagne machen?«

»Keine Umstände.«

»Wie viele Personen werden denn kommen?«

»Zehn bis zwölf.«

»Was?« Maja schnappte nach Luft. »Soll es eine Party werden? Hat jemand Geburtstag?«

»Lass dich überraschen.« Agathe lachte hexenhaft und legte auf.

Maja kochte sich Kaffee, dann ging sie duschen, sie hatte Kopfschmerzen und beschloss, ein wenig spazieren zu gehen. Sie war ruhelos, fühlte sich merkwürdig entwurzelt und rastlos.

Später würde sie Tim anrufen und ihn um die Stelle als Kellnerin bitten. Sie hatte sich außerdem vorgenommen, an Wochenenden in Großraumbüros zu putzen, und vielleicht könnte sie nebenher noch ein paar Nähaufträge annehmen.

Sie war bereit, hart und schwer zu arbeiten und jeden Cent beiseitezulegen, um eines fernen Tages genug Kapital für einen Kredit zusammengespart zu haben. Das hatte Frau Roth wohl gemeint mit aktuellen Nachweisen zu Vermögen und Verbindlichkeiten. Den Rest ihres Fachchinesisch würde Maja bis dahin dann auch noch übersetzt haben.

Sie hörte sich seufzen, während sie von der Weidendammer

Brücke hinab ins Wasser starrte. Auf dieser Brücke hatte ihre Kinderbuchheldin Pünktchen Streichhölzer verkauft.

Streichhölzer, kaufen Sie Streichhölzer, meine Herrschaften!

Vielleicht sollte sie einen Online-Shop ins Leben rufen? Aber das war es nicht, was sie wollte. Das Internet erschien ihr abstrakt und unlebendig. Ein Klick, ein Kauf, eine Überweisung. So konnte kein Zauber Bestand haben.

Maja wollte Kundschaft aus Fleisch und Blut, sie wollte ihr Maßband um Taillen und Hüften legen, sie wollte Menschen ins Gesicht sehen, in ihre Augen schauen, ihre Stimmen hören, ihren Geschichten lauschen. Sie wollte sehen, wie sie in den Kleidern aussahen, wissen, was sie sich darin erhofften, wovon sie träumten.

Sie wollte ein eigenes Geschäft, mit einem Glöckchen an der Eingangstür, das mit dem Kommen und Gehen der Kundschaft viele, viele Jahre ertönen würde.

In jeden Kleidersaum würde Maja Hoffnung und Glück einnähen, mit jeder einzelnen Hochzeitskleid-Paillette eine Portion Liebeszauber aufsticken und jeder noch so banale Knopf wäre mit einem Segenswunsch versehen.

Das schien nun alles in weite Ferne zu rücken.

Streichhölzer, kaufen Sie Streichhölzer, meine Herrschaften!

»Ach, mein Leo«, flüsterte Maja, »wenn du wüsstest, wie alles gekommen ist.«

Das Wasser glitzerte.

Aber das konnte keine Antwort sein.

Maja fühlte sich mutterseelenallein.

Am Abend trudelte Agathe mit zehn weiteren Seniorinnen und Senioren ein. Herbert und Leonore waren darunter, die anderen kannte Maja nicht.

Sie waren ein gut gelaunter Haufen, der sich nun in Majas Wohnzimmer ergoss und dort fröhlich schwatzend Platz nahm oder in Grüppchen zusammenstand.

»Wir haben dir etwas mitgebracht«, sagte Agathe und sah Maja an.

Alle verstummten.

Nur eine grauhaarige Dame berichtete noch von den Beschwerden, die ein schmerzhaftes Hühnerauge ihr verursachte.

»Pssst, Dagmar«, wurde gezischt.

Dann war es still.

»Wir wollten dir ein Krautfann-Ding anbieten.«

»Ist das etwas zu essen?«, fragte Maja ratlos.

Es wurde gutmütig gelacht.

»Nein«, antwortete Agathe, »das ist ein Geschäftsmodell.«

»Sie weiß nicht, was das ist!«, rief ein älterer Herr und lockerte seine Krawatte, die er offenbar zur Feier des Tages umgebunden hatte und die ihn nun zu stören schien.

»Ich erkläre es dir.« Herbert hatte sich neben sie gestellt. »Es geht um ein Kapital, das durch eine Masse fremdfinanziert wird, wobei jeder einzelne …«

»Man nennt es auch Schwarmfinanzierung«, krähte Dagmar dazwischen, knisterte energisch mit Zellophanfolie und reichte dann eine Schachtel mit Pralinen herum.

»Ich koch uns mal Tee.« Leonore ging in die Küche.

»Was? Wie?« Maja sah sich verwirrt um. »Ich verstehe kein Wort.«

Agathe seufzte. »Die jungen Leute wissen aber auch gar nichts. Also: Möglichst viele Leute geben Geld für ein Projekt, darüber bleibt der Anteil des Einzelnen gering und …«

Maja schlug sich mit der flachen Hand gegen die Stirn. »Ihr meint Crowdfunding?«

»Na, was sagen wir denn die ganze Zeit?« Beleidigt verzog Agathe das Gesicht.

Maja begann zu lachen.

»Wir haben fünfundfünfzigtausend zusammen«, sagte Agathe, und Maja verstummte.

»Jeder hat etwas gegeben«, erklärte Herbert.

»Das ist wirklich wahnsinnig lieb von euch, und ich bedanke mich von Herzen«, sagte Maja, »aber ich kann unmöglich …«

»Sie hat das Prinzip vom Krautfann-Ding immer noch nicht begriffen.« Leonore war mit einem Tablett wieder eingetreten. »Jemand ein Tässchen Tee?«, fragte sie in die Runde.

Agathe seufzte leise. »Die Unterstützer, also wir, erhalten von dir eine nicht-finanzielle Gegenleistung. Das ist der Diiiehl.«

»Aha«, machte Maja und versuchte, sich ihre Ratlosigkeit nicht anmerken zu lassen.

»Wir haben das alles bereits ausgearbeitet, junge Frau.« Der Herr mit der Krawatte hielt ihr ein Stück Papier hin, das mit Schreibmaschine beschrieben worden war und einige Tipp-Ex-Flecken aufwies. »Ich bin übrigens der Rudi.«

»Danke, Rudi.« Maja griff nach dem Bogen und begann zu lesen.

Agathe: Knopfannähservice auf Lebenszeit.
Herbert: 10 Hosen kürzen.
Dagmar: hätte gern einmal die Woche Nähunterricht mit dem Enkelkind.
Leonore: würde auch zum Unterricht kommen.

Susanne: ein maßgeschneidertes Kostüm.
Renate: weiß noch nicht.
Rudi: ein Jackett mit extragroßen Taschen.
Maria: ein besticktes Tischtuch mit acht passenden Servietten.
Gerda: ein Mantel für die Schwiegertochter.
Heinz: will gar nichts.
Magda: hätte gern eine Modeberatung. Und einen rosa Muff.

Maja starrte auf das Papier, das in ihren Händen heftig zu zittern begann.

»Es hat Zeit«, sagte Herbert und klopfte ihr auf die Schulter, »das musst du ja nicht alles auf einmal erledigen. Uns ging es darum, dich erst einmal auf den richtigen Weg zu kriegen.«

Die Buchstaben verschwammen. »Das ist das Allerliebste, was mir in meinem ganzen Leben passiert ist«, flüsterte Maja.

Agathe sah sie fragend an. »Ja, machen wir das jetzt so?«

»Das geht doch nicht.« Maja schluchzte auf. »Aber vielen, vielen Dank.«

Leonore holte eine Flasche Sekt aus ihrer Handtasche. »Ich glaube, das Kind braucht jetzt mal etwas Stärkeres als Tee«, murmelte sie.

»Wieso geht das nicht?«, fragte Dagmar. »Ich fand meine Idee mit dem Nähunterricht eigentlich ziemlich gut. Da kannst du nebenher noch etwas Geld einnehmen und …«

Der Sektkorken verließ mit einem Plopp den Flaschenhals.

»Ich kann doch nicht einfach fünfzigtausend Euro von euch annehmen!« Maja wischte sich die Tränen von den Wangen.

»Fünfundfünfzigtausend«, verbesserte Agathe.

»Apropos, gib mir mal deine Kontonummer.« Herbert holte sein Handy heraus. »Ich tippe mir das gleich hier ein und überweise dir das Geld morgen.« Mit wichtigem Gesicht ruckte er an seiner Brille, dann begann er, mit dem Zeigefinger auf seinem Display herumzustechen. »Ich höre?«

Maja schüttelte den Kopf.

»Bienchen«, sagte Agathe, »jetzt sei nicht dumm und ergreif diese Chance. Krautfann-Ding ist eine wunderbare Sache. Keiner von uns hat mehr gegeben, als er verkraften kann. Ehrlich. Wir haben alle ein bisschen Geld auf der hohen Kante und würden uns über deine …«, sie räusperte sich, »… Gegenleistung ideeller Art sehr freuen.«

Im nächsten Moment war Maja ein Sektglas in die Hand gedrückt worden.

Sie sah sich umringt von lächelnden Menschen, die ihr in diesem Augenblick wie eine ganze Heerschar von Schutzengeln vorkamen. Elf Augenpaare strahlten, glitzerten und funkelten sie an.

»Kommen wir ins Geschäft?«, fragte Dagmar.

Maja nickte ergriffen, und im nächsten Augenblick brach lauter Jubel aus.

Gläser klirrten aneinander, Herbert legte einen erstaunlichen Stepptanz hin, Agathe warf die Arme in die Luft und schrie »Hurra!« Dabei schüttete sie jede Menge Sekt auf Dagmar, aber das schien beiden gar nichts auszumachen.

»Auf Maja!«

»Auf ihre Boutique!«

»Auf das Krautfann-Ding!«, wurde munter durcheinandergerufen.

»Auf die Freundschaft«, sagte Maja leise. Sehr viel mehr

konnte sie nicht sagen, denn ihre Unterlippe bebte und die Tränen wollten nicht aufhören zu fließen, und dann musste sie sich setzen, weil ihr ganz schwindelig geworden war.

»Nicht besonders belastbar, die Jugend von heute«, sagte Rudi, setzte sich neben sie und küsste ihr schmunzelnd die Hand.

»Dein Handy hat geklingelt.« Leonores Wangen leuchteten dunkelrot. »Ich bin rangegangen.« Sie kicherte. »Es war eine Nora, die dich abholen wollte.«

»Oh, nein.« Maja putzte sich die Nase. »Was hast du gesagt?«

»Dass die Party gerade hier stattfindet. Und dass sie kommen und mehr Sekt mitbringen soll.«

Maja begann zu lachen. Sie lachte und lachte.

Kurz darauf trafen Nora und ihre drei Freundinnen ein. Sie trugen hohe Absätze, kurze Röcke, hatten tatsächlich vier kalte Sektflaschen dabei und wurden von den Senioren begeistert begrüßt.

»Ich mach mal Musik«, rief Nora, und wenig später erklangen wilde Bässe.

»Darf ich bitten?«, fragte Herbert und verbeugte sich vor ihr.

»Aber immer doch!« Nora und Herbert begannen zu tanzen.

Dagmar rümpfte die Nase. »Das ist nicht meine Musik«, grantelte sie.

»Du bist bloß eifersüchtig«, rief Leonore und begann testweise ihre Hüften zu schwingen. »Es ist sehr tanzbar«, befand sie und imitierte Noras Tanzstil, was ihr überraschend gut gelang. »Ich war mal Ballerina!«, rief sie, und man konnte ihr ansehen, wie viel Spaß sie hatte.

Etwas perplex, aber überglücklich beobachtete Maja vom Sofa aus diese Spontanparty, die da gerade in ihrem Wohnzimmer explodiert war. Jung und Alt tanzte, schwatzte und lachte miteinander.

Warum kann es nicht immer so sein? fragte sich Maja.

Warum hocken die Alten in Heimen, und die Jungen zerreiben sich im Alltag? Wir haben uns doch so viel zu geben. Warum trennen wir uns, anstatt gemeinsam durchs Leben zu gehen?

Sie dachte an Leo und Jack, die beiden Männer, die sie so sehr liebte und die nicht mehr da waren. Ihr Herz zog sich schmerzvoll zusammen, doch im nächsten Moment machte es einen Sprung. War sie tatsächlich in der Lage, die Boutique zu mieten? Irgendein Wunder musste passiert sein.

Sie kniff sich. Vielleicht träumte sie.

Nein, das war kein Traum. Das war ihr Leben.

Maja sprang auf und begann ausgelassen zu tanzen.

Ihr Leben!

FÜNFZEHN

Geschäftige Tage vergingen wie im Fluge.

Maja meldete sich telefonisch zum Besichtigungstermin an.

»Es gibt bereits drei Interessenten für diese Geschäftsräume«, sagte der Makler. »Der Eigentümer wollte nicht mehr als drei empfangen. Aber wenn daraus nichts zustande kommt, gibt es gegebenenfalls eine weitere Besichtigung in der nächsten Woche. Ich würde Sie dann informieren.«

»Ich komme trotzdem«, sagte Maja mit fester Stimme und wunderte sich über sich selbst.

»Ich sagte Ihnen doch eben …«

»Ich komme trotzdem«, wiederholte Maja, »am Sonnabend um fünfzehn Uhr werde ich da sein.« Sie legte auf.

Ihr Herz schlug heftig. Wie unverschämt sie sein konnte, aber nun war einfach nicht die Zeit der guten Manieren. Sie wollte diesen Laden haben. Schlusspunkt.

Agathe und Nora standen neben ihr und nickten zufrieden.

»Und jetzt werden wir gemeinsam ein Outfit zusammenstellen«, sagte Nora, »damit du am Sonnabend mit deinem bloßen Erscheinen alle anderen ausstichst.«

»Was möchtest du denn gern anziehen, Bienchen?«

Maja dachte nach. »Vielleicht das Kleid Leonie? Es ist ein Tellerkleid aus azurblauem Baumwolljersey mit schwarzen Blüten darauf.«

Die beiden Frauen folgten Maja zum Kleiderschrank, den sie öffnete und mit einem einzigen Griff das Kleid hervorholte. »Leo hatte mir den Stoff geschenkt«, sagte sie leise, »in diesem Kleid habe ich … Jack kennengelernt.« Sie schluckte.

»Dann ist es mit zu vielen Emotionen belegt«, sagte Agathe. »Zeig uns etwas anderes.«

»Genau«, stimmte Nora zu.

»Wie wäre es damit?« Maja hielt einen blauen Minirock hoch. »Dazu passt eine schlichte weiße Bluse sehr gut.«

»Und dann verteilst du Sandwiches und Landekarten.« Agathe schnaubte. »Damit siehst du aus wie eine Stewardess.«

Nora begann zu lachen und legte einen Arm um Agathe. »Da hat sie schon wieder recht.«

»Ihr seid mir eine große Hilfe!«, rief Maja, musste aber auch lachen.

»Zieh doch Jeans und eine deiner Vintage-Blusen an«, schlug Nora vor.

»Nein, keine Jeans. Das ist zu alltäglich.« Agathe schüttelte energisch den Kopf. »Es muss etwas Besonderes sein, in dem du auffällst. Mühelos, selbstsicher, von deinem Plan überzeugt, feminin, charmant und unverwundbar.«

»So ist es«, pflichtete ihr Nora bei, »kurz gesprochen: das magische Zauberkleid. Das musst du anziehen.«

Maja hatte aufmerksam zugehört.

»Ich hätte da eine Idee«, murmelte sie und griff wieder in ihren Kleiderschrank.

Sonnabend, 15 Uhr.

Maja betrat das, was der Makler als Geschäftsräume bezeichnet hatte. Doch für sie war es ihre Zukunft, ihr Leben. Ihre zukünftige Boutique.

Zwei Männer in grauen Anzügen standen zusammen und unterhielten sich flüsternd. Makler und Eigentümer, schoss es Maja durch den Kopf.

Eine Frau in einem Leoprint-Overall, ein Pärchen und ein älterer Herr gingen mit finsteren Gesichtern umher und ignorierten einander. Die anderen Bewerber, erkannte Maja.

Vor lauter Aufregung wurde ihr Mund ganz trocken.

Nu-nu-nu, hörte sie Leo machen, *nun reiß dich mal zusammen, Maja-Kind.*

Sie atmete tief durch und strich über ihr Kleid. Es gab ihr die Gewissheit, das Richtige zu tun und die Fähigkeit zu haben, es hier und jetzt auch durchzusetzen.

Maja erinnerte sich kurz an eines ihrer ersten Gespräche mit Leo.

Sie meinen, ein Seidenkleid kann ein Leben verändern?, hatte er sie gefragt.

Vorausgesetzt, dass es gute Seide ist, hatte sie geantwortet, *die Trägerin muss das ganz besondere Seide-auf-der-Haut-Gefühl haben, dieses königliche Empfinden, das nur Seide einem geben kann, wenn Sie verstehen, was ich meine.*

Maja hatte wieder Leos wachen, interessierten Blick vor Augen, mit dem er sie bedachte, während er zuhörte.

Farbe und Schnitt müssen natürlich stimmen, hatte sie ihm erklärt, *Timing und vieles mehr kommen auch ins Spiel, aber das Allerallerwichtigste ist: Frau und Kleid müssen einander mögen. Dann kann das Schicksal seinen Lauf nehmen.*

Und genau so war es.

Maja trug Luises champagnerfarbenes Seidenkleid, das sie damals so ehrfürchtig von der Stuhllehne gehoben und dann flink fertig genäht hatte. Sie fühlte sich darin wie eine Ritterin in magischer Rüstung.

Die Frau im Leo-Look stellte sich gerade zwischen Makler und Ladeninhaber. »Ich wäre sehr interessiert«, sagte sie und schaute lächelnd zu den Männern auf. Beide waren in ihren späten Fünfzigern, hatten einen Bauch und eine Halbglatze und trugen billige Anzüge von der Stange, wie Maja bemerkte. Sie wirkten auf sie wie dem Heer schläfriger, kraftloser, grauer Geschäftsleute entsprungen, die man jeden Tag auf der Straße sah und sich unweigerlich vorstellte, wie sie wohl mal mit fünfundzwanzig gewesen waren, als ihr Haar noch voll und ihre Augen voller Neugierde gewesen waren.

Maja spitzte die Ohren.

»Ich denke, dass ein Nagelstudio in dieser Gegend hervorragend laufen würde«, sagte die Frau gerade. »Es gibt weit und breit kein einziges. Ich habe Erkundigungen eingeholt.«

»Meine Freundin und ich sind auch total begeistert.« Ein tätowierter junger Mann näherte sich der Gruppe. Seine asiatisch aussehende Begleiterin, drei Köpfe kleiner als er, nickte lächelnd.

»Seid ihr die Leute mit dem veganen Eisladen?«, fragte der Makler und blätterte in seinen Unterlagen.

»Wir wollen ein Tattoo-Studio aufmachen«, erklärte der junge Mann. Wieder nickte seine Begleitung, eigentlich hatte sie gar nicht wieder aufgehört damit.

»Für mich ist ditt nüscht«, sagte der ältere Herr. »Ick such een Frisiersalon für meene Frau, aber ditt is zu kleen hier. Wiedersehen.«

Einer weniger, dachte Maja erleichtert.

»Und Sie?« Der Eigentümer sah sie an.

Ich weiß nicht einmal seinen Namen, dachte Maja betroffen.

»Hallo, ich bin Maja. Ich bin gelernte Schneiderin, und ich möchte eine Boutique für Maßschneiderei und Vintage-Mode eröffnen.«

»So.« Ihr Gegenüber schien wenig beeindruckt. Er wandte sich wieder den anderen zu. »Wer noch Interesse hat, schreibt mir einfach einen Dreizeiler mit dem Nachweis entsprechender Sicherheiten. Ich melde mich innerhalb der nächsten zwei Wochen bei demjenigen, für den ich mich entschieden habe.«

Er drehte sich zum Gehen um.

»Halt!«, rief Maja. Die Seide kribbelte auf ihrer Haut.

Fragend sah er sie an.

Maja holte tief Luft. »Ich möchte diesen Raum unbedingt mieten. Er passt einfach hundertprozentig zu meinen Plänen.«

»Zu meinen auch«, sagte die Frau im Leo-Overall und schaute Maja giftig an.

Der Makler seufzte auf. »Herr Günters, wir müssen weiter, wir haben noch einen Termin.«

»Geben Sie mir eine Minute!«, rief Maja. »Bitte ...«

Herr Günters zuckte mit den Schultern. »Na, dann schießen Sie mal los.«

Maja legte beide Hände auf ihr Herz. Sie bemerkte selbst, dass diese Geste übertrieben wirken musste, doch sie war nicht aus Berechnung geschehen, sondern aus Überzeugung. »Ich weiß, dass ich *hier* alles schaffen kann, was ich mir vorgenommen habe, dass ich ...«

»Also, wenn sie ein Plädoyer halten darf, dann will ich aber auch was sagen!«, rief die Leo-Frau dazwischen. »Ich bin Nail-Stylistin und will mich selbstständig machen.«

»Und weiter?«, fragte Herr Günters.

»Mir gefällt die Lage, und ich könnte sogar mehr Miete zahlen, als angesetzt wurde.« Sie lächelte Herrn Günters an.

»Das ist ein gutes Argument.« Der Makler nickte.

»Die Schneiderin war aber noch nicht fertig«, sagte der Mann mit den vielen Tattoos.

Maja räusperte sich. »Es ist nicht einfach zu erklären«, fuhr sie fort, »eigentlich ist es gar nicht zu erklären ... es ist eine tiefe Zuversicht aus dem Bauch heraus. Und es hat zu tun mit der Putzmacherei von Frieda Bogner und mit einer Kiste voller Glücksknöpfe, die mir jemand zu Weihnachten geschenkt hat. Aber am wichtigsten ist das Versprechen, das ich Leo gegeben habe.

Leo war mein bester Freund und wird es immer bleiben. Er hat mir das Erbe seiner Frau Luise vermacht, und damit hat er mir, schlau wie er war, auch einen Auftrag erteilt. Luise war nämlich auch Schneiderin und hat wundervolle Kollektionen erschaffen, die ich lebendig halten muss. Und meine eigenen noch dazu. Ich habe wirklich viel vor. Ich habe eine Mission, verstehen Sie? Hier an diesem Ort läuft für mich alles zusammen und ergibt einen grandiosen Sinn.«

»Seit wann ist denn ein Secondhand-Laden eine Mission?«, fragte die Leo-Frau spöttisch.

»Nee, sie will ja auch was nähen«, sagte der Tattoo-Mann, »das hat sie ja gerade erklärt. Es ist nicht bloß ein Secondhand-Laden, stimmt's?«

Maja lächelte ihn dankbar an. »Genau. Ich will nähen. Ich möchte Menschen das Glück auf den Leib schneidern, ich möchte ihnen Kleider mit auf den Weg geben, in denen ihnen viel Gutes begegnet, Kleider, die sie schützen, nicht nur vor Wind und Wetter, sondern auch vor den rauen Winden der Gefühlskälte, der Anonymität, der Bedeutungslosigkeit. In von mir genähten Blusen wird man die richtigen Menschen kennenlernen, in meinen Oberhemden unterschreibt man vorteilhafte Verträge.« Maja holte tief Luft. »Ich nähe ausschließlich mit sauberen, reinen Materialien, die frei von giftigen Chemikalien sind, die *nicht* durch Kinderhände gegangen sind, die teurer als Massenware, aber jeden Cent wert sind. In Luises und meinen Designs kann man atmen, kann man hoffen und leben. Kleider sind eine zweite Haut, sie behüten, sie ziehen uns nicht nur an, sie *ziehen* an, verstehen Sie die Doppeldeutigkeit? Kleider ziehen das Schicksal an.«

»Pfff«, macht die Leo-Frau.

»Interessante Theorie.« Herr Günters sah Maja nachdenklich an. »So habe ich das alles noch nie gesehen.«

Die Asiatin flüsterte ihrem Begleiter etwas ins Ohr.

»Wir gucken uns noch was anderes an«, sagte er daraufhin zu dem Makler, »wenn die Schneiderin hier so wild auf den Laden ist, geben Sie ihn ihr doch einfach.«

Er blinzelte Maja zu. »Hier ist meine Visitenkarte, falls du dir mal ein Tattoo stechen lassen willst.«

»Oh, vielen Dank.« Maja griff nach der Karte. »Ich hatte wirklich darüber nachgedacht, vielleicht eine Nähnadel mit Faden, würde das gehen?«

»Klar. Kein Problem. Ich freue mich.« Er nickte ihr zu, dann war er mit seiner Freundin gegangen.

»Also, ich lasse mich nicht so schnell vertreiben«, sagte die Frau im Leo-Overall. »Ich finde, dass ein Nagelstudio sehr gut in diese Straße passen würde.«

Maja war erschöpft. Sie hatte alles gesagt, was sie zu sagen hatte. Nun war es nicht mehr an ihr.

Sie reichte Herrn Günters die Hand. »Vielen Dank für Ihre Zeit.«

»Hübsches Kleid tragen Sie da«, sagte er.

»Das ist ein Modell von Luise.«

»Ach, von besagter Luise?«

»Sehr richtig.«

»Ist es aus Seide?«, wollte er wissen.

»Ja.« Maja lächelte. *Es ist ein Kleid aus Seide.*

Ein Seidenkleid.

»Ich hätte Sie gern als meine neue Mieterin«, sagte Herr Günters und schüttelte ihre Hand.

»Was?«, schrie die Leo-Frau. »Das ist ja wohl voll daneben.«

»Wir wollen hier und jetzt keine festen Zusagen machen.« Der Makler hob beschwichtigend beide Hände. »Herr Günters, bedenken Sie den Aspekt der Mieterhöhung, der ja hier gerade von Seiten der anderen Interessentin angesprochen wurde …«

»Ich habe mich entschieden.« Herr Günters lächelte Maja an.

»Danke«, flüsterte sie und umarmte ihn, »vielen Dank.«

***

Maja kam sich vor wie ein Schmetterling, der endlich aus seiner Puppe gekrochen war und nun zum ersten Mal seine noch zerknitterten Flügel spannte, um …

»Maja!«, gellte es aus dem Laden. »Kommst du mal?«

Sie schreckte auf und musste über sich selbst schmunzeln. Es war einfach zu schön, um wahr zu sein.

»Majaaa!«

»Komme.« Sie ging hinein und fand Nora, die mit einem kleinen Malerpinsel vorsichtig um einige verbliebene Wandfliesen herum strich. »Ich dachte mir, dass ich das Rankenmuster ja in die Zwischenräume malen könnte«, sagte sie, »dann sieht es aus der Ferne aus, als wäre der Fries wieder komplett. Was meinst du?«

»Tolle Idee, vielen Dank.«

Summend fuhr Nora mit ihrer Arbeit fort.

Der Holzfußboden war bereits abgeschliffen, geölt und gewachst worden. Maja konnte sich gar nicht sattsehen.

Sie hatte die Küche geputzt und einen kleinen Kühlschrank

hineingestellt. Das Hinterzimmer war auch fertig und mit Wand- und Schuhregalen, Spiegeln, Kleiderständern und praktischen Schränken ausgestattet worden. Alles stand bereit und wartete nur darauf, dass die letzte Farbe getrocknet war, um befüllt und eingerichtet zu werden. Beim Renovieren waren sie hinter einem losen Backstein auf ein uraltes Kindermützchen gestoßen.

»Was soll denn das?« Nora hielt es ratlos in die Höhe.

»Keine Ahnung«, antwortete Maja und griff danach.

»Das haben wir gleich.« Nora holte ihr Handy heraus.

Während sie sich im Internet schlaumachte, betrachtete Maja gerührt die kleine gehäkelte Mütze, die jahrzehntelang hinter dem Backstein gelegen, zwei Weltkriege überstanden hatte und bis auf ein bisschen Staub noch immer himmelblau leuchtete.

»Das ist ein uralter Aberglaube«, erklärte Nora schließlich. »Früher hat man beim Einzug in Geschäftsräume einen Gegenstand eingemauert, der einem lieb und teuer war. So konnte er für alle Zeiten seinen Schutzzauber verbreiten.«

»Wie schön«, murmelte Maja. »das hat bestimmt die Frieda Bogner getan. Vielleicht war es das Mützchen ihres Kindes?«

»Du musst das auch tun.« Nora nickte ihr mit großen Augen zu. »Du musst etwas hinter den Backstein legen, bevor wir ihn wieder festmörteln.«

Maja dachte kurz nach. »Ich möchte aber das Mützchen nicht wegnehmen, es liegt da schon so lange.«

»Musst du ja nicht«, sagte Nora, »leg einfach noch etwas dazu.«

»Dann weiß ich!« Über Majas Gesicht zog sich ein breites Lächeln. »Ich werde Luises Nadelkissen in der Wand einmauern. Dann ist sie immer dabei, wie eine große gute Fee.«

»Großartig!« Nora rieb sich zufrieden die Hände.

So geschah es, und wenn es auch bloß ein Aberglaube sein mochte, Maja hatte trotzdem das Gefühl, mit dem Ausführen dieser harmlosen, magischen Tat etwas richtig gemacht und besiegelt zu haben.

Man kann nicht immer alles rational erklären, sagte sie sich, während sie die Messingklinken polierte.

Sie kamen gut und zügig voran.

Maja hatte eine Türklingel mit nostalgischem Klang installieren lassen, die in diesem Augenblick *Ding-Dong* machte.

Eine vertraute Gestalt kam durch die Glastür.

»Herr Blüm!«, rief Maja erstaunt.

»Ich konnte es mir einfach nicht nehmen lassen, mal vorbeizuschauen und Ihnen zu gratulieren.« Aufgeregt knetete er seine Hände.

»Das ist aber lieb von Ihnen.«

»Wie ich sehe, ist alles bereit.« Er begann in seiner Tasche herumzuwühlen. »Ich habe mir erlaubt, Ihnen eine Kleinigkeit Glück zu bringen.«

Er holte ein kleines Brot hervor, in dem ein Cent steckte, und ein Fässchen mit Salz.

»Damit immer alles gut geht«, murmelte er.

Maja umarmte ihn. Noch mehr Schutzzauber, dachte sie gerührt.

»Ich habe es selbst gebacken«, murmelte er, »also, das Brot …«

»Vielen lieben Dank.«

Nora schlenderte herbei. »Hallo«, sagte sie und reichte Norbert Blüm ihre farbverschmierte Hand. »Wir könnten noch etwas Hilfe gebrauchen.«

»Nora!«, tadelte Maja sie. »Herr Blüm muss jetzt wirklich nicht eingespannt werden.«

»Wieso denn nicht?« Nora zuckte mit den Schultern. »Zum Rumstehen haben wir jedenfalls keine Zeit.«

»Ganz recht.« Norbert Blüm schälte sich aus seinem Jackett. »Ich helfe gern. Was kann ich tun?«

»Das sage ich Ihnen.« Nora grinste zufrieden.

Wenig später hing Luises Kronleuchter inmitten der Stuckrosette.

»Voilà!«, rief Norbert Blüm von der Leiter herunter.

»Das sieht ja mega aus!« Begeistert klatschte Nora in die Hände.

Bei dem Versuch, sich in luftiger Höhe zu verbeugen, fiel Norbert Blüm beinahe von der Leiter.

»Vorsicht, Herr Blüm«, rief Maja erschrocken.

»Wissen Sie was?« Erstaunlich leichtfüßig kam er heruntergeklettert. »Ich bin der Norbert.«

Nora begann grunzend zu lachen, und während über ihnen der Kronleuchter noch leise klirrend hin und her schwankte, fielen Maja und Norbert mit ein. Dieses merkwürdige Lachen war einfach unwiderstehlich.

»Morgen kommt der Laster mit der gesamten Kollektion und den Möbeln«, sagte Maja, nachdem sie sich wieder beruhigt hatten.

»Ich helfe wieder gern!«, rief Norbert.

»Es sind aber keine Krawatten dabei.« Grinsend hob Maja die Schultern.

»Ich komme trotzdem«, versprach er.

»Das ist ja ein Schätzchen«, sagte Nora, nachdem er sich verabschiedet hatte.

Maja nickte. »Das ist er wirklich.«

»Und er hat wunderschöne Augen.«

»Hat er?« Maja sah ihre Freundin erstaunt an.

»Ja, ganz grün und katzenhaft, hast du das nie bemerkt?«

Ungläubig schüttelte Maja den Kopf. »Was ist denn mit dir los? Er hat eine Glatze.«

»Männer mit Glatze sind besonders männlich. Das liegt an einem Überschuss von Testosteron.«

»Er ist bestimmt schon vierzig!«, rief Maja halb entsetzt, halb amüsiert.

»Ich stehe auf alte Männer!« Nora begann schon wieder grunzend zu lachen, und da sie beide offenbar eine Pause brauchten, bestellten sie sich Pizza und tranken Bier dazu.

»Ich bin so glücklich«, murmelte Maja.

»Na«, Nora biss in eine Peperoni, »ein bisschen was fehlt aber noch, hm?«

Maja schwieg.

»Wie geht es Jack?«

»Meine Güte, Nora, du gibst wohl nie Ruhe.«

»Nein.«

»Ich weiß es nicht.«

»Wenn du doch sowieso schon dabei bist, in deinem Leben Ordnung zu schaffen und alles an die richtige Stelle zu rücken, kannst du bei der Gelegenheit ruhig mal bei Jack anklingeln und fragen, was Sache ist.«

»Fragen, was *Sache* ist?« Maja sah Nora perplex an.

»Genau.«

»Ach, Nora, ich kann das einfach nicht. Er ist bestimmt bereits ein verheirateter Mann.«

»Weißt du doch gar nicht.«

»Selbst wenn nicht, dann ist er immer noch ein werdender Vater.«

»Blabla«, machte Nora und verdrehte die Augen.

»Es ist nicht an mir, mich …«

»Blablabla! Bist du das doofe Dornröschen, oder was?«

Maja antwortete nicht.

»Na, also.« Nora stand auf, wischte sich Pizzakrümel vom Mund und kehrte zu ihrem Rankenfries zurück.

***

Am nächsten Tag ging die Arbeit weiter.

Kisten über Kisten trugen Maja und Nora in den Laden. Luises Spiegelkommode und das Samtsofa folgten. Die Schneiderpuppe wurde ins Schaufenster gestellt.

»Es wird, es wird!«, freute sich Nora.

»Wenn ich mir eine Anmerkung erlauben darf?« Norbert, der in seiner Mittagspause zu ihnen gestoßen war, legte die Fingerspitzen aneinander.

»Ja?« Abwartend schaute Maja ihn an. Sag jetzt nicht, dass wir eine erbsengrüne Schubkarre und einen Gartenzwerg aufstellen sollen, dachte sie und unterdrückte ein Glucksen.

»Du könntest deinen Arbeitstisch mit der Nähmaschine ans Schaufenster stellen«, sagte er zum Glück stattdessen. »Da hast du gutes Licht, einen Blick auf die Straße, und die Leute sehen dich dort sitzen und emsig nähen. Das macht doch neugierig und Lust, in den Laden zu kommen und sich mal umzuschauen.«

Mit großen, tatsächlich sehr schönen grünen Augen starrte er sie erwartungsvoll an.

»Das, mein lieber Norbert, ist eine großartige Idee.«

Er strahlte. »Tja, ich bin eben erfahren«, murmelte er und wurde ein bisschen rot.

Sie setzten um, was Norbert vorgeschlagen hatte: Luises Nähmaschine stand nun wieder auf dem kleinen Tisch, ihr Stuhl davor, und dieses bescheidene Arrangement zweier Möbel und einer Maschine vor der großen Scheibe ihres Ladens ließ Maja ganz unruhig werden.

»Ich möchte sofort dort Platz nehmen und anfangen!«, rief sie und ließ alle zehn Finger tanzen.

»Nichts da!«, protestierte Nora. »Sag mir lieber, wohin ich all diese Mini-Schuhe räumen soll.«

Verzückt griff Norbert nach einem von Luises Lackpumps und hielt ihn in die Höhe. »Ganz zauberhaft.«

»Ähm …«, machte Maja etwas ratlos. »Am besten erst einmal alle ins Hinterzimmer.«

»Wenn ich eine Idee äußern dürfte?«, rief Norbert mit strahlenden Augen.

»So schnuffig«, flüsterte Nora tonlos hinter seinem Rücken und legte sich theatralisch beide Hände aufs Herz.

»Mach einfach, Norbert.« Maja lächelte ihm zu, und sofort begann er, die Schuhe im ganzen Laden zu verteilen.

»Nein, nein, nein«, murmelte er dann und sammelte alles wieder ein, »so geht das nicht.«

Mit ernster Miene hob er die Zeigefinger, als wären sie zwei Antennen, die ihm einen besseren Empfang zum Universum ermöglichten. Eine typische Norbert-Geste, dachte Maja amüsiert.

»Du brauchst noch ein Extra-Schuhregal, Liebes«, sagte er, »damit die Kundin gleich einen Gesamtüberblick hat.«

»Die *kleinfüßige* Kundin«, verbesserte Nora, »aber er hat recht, und außerdem wird es hübsch aussehen.«

»Sehr gute Idee.« Maja nickte. »So wird es gemacht. Ich fahre gleich noch mal ins Möbelhaus. Sonst noch etwas?«

»Eine schöne große Vase aus Glas«, rief Nora. »Da stellst du dann immer frische Blumen hinein. Das ist wie ein Willkommensgruß, wenn man eintritt.«

»Ach, wenn ich euch beide nicht hätte!« Maja rieb sich über die Augen.

»Nicht heulen, handeln!« Lachend warf Nora ihr den Autoschlüssel zu.

Später, es war bereits Abend geworden, gingen sie ins *Bacon and Cheese*.

Norbert war nach seinem Feierabend im Kaufhaus nachgekommen.

»Halli-halloooo«, rief Tim, als er die drei eintreten sah. »Edle Gäste! Was verschafft mir die Ehre?«

»Maja hat ein eigenes Geschäft eröffnet«, platzte Nora heraus, und man konnte ihr ansehen, wie stolz sie auf ihre Freundin war. »Gleich um die Ecke.«

»Was denn für ein Geschäft?«, fragte Tim.

»Eine Boutique«, antwortete Norbert, ebenfalls sichtlich begeistert. »Ach was, es ist so viel mehr als das: Ein inspirierender Ort ist zum Leben erwacht, an dem Talent, weibliche Kraft und eine überaus originelle Idee sich mit der Mode vergangener und kommender Tage vereinen.«

»Das hast du aber schön gesagt«, schnurrte Nora und tätschelte seinen Oberarm.

Verlegen blickte er zu Boden.

»Also, keine Konkurrenz«, rief Tim lachend.

Sie nahmen Platz, bestellten Flammkuchen, Salat und Weißwein.

Tim verschwand in der Küche.

»Danke, Norbert«, sagte Maja etwas verspätet.

Er winkte ab. »Wie soll die Boutique eigentlich heißen?«

»Stimmt!«, rief Nora. »Das Kind braucht doch einen Namen.«

Majas Herz schlug etwas schneller. »Ich habe ein Leuchtschild in Auftrag gegeben, auf dem steht in Schreibmaschinenschrift …«

Sie machte eine rhetorische Sprechpause und schaute in Norberts grüne und Noras braune Augen.

»Auf dem steht … was?« Voller Ungeduld rüttelte Nora an der Tischkante.

»Maja und Luise!«, sagte Maja.

»Oh«, machte Norbert.

»Klingt das zu sehr nach *Thelma und Louise*?«, fragte Maja verunsichert.

»Mir gefällt's!«, rief Nora. »Klassisch, schnörkellos, einprägsam, richtig gut.«

»Ich würde sogar sagen, genial«, flüsterte Norbert.

»Gut.« Erleichtert atmete Maja aus. Das Schild war sehr teuer gewesen.

»So, so, da ist die kleine Geheimniskrämerin nun also meine Nachbarin«, sagte Tim, der gerade das Essen an ihren Tisch brachte. »Wieso hast du mir denn nichts erzählt?«

»Manchmal geht es schnell im Leben«, murmelte Maja.

»Dann sehe ich dich ja jetzt öfter.« Er lächelte sie an.

»Wahrscheinlich«, sagte sie und betrachtete den Flammkuchen.

»Und mich auch!«, kam ihr Nora zu Hilfe, die zu spüren schien, wie irritiert Maja war.

»Und mich auch!«, rief Norbert, und dann mussten alle lachen.

Alle bis auf Tim.

»Süßer Typ«, sagte Nora, nachdem er davongeeilt war, um eine Schar eintretender Gäste überschwänglich zu begrüßen.

»Hm«, machte Maja.

Sie ließen sich den Flammkuchen schmecken.

Dann kam Tim wieder an ihren Tisch und stellte drei Eisbecher darauf. »Pistazieneis«, erklärte er, »selbst gemacht. Auf Kosten des Hauses.«

»Oh, tausend Dank.« Nora strahlte ihn an.

Nur auf Majas Eiskugeln befanden sich drei rosa Zuckerherzen. Lächelnd tauchte sie die Spitze ihres Löffels in das leuchtend grüne Eis und kostete. »Das ist ja wirklich köstlich.«

»Freut mich.« Er strahlte sie an. »Hiermit hast du ein lebenslanges tägliches Eiskugelrecht. Solange es das *Bacon and Cheese* gibt.« Er hob die Finger zum Schwur.

»Gilt das auch für Freundinnen?«, fragte Nora, deren Blick amüsiert zwischen den beiden hin- und hergegangen war.

»Nein, bedaure.« Tim schüttelte den Kopf. »Das gilt nur für Maja.«

»Dafür nähe ich dir gern mal ein paar Stapel Stoffservietten«, sagte Maja.

»Das wäre toll.«

Norbert hob sein Glas.

»Auf Maja und Luise!«, sagte er feierlich.

»Auf Maja und Luise«, wiederholten alle wie aus einem Mund.

Es hörte sich gut an, fand Maja.

Richtig gut.

SECHZEHN

Hallo, Jack, wie geht es euch? Seid ihr schon verheiratet? Wann kommt das Baby? Am 1. März feiere ich die Eröffnung meiner Boutique. Vielleicht möchtet ihr kommen?

Maja zögerte, wollte die Frage korrigieren zu *möchtest du kommen*. Doch dann beließ sie es dabei. Vielleicht könnte man befreundet bleiben. Oder es zumindest versuchen. Er fehlte ihr so sehr.

Sie schrieb noch Adresse und Uhrzeit dazu und schickte die WhatsApp ab.

Der Tag der großen Einweihungsfeier war da. Beinahe auf den Tag genau sechsundneunzig Jahre, nachdem Frieda Bogner ihre Putzmacherei eröffnet hatte.

MAJA UND LUISE, leuchtete es warm und golden in der Straße. Maja konnte sich gar nicht sattsehen. Frierend stand sie vor der Boutique und berauschte sich zähneklappernd an diesem Anblick.

Sie hatte noch ein weiteres Schild anfertigen lassen und es ins Schaufenster gehängt. Es war aus nostalgisch anmutendem Blech gefertigt.

Ihr Wunschkleid auf Maß genäht. Bitte treten Sie ein …

»Nun zieh dir wenigstens einen Mantel über, Liebes«, rief Norbert nach draußen, »es gibt ja hier schließlich eine große Auswahl!«

»Komme ja schon.« Lachend ging Maja in den Laden zurück und legte eine CD in den Player. Sie hatte die schönsten Chansons der Sechziger- und Siebzigerjahre ausgewählt:

Gilbert Bécaud begann *Nathalie* zu singen.

Nora summte lautstark mit, während sie ein Tablett mit Sektgläsern befüllte.

Als Erster traf Tim ein. Er überreichte Maja einen enormen Strauß roter Rosen, den Norbert ihm flink aus der Hand nahm und in eine Vase voller Wasser stellte.

»Hmmm«, murmelte er dabei, »rote Rosen.«

»Alles Gute, Maja«, sagte Tim, »und wenn du mal Hilfe brauchst oder es nicht so gut läuft: Ich bin immer für dich da.«

»Es wird schon gut gehen«, erwiderte Maja, »aber danke. Lieb von dir.«

Es dauerte nur kurze Zeit, und schon war die Boutique voller Leute, die sich neugierig umschauten, Sekt tranken, lachten, Visitenkarten einsteckten. Maja verkaufte zwei Seidentücher und ein Paar Schuhe.

Dann kamen Agathe, Herbert, Leonore und die anderen Senioren. Diesen Anblick würde Maja ihr Lebtag nicht vergessen: Sie hatten sich alle chic gemacht, Leonore trug einen enormen Kuchen vor sich her, Herbert umarmte eine Palme, deren Wedel unternehmungslustig in alle Richtungen wippten, Rudi schwenkte eine kleine Fahne, auf der LOVE stand, und über Agathe schwebte ein Bündel bunter Luftballons.

»Ein Foto«, rief Maja, »ich muss ein Foto machen!« Eilig holte sie ihr Handy heraus und hielt diesen wunderbaren Moment für die Ewigkeit fest.

»Herzlich willkommen!«, rief sie und umarmte alle, was nicht so einfach war, vor allem wegen des Kuchens und der Palme.

»Die stellen wir in diese Ecke!«, entschied Nora. »Passt perfekt!«

»Das ist eine Livistona rotundifolia«, sagte Herbert, der wieder seinen Ringelschal trug.

»Eigentlich ist es eine Glückspalme.« Agathe zwinkerte Maja zu. »Wir wünschen dir alles Glück der Welt, liebes Bienchen.«

»Danke, danke, danke«, rief Maja und klatschte in die Hände. »Meine lieben Unterstützer.«

»Gleich dreht sie durch vor Glück.« Lachend zog Nora sie beiseite.

»Hast du Jack nicht eingeladen?«, flüsterte sie.

»Doch.«

»Und?«

»Er hat nicht geantwortet.«

»Verdammt.«

»Könnten Sie mir das in Größe vierzig nähen?« Eine Frau hatte sich genähert und hielt Kleid Venezia in die Höhe – Luises Venedigkleid.

»Oh«, machte Maja und fasste sich ans Herz.

»Natürlich wird sie das tun.« Nora gab ihr einen unsanften Stoß in die Rippen.

»Autsch! Ja, sehr gern. Hätten Sie auch gern diese rot-weißen Vichy-Karos oder möchten Sie sich lieber einen anderen Stoff aussuchen?«

»Genauso wie hier auf dem Bügel!«, rief die Frau. »Nur ein bisschen größer.«

»Sehr schön. Dann machen wir gleich einen Termin zum Vermessen. Haben Sie nächsten Montag Zeit? So gegen zehn Uhr?«

»Das habe ich, und ich werde meine Freundin mitbringen. Die kippt um, wenn sie das hier sieht.«

Maja strahlte. »Gern. Ich freue mich.«

»Läuft!«, zischte ihr Nora heiß und feucht ins Ohr, nachdem die Frau gegangen war.

»Scheint so.« Maja war ein bisschen schwindelig geworden.

»Falls es dir gerade allzu gut geht …« Nora deutete zur Tür. »Da kommt deine Mutter.« Sie grunzte. »Die kalte Dusche in persona.«

Maja hatte ihrer Mutter eine schriftliche Einladung zur Ladeneröffnung geschickt und daraufgeschrieben: *Ich würde mich freuen, wenn du kommst.*

Und das war nur ein bisschen gelogen gewesen.

Sie hätte sich tatsächlich gefreut, wenn ihre Mutter sich einmal positiv und mütterlich gegeben hätte, doch ihre hängenden Mundwinkel sprachen bereits eine andere Sprache.

»Was machst du denn für Sachen?«, begrüßte sie Maja.

Nora verzog sich, blieb aber in Hörentfernung stehen.

»Hallo, Mama.«

»Wieso erzählst du mir denn nie etwas? Ich bin *immer* die Letzte, die etwas aus deinem Leben erfährt.«

»Das ist meine Boutique.« Maja lächelte ihre Mutter verunsichert an. »Gefällt sie dir?«

»Deine Boutique? Deine *Boutique*? Du hast das hier …«, ihre Mutter machte eine vage Handbewegung, »seit Monaten im Kopf und mir kein Wort gesagt?«

»Nein, so war es nicht. Es hat sich so ergeben und …«

»Es hat sich so ergeben? Also, ich weiß überhaupt nicht mehr mit dir umzugehen, Maja. Erst …«

»Sektchen?« Norbert hielt Majas Mutter ein Glas vor das Gesicht.

»Wer sind Sie denn?«, fragte sie.

»Das ist mein Freund Norbert!«, rief Maja, in der nun allmählich der Ärger zu brodeln begann.

»Pfff«, machte ihre Mutter abfällig, während sie Norbert aus schmalen Augen unverhohlen musterte. Das Glas nahm sie aber trotzdem.

»Und wie soll das hier laufen?«, fragte sie nach einem großen Schluck. »Wie willst du das schaffen neben deiner Arbeit im Kaufhaus? Glaube ja nicht, dass ich dir helfe, ich habe mein eigenes Leben.«

Im nächsten Moment war das Glas auch schon leer.

Wortlos nahm Nora es ihr aus der Hand und drückte ein gefülltes hinein.

»Ich habe gekündigt, Mama.«

»Du hast *was*?« Das Glas fiel zu Boden und ging mit einem hässlichen Klirren und Platschen zu Bruch. Erschrocken sprangen zwei Frauen beiseite, Scherben und Sektspritzer flogen herum.

»Ich bringe das schnell in Ordnung.« Wie ein rettender Engel erschien Norbert mit Eimer und Wischlappen.

»Sie sind doch bloß gekommen, um alles blöd und dumm zu finden«, sagte Nora mit erstaunlich tiefer Stimme, die vor Wut leicht zitterte. »Aber ich werde nicht zulassen, dass Sie Maja ihren großen und wichtigen Tag versauen.«

»Sie haben mir gar nichts zu sagen! Und ich weiß ja wohl am besten mit meiner eigenen Tochter umzugehen.«

»Das bezweifle ich«, mischte sich Leonore ein.

»Ich auch.« Agathe nickte wie ein batteriebetriebenes Püppchen mit dem Kopf.

»Wer sind denn all diese Leute?«, schrie Majas Mutter.

»Das sind meine Freunde und Unterstützer.«

»Ha!« Ihre Mutter lachte schrill auf.

»Jawohl«, sagte Rudi, »wir sind die Kraut.«

»Man nennt es auch Schwarmfinanzierung«, erklärte Leonore.

»Sind die alle irre?« Majas Mutter tippte sich an die Stirn.

»Es tut mir leid, Mama, aber ich denke, es ist das Beste, wenn du jetzt gehst.«

»Du willst mich rausschmeißen?«

»Sie sind doch dabei, dem Bienchen die ganze Eröffnung zu versauen!« Agathe reckte sich auf die Zehenspitzen und schaute aus dunkel brennenden Augen zu Majas Mutter empor. »Wissen Sie überhaupt, was für eine wundervolle Tochter Sie da haben? Sie sollten dankbar und froh sein und …«

»So, genug der Szenen«, mischte sich Norbert sanft ein, »ich bringe die Dame jetzt zur Tür.« Er schnappte sich Majas Mutter und beförderte sie nach draußen.

»Ui«, murmelte Nora bewundernd, »resolut.«

Sie beobachteten, wie Norbert auf der Straße noch ein paar Worte sagte. Dann ging Majas Mutter mit hochgerecktem Kopf davon, ohne noch einmal in die Boutique geschaut zu haben.

Beschwingten Schrittes kam Norbert wieder herein. »Ich habe mal für eine Fluggesellschaft gearbeitet«, erklärte er, »da lernt man so was.«

»Sei nicht traurig, Bienchen.« Agathe rieb ihr den Rücken. »Das wird schon wieder, aber manchmal muss man Leuten ihre Grenzen aufzeigen. Auch wenn es die eigene Mutter ist.«

»Besonders, wenn es die eigene Mutter ist«, murmelte Leonore.

Maja schluckte. »Ja«, sagte sie, »das muss man wohl.«

»Lass dich nicht abbringen«, flüsterte Herbert ihr zu, »du bist auf dem richtigen Weg.«

»Kasse, bitte!«, rief Nora in diesem Augenblick und deutete grinsend auf eine Frau, die drei Retro-Handtaschen und einen Muff im Arm hielt.

»Ich komme!« Maja setzte sich in Bewegung. »Ich komme schon!«

Nachdem ihre Mutter fort war, entspannte sich die Atmosphäre wieder. Es wurde noch viel gelacht an diesem Abend und schließlich sogar getanzt.

Agathe legte mit Norbert einen Twist aufs Parkett, der sich sehen lassen konnte. Die Gäste klatschten im Takt und feuerten die beiden an.

»Pass auf deine Hüfte auf!«, schrie Leonore, und darüber musste Agathe so sehr lachen, dass sie für einen Moment drohte zusammenzubrechen. Ritterlich fing Norbert sie auf, und dann schwenkte er sie zu dem Beatles-Song *With a little help from my friends* durch die Boutique.

Herr Günters kam mit seiner Frau, und auch der bärtige Tattoo-Mann und seine Freundin waren Majas Einladung gefolgt. »Ich bin Jeff«, sagte er.

»Und ich bin Shenmi.« Das Mädchen nickte ihr freundlich zu. »Alles Gute.«

»Danke!«, rief Maja erfreut. »Wie schön, dass ihr gekommen seid. Habt ihr Räume für euer Tattoo-Studio gefunden?«

»Klaro, in Friedrichshain, wir laden dich zur Einweihung ein.«

»Ja, bitte.«

Die beiden nahmen sich ein Glas Sekt und gingen weiter.

Maja konnte nicht aufhören zu strahlen vor Glück, trotzdem schaute sie immer wieder zur Tür.

Doch Jack kam nicht.

»Herzlichen Glückwunsch.« Jemand tippte ihr auf die Schulter.

Sie wirbelte herum. »Rita!«

Maja umarmte ihre ehemalige Kollegin aus dem Kaufhaus. Dann ging sie vor einem schätzungsweise siebenjährigen Jungen und einem kleinen Mädchen im Kindergartenalter in die Knie. »Und Flo und Nelli! Ich freue mich, dass ich euch endlich kennenlerne. Ich habe schon so viel von euch gehört.«

»Wir haben dir ein Bonbonglas mitgebracht«, sagte der Junge, »für deinen Laden.«

»Und ganz viele bunte Bonbons.« Nelli riss ihre veilchenblauen Augen auf. »Die sind für die Kinder, wenn die Mamas bei dir einkaufen.«

»Das ist ja eine fabelhafte Idee!«, rief Maja begeistert. »Und ihr seid die ersten Kinder, die ins Bonbonglas hineingreifen dürfen!«

»Haben wir schon.« Nelli grinste.

»Pscht!«, zischte Flo sie an.

Maja lachte auf. »Da hinten gibt es Orangensaft und Cocktailwürstchen, wenn ihr mögt.«

Jubelnd hüpften die Kinder davon.

»Wie geht es dir?«, fragte Maja und erhob sich wieder.

»Ach.« Rita winkte ab. »Frag was anderes.«

»Immer noch keine Arbeit gefunden?«

»Nein.«

In diesem Moment lief Tim vorbei.

»Sag mal …« Maja hielt ihn am Arm fest. »Du suchst doch noch eine Kellnerin für dein *Bacon and Cheese*?«

»Ja.« Abwartend sah er sie an.

»Darf ich dir meine ehemalige Kollegin Rita vorstellen?«

Die beiden schüttelten sich die Hand.

»Sie sucht dringend Arbeit, und ich kann dir versichern, dass sie ein Schatz ist. Sie kann mit Menschen umgehen, sie ist witzig und charmant, sie ist schlau, sie kann rechnen, sie kann einfach alles.«

Rita war rot angelaufen. »Maja, hör schon auf.«

»Kannst gleich morgen anfangen«, sagte Tim zu ihr, nachdem er sie kurz gemustert hatte.

»Wirklich?« Rita starrte ihn an.

»Wenn Maja dich so anpreist, dann kann ich mich nur glücklich schätzen, dich im Team zu haben. Und vielleicht sehe ich Maja dann ein bisschen öfter.« Er blinzelte ihr zu. »Das Eisangebot steht natürlich immer noch.«

»Danke«, stammelte Rita.

»Komm morgen um halb zehn ins Café, dann besprechen wir alles. Ciao!«

Er klopfte Rita lässig auf die Schulter und ging weiter.

»Er tut nur so cool«, erklärte Maja lächelnd, »aber das ist lediglich seine Maske, eigentlich ist er sehr lieb und hilfsbereit. Und das Café ist wunderbar.«

Rita starrte sie an. »Heißt das, ich habe jetzt einen Job?«

»Ja«, antwortete Maja lachend, »das heißt es. Herzlichen Glückwunsch.«

»Oh, Gott, ich muss mich setzen.«

»Ist was passiert?«, fragte Nelli, die ein großes Glas Orangensaft vor sich her balancierte.

»Eure Mama hat einen Job«, erklärte Maja.

»Das ist doch super!« Flo lächelte breit und entblößte eine große Zahnlücke.

»Ja«, flüsterte Rita, »das ist es.«

Erst lange nach Mitternacht waren die letzten Gäste gegangen.

»Du musst die Regale auffüllen, ist ja fast alles leer gekauft.« Nora nickte zufrieden.

»Ich möchte dir etwas schenken«, sagte Maja und ging ins Hinterzimmer.

Kurz darauf kam sie mit Luises Chanel-Handtasche wieder. »Die wollte ich nicht verkaufen, sondern dir geben.«

»Bist du verrückt?«, rief Nora. »Die ist ein Vermögen wert!«

»Bitte.« Sie reichte sie ihr.

Es war Nora anzusehen, wie sehr sie mit sich rang. Begierig streckte sie die Hände aus und zog sie sofort wieder zurück.

»Das kann ich nicht annehmen.«

Maja lachte. »Na, los.«

»Mach schon«, rief Norbert aus der Küche, wo er Gläser spülte, »bevor sie es sich anders überlegt.«

»Gott, ist die schön«, murmelte Nora, die nun doch endlich zugegriffen hatte.

»Ja, das ist sie.« Maja nickte. »Ich freue mich, dass du sie jetzt hast.«

»Danke, danke, danke!« Nora fiel ihr um den Hals. »Ich werde sie immer, immer, immer in Ehren halten. Immer!«

»Ich danke dir«, murmelte Maja in Noras Lockenpracht.

Sie hielten sich kurz umarmt.

»Schade, dass Jack nicht gekommen ist.« Nora seufzte.

»Ich möchte nicht mehr über ihn reden«, sagte Maja mit zugeschnürtem Hals.

»Alles wird sich finden«, prophezeite Norbert, der sich die Hände mit einem Geschirrtuch abtrocknete und zu ihnen trat. »Alles wird sich finden.«

»Hör auf das Orakel«, meinte Nora schmunzelnd. Dann war sie wieder ganz in den Anblick ihrer Chanel-Handtasche vertieft.

»Ich möchte dir auch gern etwas schenken«, sagte Maja zu Norbert.

»Brauchst du nicht.«

»Doch, und ich weiß auch schon, was.«

»So?« Neugierig sah er sie an.

»Ich werde dir einen Anzug auf Maß nähen.«

»Lass ihn vorher noch fünf Kilo abnehmen«, mischte sich Nora ein.

»Oh«, machte Norbert. »Das ist aber wirklich ein exquisites Geschenk.«

»Würdest du dich darüber freuen?«, fragte Maja aufgeregt.

»Sehr. Wirklich sehr.« Er lächelte sie an. »Vielen Dank.«

»Dann ist es ausgemacht. Wann kommst du zum Maßnehmen?«

»Vielleicht hat deine etwas vorlaute, aber wirklich reizende Freundin recht«, brummelte er und zog den Bauch ein. »Ich sollte vorher etwas abnehmen.«

Maja grinste. »Man muss nicht *immer* auf Nora hören.«

»Doooch«, rief Nora.

Norbert lachte.

»Wir können ja mal zusammen joggen gehen«, sagte Nora versöhnlich zu ihm, »zu zweit bringt man mehr Disziplin auf.«

»Oh, ja.« Er nickte erfreut. »Das wäre toll.«

»Wir könnten allerdings auch ...«, sie lächelte ihn an, »einen Salsa-Kurs machen. Wie ich gesehen habe, bist du ein guter Tänzer.«

Maja sah Norbert schlucken.

»Nichts lieber als das«, gab er dann schnurrend von sich, und mit seinen grünen Augen und dem schmalen Lächeln auf den Lippen sah er auf einmal aus wie ein verliebter dicker Kater.

Alle Achtung, sagte sich Maja, ich habe noch viel zu lernen.

***

Der nächste Tag war ein Sonntag. Maja hatte lange geschlafen.

Am Nachmittag würde sie in die Boutique fahren und alles für die Woche vorbereiten – ihre erste Woche im eigenen Geschäft. Vielleicht würde sie in vielen, vielen Jahren und Jahrzehnten noch daran zurückdenken.

Unfassbar! Ab und zu kniff sie sich, und nachts war sie immer wieder aufgewacht.

»Maja und Luise«, murmelte sie vor sich hin, »Maja und Luise.«

Sie war in merkwürdiger Verfassung: euphorisch und gleichzeitig in Trauer, zuversichtlich und voller Ängste, am Lachen und im nächsten Augenblick in Tränen aufgelöst. So viele Emotionen gegensätzlicher Art waren in letzter Zeit über ihr zusammengebrochen.

Seufzend ließ sich Maja aufs Sofa fallen.

Sie trank eine Tasse Kaffee und genoss den Anblick eines Streifens Sonne, der wie ein leuchtender Finger ins Zimmer deutete.

Dann schoben sich schwere Wolken über den Himmel und das Licht verlosch so abrupt, als hätte jemand einen Schalter betätigt.

»Ach, Leo«, murmelte Maja, »ich bin so traurig, dass du gestern nicht dabei warst …«

War ich doch.

Maja lächelte. »Ja, das stimmt, das warst du. Und du wirst immer da sein.«

Sie streckte sich aus. »Leo und Jack«, flüsterte sie leise und umarmte das Sofakissen, »ihr fehlt mir so sehr.«

Erinnerungen traten vor ihr geistiges Auge: Leo, wie er ihr zum ersten Mal die Tür geöffnet hatte, ein großer, alter Herr mit einer faszinierenden Löwenmähne, aufrecht und voller Würde. Er hatte Hosen mit Bügelfalte getragen und ein gepflegtes Cordjackett. Maja konnte sich genau daran erinnern. Gut, dass er nicht mehr miterleben musste, dass Jack und Kim nun für immer zusammen sein würden. Das hätte ihm überhaupt nicht gefallen. *Sie ist durch und durch verlogen,* hörte sie ihn wieder sagen.

Maja schloss die Augen. »Ach, verdammt, Jack. Mein Herz tut so weh.« Fast wäre sie eingeschlafen. Oder war sie? *Nicht aufgeben, Maja-Kind,* hörte sie Leo murmeln.

Aber das Schicksal hat seinen Lauf genommen, antwortete Maja ihm in Gedanken, dagegen kann ich nichts tun, gar nichts tun, es ist, wie es ist, und dann sank sie in einen Traum hinab. Erst war alles dunkel und still, dann sah sie Lichter (Glühwürmchen? Fackeln? Irrlichter?) und hörte Gesänge. Sie wusste, dass sie träumte, oder glaubte es und gleichzeitig auch nicht. Merkwürdig klar erschien ihr alles, sie fand sich in einem mondbeschienenen blauen Eichenwald wieder. Der Gesang wurde lauter, Geigenmusik setzte ein, und dann sah Maja Gestalten auf sich zukommen. Sie hatte keine Angst, denn bereits aus der Ferne erkannte sie die schwarz gewandeten Hohepriesterinnen, gefiederten Engel, Feuergöttinnen, die maskierten Zauberinnen, Regengeister und Punk-Prinzessinnen von Alexander McQueen wieder. Sie umringten sie lächelnd, nahmen sie bei der Hand und tanzten mit ihr um die blau leuchtenden

Bäume herum. Maja drehte sich um sich selbst, und für einen Augenblick vergaß sie ihre Traurigkeit. Die Musik veränderte sich, die Gesänge verstummten, dafür setzten Trommeln ein, und dann ertönte der betörende Klang einer Flöte. Maja zuckte zusammen. Ihr wurde heiß und kalt. Über die silbrige Waldeslichtung sah sie eine große bocksbeinige Gestalt auf sich zukommen. »Pan«, flüsterte sie ergriffen. Ein windiges Rauschen setzte ein, Maja konnte die Flöte nicht mehr hören, die blauen Bäume verblassten. Sie öffnete die Augen.

Das Prasseln von Regen gegen die Scheibe hatte sie geweckt.

»Oh, nein«, murmelte sie bedauernd. Im Zimmer herrschte jetzt ein merkwürdiges Licht, silbrig, wie eben in ihrem Traum. Maja musste kurz überlegen, wo sie war, dann stand sie auf und ging zum Fenster.

Wie eine Schwarz-Weiß-Fotografie lag die glänzende Straße unter ihr. Zeitlos. Was für ein faszinierender Traum war das gewesen. Er schien aus der Tiefe ihrer Seele gekommen zu sein und mit ihm Pan persönlich, der gehörnte Hirtengott. Jeder Psychoanalytiker hätte seine wahre Freude daran gehabt. Maja wurde unruhig, sie wollte hinaus, in dieses Licht eintauchen, und sie wusste ganz genau, wohin sie jetzt gehen würde.

Sie schlüpfte in einen Mantel, griff zum Schirm und verließ die Wohnung.

Es zog sie in die Alte Nationalgalerie.

Maja hatte das Gefühl, als würde sie von ihrem marmornen Freund Pan gerufen. Und konnte dem drängenden Wunsch, jetzt sofort zu ihm zu eilen, nicht länger widerstehen. Eilig spannte sie ihren Schirm auf, stemmte sich damit gegen den Regen und machte sich auf den Weg.

SIEBZEHN

Es waren nicht viele Leute im Museum.

Maja gab ihren Mantel und den tropfenden Schirm an der Garderobe ab, zeigte dem Kontrolleur ihr Jahres-Abo, trat ein und atmete auf.

Eine andächtige Stille empfing sie. Nur Schritte und wenige Worte hallten wider. Die reine Essenz von Schönheit war hier allgegenwärtig, sodass Maja den Eindruck hatte, sie könne sie einatmen.

Sie ging auf die Prinzessinnengruppe von Johann Gottfried Schadow zu, die sie jedes Mal aufs Neue verzauberte: die spätere Königin Luise in inniger Umarmung mit ihrer jüngeren Schwester Friederike. Der Glanz ihrer jugendlichen Pracht war für die Ewigkeit in Marmor festgehalten.

Maja blieb kurz stehen, um die beiden respektvoll zu begrüßen, still und heimlich, nicht mehr als ein kurzes Verharren und Beugen des Kopfes. Sie tat es jedes Mal. Es war ihr Ritual.

Dann durchquerte sie die ersten Hallen.

Sie hatte ihre Lieblingsgemälde, vor denen sie anhielt, um sie wieder und wieder zu betrachten. Meist waren es Damenporträts längst vergangener Zeiten. Der Wandel der Mode faszinierte Maja, und wie doch gleichzeitig so vieles wiederkehrte, in verwandelter Form zwar, aber manche Schnitte und Materialien schienen für die Ewigkeit gemacht.

Seide schien unsterblich und war einfach immer himmlisch.

Bewundernd stand Maja eine Weile vor *Frau Hedwig Woworskys* cremefarbener Rüschenpracht. Ihr Kleid schimmerte wie Perlen im Abendglanz. Die Üppigkeit ihres rosengeschmückten Dekolletés, die viele Spitze, der Fächer aus Maraboufedern – all das war natürlich zu viel für die heutige Zeit, aber einen weiblichen spitzengesäumten Ausschnitt wollte Maja gern demnächst einmal kreieren.

Sie flanierte weiter und betrachtete ein Gemälde von Franz von Stuck.

Die große Schauspielerin Tilla Durieux war darauf abgebildet, in einem Kleid von einfach überwältigendem Blau. Schwarze und goldene Schlieren wanden sich durch den körnig wirkenden Stoff.

Maja näherte ihr Gesicht der Leinwand. War das Crêpe de Chine?

Unglaublich, was der Maler erschaffen hatte, wie eindringlich er …

»Junges Frollein, Abstand halten!«, gellte sie ein Aufseher an.

Erschrocken fuhr Maja zurück. »Entschuldigung.«

»Wenn das jeder machen würde!«

»Jaja. Tut mir leid.« Zügig ging sie weiter, bis sie vor dem Porträt von Friederike Arnold angekommen war. Adolph Menzel hatte es gemalt, und es war ein weiteres Lieblingsbild von Maja.

Sie hatte das Gefühl, eine seelische Verbundenheit zwischen Maler und Modell zu erspüren. Das junge Mädchen, biedermeierlich gekleidet und frisiert, schaute zwar etwas verschüchtert drein, schien dem Maler aber zu vertrauen.

Erstaunlich, wie entblößt ihre Schultern waren. Maja bewunderte das nachtschwarze Kleid mit seinem scharf geschnittenen, schnörkellosen Ausschnitt, an dessen tiefster Stelle ein weißes Dreieck aus leicht gewebtem Batist steckte. Maja machte eine rasche Zeichnung in ihr Skizzenbuch. Solch eine Bluse wollte sie nähen und sie in ihrer Boutique ins Schaufenster hängen.

Maja und Luise.

Sie kniff sich mal wieder in den Arm und zuckte erleichtert zusammen. Es war kein Traum, in dem man träumte, dass man träumt.

Das hier war die Realität.

Maja beendete den Rundgang und ging dann durch das prächtige Treppenhaus hinauf in den zweiten Stock.

Hier befand sich die Statue von Pan und Psyche. Ihr Herz begann schneller zu schlagen, so sehr freute sie sich auf das Wiedersehen, doch eine Gruppe aufgeregt flüsternder Japaner verdeckte ihr den Blick.

Einen ungeduldigen Seufzer unterdrückend, lehnte sich Maja etwas abseits an eine Säule.

Ist ja schließlich nicht meine Statue, sagte sie sich und wartete.

Es schien zu dauern.

Die Japaner umkreisten die Statue. Eine Frau berührte sogar Pans Hand.

Mutig, mutig, dachte Maja schmunzelnd, bestimmt hat sie heute Nacht wilde Träume.

Dann wurden zahlreiche Handyfotos gemacht.

Maja schaute an die Decke und registrierte erstaunt eine türkisfarbene Kuppel, die mit goldenen Sternen bemalt war. Sie war ihr noch nie aufgefallen.

Das Oberlicht sah aus wie eine strahlende Sonne.

Als Maja schließlich wieder zu der Statue hinschaute, waren die Japaner fort.

Einer war doch da. Er stand mit dem Rücken zu ihr und schien ganz vertieft.

Ob er überhaupt zu der Gruppe gehörte? So groß und breitschultrig, wie er war, sah er gar nicht besonders japanisch aus. Der Mann maß bestimmt einen Meter neunzig und ... Majas Herz begann loszurasen. Konnte das ... Jack sein?

Sie näherte sich leise von hinten.

Ja, er war es tatsächlich, offenbar vollkommen in den Anblick der Marmorstatue versunken.

Maja machte einen weiteren kleinen Schritt. Nun stand sie neben ihm, hörte ihn ein- und ausatmen.

»Hallo, Jack«, flüsterte sie.

Er schaute sie an, schien gar nicht erstaunt zu sein, sie zu sehen.

»Es ist vorbei«, sagte er.

»Was ist vorbei?«, fragte Maja.

»Kim hat ihre Schwangerschaft nur erfunden.« Er sah erschöpft aus. »Wie kann man sich dermaßen in jemandem täuschen?«

Majas Herz begann wild zu hämmern.

»Leo hatte von Anfang an recht gehabt«, sagte Jack etwas zusammenhanglos, »wir haben einfach nicht zusammengepasst, eigentlich hat die Chemie nie gestimmt, und als ich dich kennenlernte, wurde mir das klar ...« Er brach ab und ließ seinen Blick über die Marmorstatue schweifen.

Maja hatte den Eindruck, dass sich der amüsierte Gesichtsausdruck des Fauns vertiefte.

»Ich hab mit Kim über meine Gefühle gesprochen«, fuhr Jack fort, »ich wollte Schluss machen, und dann hat sie mir plötzlich offenbart, dass sie schwanger sei, und sie begann wie besessen unsere Hochzeit zu organisieren.« Aufstöhnend fuhr er sich durch das Haar. »Ich habe mich noch gewundert, dass sie mich nie zu irgendwelchen Untersuchungen mitnehmen wollte, dass ihr nie übel war, sie auf Partys ziemlich viel Champagner getrunken und immer noch geraucht hat.« Er seufzte. »Ich Idiot! Und dann fiel es mir wie Schuppen von den Augen: Sie ist nicht schwanger, sie will lediglich die Hochzeit vorantreiben.«

Er drehte sich zu Maja um. »Ich habe es ihr auf den Kopf zugesagt. Und sie hat es nicht mal geleugnet.«

Schweigend hörte Maja zu.

»Das war gestern Abend«, fuhr er fort, »und du kannst dir nicht vorstellen, wie erleichtert ich bin. Ich wollte sie nie heiraten, niemals, aber eine schwangere Frau konnte ich nicht einfach sitzen lassen.« Er atmete tief durch. »Eine Lügnerin schon.«

»Warum bist du hier?«, fragte Maja.

»Ich habe nach einem Ort gesucht, an dem ich über alles nachdenken kann. Du hattest so einfühlsam von dieser Statue erzählt, ich wollte sie mir schon immer mal anschauen. Doch sie hatte so viel mit dir zu tun, und ich musste ja versuchen, dich zu vergessen. Aber nun ist alles anders.« Er sah kurz auf seine Uhr. »Ich stehe schon eine ganze Weile hier, starre dieses Marmor-Wunder an und verstehe jetzt endlich so gut, was du mir und Leo damals erklärt hast: die Zartheit des Mädchens, ihre unendliche Traurigkeit, die Struppigkeit und gezügelte Wildheit des Fauns, der Ausdruck in seinem Gesicht. Das ist einfach unglaublich.«

»Ja«, flüsterte Maja, »das ist es.«

»Ich bin hierhergekommen, um dir nahe zu sein. Und …«, er lächelte sie an, »da bist du auf einmal.«

Sie lächelte zurück. »Der Faun hat mich gerufen.«

»Mich anscheinend auch.«

Nun mach schon, hörte Maja Pan etwas ungeduldig murmeln, *du bist sterblich, du armes Ding. Du hast nicht endlos Zeit.*

»Ich habe dich so sehr vermisst«, flüsterte sie.

»Ich dich auch«, hörte sie Jack erwidern. Sie legte beide Arme um seinen Hals, spürte seine Hände auf ihrem Rücken, und dann konnte sie einfach nicht länger widerstehen: Sie stellte sich auf die Zehenspitzen und küsste ihn auf den Mund.

Ein Kuss ist immer eine Frage, hatte sie mal irgendwo gelesen, *eine Frage, die beantwortet werden muss. Und wenn es ein richtiger Kuss ist, dann hört er nie wieder auf, dann gibt es nur Pausen vor dem nächsten.*

Unerwartet heftig ging Jack auf Majas Kuss ein.

Ja, dachte sie, bevor sie nicht mehr viel denken konnte, das ist ein *richtiger* Kuss.

»Hey!«, rief jemand. »Kriegt euch mal wieder ein!«

Sie fuhren auseinander.

Eine Museumsaufseherin näherte sich ihnen mit bösem Blick.

»Für so watt geht mal besser nach Hause«, schnarrte sie.

»Gute Idee«, murmelte Jack und fuhr sich grinsend durch das Haar.

Er nahm Majas Hand und zog sie Richtung Ausgang. »Ich muss dir so viel erzählen und du mir! Es tut mir leid, dass ich mich wie ein Idiot benommen habe. Ich …«

Er beugte sich über sie und küsste sie wieder ziemlich wild.

»Ick werd gleich sauer!«, hörten sie die Aufseherin hinter sich meckern.

Lachend eilten sie davon.

»Als ich dich das erste Mal sah, weißt du noch? Wie du das Kleid bei meinem Großvater vorgeführt hast?«, fragte Jack, als sie die große Treppe erreicht hatten.

Sie nickte. »Natürlich weiß ich das.«

»Es hatte mich dermaßen umgeworfen, dich zu sehen.« Er griff nach ihren Händen. »Leo sagte, das wäre Liebe auf den ersten Blick, damit kannte er sich aus.« Jack lächelte traurig. »Er und Luise, das war auch so eine Geschichte.«

Maja setzte sich mitten im Treppenhaus auf die Stufen. Sie musste sich kurz sammeln.

Er hockte sich neben sie. »Wir haben so viel Zeit verloren.«

Sie lächelte ihn an. »Die holen wir auf.«

Sie küssten sich wieder, und diesmal störte sie niemand.

Als sie etwas später die Türen der Alten Nationalgalerie aufstießen und ins Freie traten, bot sich ihnen ein dramatisches Himmelsschauspiel dar: Der Regen hatte nachgelassen, und die Sonne presste gegen die dünn gewordene Wolkenschicht. Das Licht wurde schnell immer heller, die letzten Regentropfen flirrten wie Milliarden von Brillanten in der sauber gewaschenen Luft, und dann brach plötzlich die Sonne mit solcher Gewalt hervor, dass Maja kurz die Augen schließen musste.

»Nach dem Regen«, murmelte sie. *»Après l'Ondée.«*

»Luises Parfum.« Jack lachte vergnügt auf. »Wenn das kein gutes Omen ist?«

»Das wäre doch eine schöne Schlussszene für einen Film oder Roman«, sagte Maja.

»Ein bisschen übertrieben vielleicht.«

»Aber nein!« Sie deutete zum Dom, über den sich ein prachtvoller Regenbogen spannte. »Schau doch!«

Lächelnd griff Jack nach ihrer Hand.

Anne Barns

Drei Schwestern am Meer

Eine Insel, drei Frauen, ein altes Familiengeheimnis

Das Weiß der Kreidefelsen und das Grün der Bäume spiegeln sich türkis im Meer – Rügen! Viel zu selten fährt Rina ihre Oma auf der Insel besuchen. Jetzt endlich liegen wieder einmal zwei ruhige Wochen voller Sonne, Strand und Karamellbonbons vor ihr. Doch dann bricht Oma bewusstlos zusammen und Rina muss sie ins Krankenhaus begleiten. Plötzlich scheint nichts mehr, wie es war, und Rinas ganzes Leben steht auf dem Kopf.

ISBN: 978-3-95649-792-6
9,99 € (D)

Originalausgabe

Anne Barns

Apfelkuchen am Meer

Durch Zufall findet Hobby-Tortendekorateurin Merle im Blog einer Unbekannten ein Rezept für Töwerland-Torte. Genau dieses Rezept für die leckere Apfelbuttertorte wird seit jeher vertrauensvoll in ihrer Familie weitergegeben, von Generation zu Generation. Merle macht sich im Auftrag ihrer Mutter auf den Weg nach Juist, um die Bäckerin der Torte zu suchen. Auf der zauberhaften Insel findet sie heraus, dass es noch mehr Gehemnisse gibt, die in der Familie gehütet werden.

ISBN: 978-3-95649-710-0

9,99 € (D)

Tania Schlie

Der Duft von Rosmarin und Schokolade

Belgische Schokolade, französischer Käse und frische Feigen. Gutes Essen ist ihr Leben. Täglich steht Maylis hinter der Theke des traditionsreichen Hamburger Feinkostladens Radke. Sie genießt es, ihre Kunden zu beraten, nicht nur in kulinarischen, sondern auch in romantischen Angelegenheiten. Doch wenn sie nach Hause kommt, fühlt sie sich so leer wie ihr Kühlschrank. Seit der Trennung von ihrem Mann fällt es Maylis schwer, ihr Herz zu öffnen. Bis eines Tages Paul in ihrem Laden steht und Maylis sich fragt, ob sie nicht doch noch einmal vom Leben kosten möchte.

ISBN: 978-3-95649-781-0
9,99 € (D)

Originalausgabe

Tanja Janz

Mit dir auf Düne sieben

Jette ist die Hochzeitsplanerin in St. Peter-Ording. Mit Begeisterung organisiert sie den perfekten schönsten Tag im Leben – für andere. Nachdem sie kurz vor ihrem eigenen Jawort sitzengelassen wurde, hat sie für sich den Traum von einer Hochzeit in Weiß an den Nagel gehängt. Plötzlich taucht ihr Exverlobter Klaas wieder auf. Zur gleichen Zeit bekommt Jette den Auftrag, eine große Hochzeit zu planen. Doch die Braut in spe ist ausgerechnet Klaas‘ Verlobte.

ISBN: 978-3-95649-711-7

9,99 € (D)